KB104775

오늘
너무 슬픔

So Sad Today: Personal Essays
by Melissa Broder
Copyright © Melissa Broder, 2016. Korean
translation copyright © Luciole Publishers,
2018. All rights reserved. Korean translation
rights arranged with DeFiore and Company
Literary Management, Inc., through EYA
(Eric Yang Agency).

오늘 너무 슬픔: 사적인 에세이들

1판 1쇄 2018년 5월 25일 펴냄
1판 3쇄 2023년 1월 15일 펴냄

지은이 멜리사 브로더. 옮긴이 김지현. 펴낸곳
플레이타임. 펴낸이 김효진. 제작 상지사.

플레이타임. 출판등록 2016년 10월 4일 제2016-
000050호. 주소 고양시 화신로 298, 별빛마을
802-1401호. 전화 02-6085-1604. 팩스 02-6455-
1604. 이메일 luciole.book@gmail.com. 블로그
playtime.blog. 플레이타임은 리시올 출판사의
문학/에세이 브랜드입니다.

ISBN 979-11-961660-5-2 03800

사적인 에세이들

멀리사
브로더

김지현 옮김

So sad ㅜ^ㅜ Today

오늘 너무 슬픔

PLAY TIME

니컬러스에게

우리가 무엇으로든 만족할 수 있었다면
한참 전에 진작 만족했을 것이다.

세네카

차례

절대로
만족하지 않는 법

아기를 본인 동의도 없이 낳아 버리는 것은 비윤리적인 일 같다. 자궁을 떠나는 건 그야말로 미친 짓이다. 자궁이란 열반이다. 자궁은 시공간을 벗어나 영원한 환락으로 흥청거리는 곳이다. 지구 한가운데에서 벌어지는 뜨겁고 끈적한 레이브 파티. 거기서 춤추는 사람은 당신 혼자뿐. 괴이쩍은 뉴에이지 전도사도 없고, 후진 테크노도 없다. 오로지 당신과 무한뿐이다.

나는 자궁에서 나가기 싫어서 예정일보다 두 주 늦게까지 미적거렸다. 결국 억지로 끌려 나왔을 땐, 아 이거 봐, 딱 이런 심정이었다. 그때부터 지금까지 줄곧 그리로 돌아가려 애쓰고 있다.

지상에서 보낸 첫날, 나는 만족하지 않는 법을 배웠다. 엄마 말로는 나를 분만해 준 의사 선생님이 나더러 예쁘다고 했다더라. 그 말을 믿고는 싶었다. 나는 인정받는 걸 무지 좋아하니까. 인정받는 데는 완전히 환장을 한다. 하지만 난 칭찬을 곧이곧대로 받아들이는 아기가 아니었다. 만약 그때 말을 할 줄 알았더라면, 내 존재가 감히 칭찬과 부딪쳐 버린 데 느낀 절대적인 죄책감을 덜고자 나 역시 의사에게 칭찬을 해 줬을 것이다. 하지만 그럴 수가 없었으므로 나는 남 탓을 했다.

남 탓이란 자기 기분을 잡치려고 하는 일이다. 내게 뭔가 긍정적인 사건이 일어나면 무조건 남의 잘못 때문에 생긴 일이라고 탓하는 것이다. 뭔가 착오가 있었다거나, 주관적인 해석에 달린 문제에 불과하다거나, 어쨌든 간에 절대로 내가 잘나서 생긴 일은 아니라는 식이다. 반면 부정적인 사건은 무조건 객관적인 진실이다. 그리고 항상 내 탓이다.

그래서 나는 의사의 평가가 그저 잘못된 견해일 뿐일 거라고 생각했다. 그 남자가 아기를 보는 안목이 완전히 후진 것이다. 만약 의사가 나더러 못생겼다고 했다면 나는 남은 평생을 그 병원에 살면서 내가 잘빠진 애라는 걸 그에게 납득시키려고 기를 썼을 거다. 하지만 그는 나를 좋아한다고 했다. 그렇다는 건 분명 그쪽에 뭔가 문제가 있다는 뜻이었다.

만족을 영영 안 하려면 어떻게든 칭찬을 거꾸로 뒤집은 다음 다시 쌓아 올려서 나를 가두는 감옥으로 바꿔야 한다. 나도 딱 그렇게 했다. 앞으로 평생 동안 예쁜 상태를 유지해야겠다고 마음먹고는, 만약 못생겨진다면 그건 내 탓일 거라고 믿었다. 실수하지 마. 망치지 마. 나 따윈 망칠 게 뻔해.

그러다가 나는 아마 나 말고 다른 아기가, 음, 한 스무 명쯤 더 있는 방으로 옮겨졌을 거다. 그 즉시 나는 그 애들 모두와 나를 비교하고는 삥쪘을 게 분명하다. 쟤들은 지상에 있으면서도 되게 느긋하구나 싶어서. 그 아기들은 아무 일도 아니라는 듯 기저귀에 똥을 쌌다. 걔들은 어떻게 해야 존재할 수 있는지를 그냥 자연스럽게 아는 듯했다. 그런데 나는 살아 있으려니 완전 죽을 맛이었다. 내가 왜 여기 있지? 이게 다 무슨 뜻이지? 이건 좀 아닌 것 같은데.

지상에서 보낸 첫날부터 나는 이미 죽음에 대해 생각하고 있었다. 아주 많이. 죽음을 하도 많이 생각한 나머지 미래에 내가 쌓을 성취도, 인간관계도, '이게 뭐 하는 짓이지? 내가 군이 왜 이래야 하지?'라는 의문에도 불구하고 사랑하게 될 것들까지도 모조리 부정해 버릴 지경에 이르렀던 것 같다. 그런데 정작 내가 언젠가는 정말로, 틀림없이 죽게 되리라는 사실은 아직까지도 받아들이기가 어렵다. 그렇게 생각하면 이 짧은 인생 그냥 즐겨 버리는 편이 낫다는 결론이 나올 텐데, 누가 그러고 싶어 하겠는가?

우리 엄마가 모유 수유를 못 하겠다고 선언했을 때 상황은 더욱 악화되었다. 엄마가 나중에 내게 해 준 말을 정확히 옮기면 내가 엄마를 "죽일 판"이었단다. 갓난애가 자기 엄마를 죽일 판이라는 건 걔가 지나치게 과한 존재라는 뜻이다. 음식 섭취의 맥락에서 볼 때 지나치게 과한 존재란 곧 만족을 못 하는 존재라는 뜻이다. 이 세상에서 살기에는 식욕이 너무 왕성하니 애초에 이 세상에 있어서는 안 됐던 거다.

나는 젖을 너무 심하게 빨아서 엄마를 "죽일 판"이었다. 세상에 나온 지 24시간도 안 돼서 도저히 채워지지 않는 내 내면의 구멍들을 외부 물질로 채우려 애쓰고 있었던 것이다. 나는 "씨발 여기 뭐가 어떻게 돼 가는 거야?"라는 실존적 공포를 젖으로 달래려 하고 있었다. 그래서 빨고 또 빨았지만 젖이 모자랐다. 애초에 충분한 젖이라는 건 있을 수가 없었다. 젖가슴 하나는 지나치게 많고 젖가슴 천 개는 너무 부족하다. 내가 정말로 찾던 건 무한한 젖가슴이었다. 내 구멍을 몽땅 채워 줄 만큼 전지전능한 젖가슴 말이다. 그때부터 이미 이 세상은 내게 충분치 않았고, 당연히 나는 만족할 수 없었다. 그래서 어른들은 내게 젖병을 주었다.

그렇게 빨고 빨다 보니 결국 나는 키에 비해 체중이 많이 나가는 애가 되었다. 이건 문젯거리였다. 우리 엄마의 부모님이 비만이었기 때문이다. 엄마는 자기 불안을 투사할 대상이 필요했고, 나는 거기에 딱이었다! 그래서 우리 집안의 종교는 순식간에 음식이 되었다. 그 종교에서 나는 음식을 먹어선 안 됐고, 몰래 훔쳐 먹어야 했다.

내가 훔쳐 먹기를 가장 즐겼던 음식은 바로 나였다. 만족을 찾기 위해 나는 내 몸의 일부를 먹기 시작했다. 손톱과 발톱을, 하나하나 다 먹었다. 그것들을 물어뜯은 다음 입 안에 넣은 채 굴리면서 노는 게 좋았다. 칼슘이 풍부하게 함유된 맛있는 반달들을 이 사이로 밀어 넣다 보면 잇몸에서 피가 났다. 또 귀지 맛도 봤는데, 처음엔 별로였지만 차차 괜찮아졌다. 나중에는 내 질 분비물 맛 전문가가 되었다. 그 맛의 범위와 깊이란 기가 막혔다. 질은 항상 뭔가를 양념에 재우고 있더라.

하지만 내가 무엇보다 좋아했던 건 코딱지를 파내서 먹는 거였다. 학교에서 선생님이 이야기책 읽어 주는 시간이 되면 나는 은밀한 다과를 즐기기 위해 왼손을 방패 삼아 코를 가려 놓고 오른손으로 코를 후볐다. 그렇게 손 방패 안에서 보낸 시간이 어린 시절 가장 행복했던 기억의 일부로 남아 있다. 그때만큼은 자족적이었고, 만족스러웠고, 나 자신으로 포만감을 느꼈다. 다른 애들이 내가 뭘 하는지 눈치채고 놀렸지만 그래도 상관없었다. 행복이 너무나 컸으니까.

유감스럽게도 그 행복은 영원하지 못했다. 솔직히 그건 기껏해야 4분쯤 지나면, 아니면 더 파낼 코딱지가 없어져 버리면 끝나는 행복이었다. 하지만 만약 당신 자식이 자기 자신을 먹고 있거든, 그냥 먹게 내버려 둬라. 자기를 몽땅 먹어 치우게 놔둬라. 그러다 자식이 완전히 사라져 버린대도, 사라질 수 있도록 격려해 줘라. 지가 눈 똥을 먹고 저 자신을 누거나 말거나. 마음대로 먹으라고 해라.

이 세상에서 위안을 찾을 방법은 많지 않다. 아무리 어둡고 역겨운 곳이라도 거기에 위안이 있다면 누려야 한다. 태어나고 싶어서 태어난 사람은 아무도 없다. '귀하가 나를 존재하게 하도록 허락합니다'라는 계약서에 서명한 사람은 아무도 없다. 아기들이란 부모가 자기만으로는 만족을 못 해서 낳는 것 아닌가. 그러니, 부모님들, 우리가 실존적 구멍을 채우려 한다는 이유로 비난하지 말아 주시길. 여러분이 자기 구멍을 채우려다가 실패해서 생긴 게 바로 우리니까. 우리가 여기서 공허와 씨름하는 건 애초에 다 여러분 탓이다.

차크라 시대의 사랑

나는 역겨운 인간들과 많이 섹스해 봤다. 어찌나 역겹던지 그 중 대부분에게서 돈이라도 받아 내야 했다는 생각도 든다. 역겨운 인간들하고 섹스한 대가로 돈을 받은 적은 한 번도 없지만, 그래도 나는 일종의 성노동자였다.

내가 처음으로 맡았던 사무직은 '탄트라 섹스'라는 종교 수행법과 관련된 어느 비영리단체의 사무 보조였다. 단체명은 '일렉트릭 요니°'라고 부르겠다. 이런 데가 캘리포니아주 마린카운티에 실제로 존재한다. 금문교 북쪽으로 무지개 터널●을 통과해 1번 고속도로를 타고 가면, 번지르르하고 조잡한 미국식 대저택들과 인도의 신비스러운 교의가 만나는 동네가 나온다.

그 일자리를 얻었을 당시 나는 환각제와 오컬트에 심취하고, 기와 도와 염력을 논하고, 기호품이나 자수정, 적정량의 묘약 등을 통해 나를 나 자신에게서 구원할 수 있다고 믿었던

° 힌두교에서 샤크티 여신을 의미하는, 여성의 생식기를 표현하는 심벌.
● 정식 명칭은 '로빈 윌리엄스 터널'로, 캘리포니아주 소살리토에 위치해 있다.

4년간의 생활을 막 청산한 참이었다. 그때 나는 샌프란시스코의 텐더로인 남부 지역에 위치한, 한 크랙[◊] 밀매상이 골프채를 휘두르는 모습이 내다보이는 아파트에 살았고, 날마다 금문교를 오락가락하며 출퇴근했다. 어느 정도는 행복하고 또 어느 정도는 비참한 나날이었다.

나는 외로웠다. 동부 해안 지역에서 대학을 졸업한 직후 나는 그곳을 도망쳐 나왔다. 비록 되돌아갔다가 다시 떠나기를 여러 차례 반복하긴 했지만. 어쨌든 나는 잭 케루악이나 헌터 S. 톰슨같이 사람들이 광적으로 숭배하는 비트 세대 남성 인물들과 나를 동일시하고 있었다. 도망치기로 한 건 스물한 살 때 만났던─그리고 일주일에 한 번씩 헤어졌던─애인 때문이었다. 나는 모두에게, 그 누구보다도 나 자신에게, 내가 개 없이도 괜찮다는 걸 증명해 보이고 싶었다. 그리하여 환각의 시절은 끝났고, 대신 나는 내가 느끼던 감정을 느끼지 않기 위해 매일같이 술을 마셨다.

술에 취하는 건 내게 지극히 현실적인 해결책으로 보였다. 술을 마셔서 행복해질 수 있는데 뭐 하러 맨정신으로 슬프게 지낸단 말인가? 그리고 술을 더 많이 마셔서 무지막지하게 행복해질 수 있다면 뭐 하러 적당한 행복만으로 만족하며 지내겠는가?

내가 금문교를 처음 본 건 옛 애인이 나를 만나러 샌프란시스코에 왔을 때였다. 밤이면 그는 내게 무척 다정했다. 둘 다 취했으니까. 둘이 샌프란시스코만으로 이사 가서 같이 살

◊ 강력한 코카인의 일종.

자는 이야기도 했다. 내 옆방 하우스메이트는 항상 드럼앤베이스 음악을 틀어 놓았는데(샌프란시스코 사람들은 모두 디제이다), 그 쿵쿵거리는 음악에 맞춰 그가 내게 오럴을 해 주기도 했다. 하지만 날이 밝고 나면 그는 차갑고 서먹하게 돌변했다.

그가 떠난 뒤 나는 처음으로 혼자 금문교로 차를 몰고 갔다. 그때 보았던 거대한 산의 이끼며 녹슨 금속과 바위가 기억난다. 동부에서는 볼 수 없는 엄청난 아름다움이었다. 동화에나 나올 법한 그 어마어마한 규모의 풍경이 믿어지지가 않았다. 옆 사람을 돌아보고 "우와!" 하면서 팔짝거리고 싶었다. 하지만 내 옆에는 아무도 없었다. 나는 나 혼자만으로는 만족할 수 없었다.

내 상사는 뉴욕에 있는 어느 해운 회사의 상속인이었는데, 80년대에 무언가 더 큰 목표를 찾아 마린카운티로 건너와 일렉트릭 요니를 설립했다. 그녀는 이름을 '주디 문'으로 바꾸고 거식증에 걸린 요정처럼 호리호리한 몸에 스판텍스 옷을 입고 다녔다. 내가 도착했을 때 주디 문은 이른바 '비폭력 의사소통'이라는 주제의 연구에 푹 빠져 그 원칙을 일렉트릭 요니의 정규 교육 과정에 엄격하게 적용하고 있었다. 하지만 실제 인간관계에서 주디 문의 의사소통 방식은 무시무시하게 위협적이었다. 그녀는 무언가를 뱉어 내듯이 강한 발음으로 쉭쉭거리며 말하곤 했다. 그렇게 쉭쉭거리는 발음으로, 내 행동 때문에 자신이 정서적 불안감을 느낀다고 을러댔다. 내 모든 행동이 자기한테 위협적이라나.

원래 주디 문은 벨베데레에 있는 자기 저택에서 몇 년간

일렉트릭 요니를 운영했다. 그 저택은 모든 게 핑크색이었다. 카펫도 핑크색, 벽도 핑크색, 명상할 때 앉는 방석도 핑크색. 그녀는 핑크색 마룻바닥에서 몸을 뒤틀면서 '탄트라 엑스터시'의 여러 단계를 시연하는 것으로 유명했다(그녀는 우리 '임원진' 회의에서도 알몸으로 이걸 시연했다). '월드 피스Whirled Peas를 상상하자'◦라는 스티커가 범퍼에 붙어 있는 폭스바겐 비틀이며 도요타 프리우스 등의 차가 저택 근처의 길거리를 꽉꽉 메우자 결국엔 이웃들이 지역 당국에 항의했다. 어쩌면 저택을 찾아오는 차량이 아니라 사람들의 몰골이 문제였는지도 모른다. 르네상스 시대 축제 의상, 중세풍 비키니, 서양인의 시각으로 디자인된 미국 원주민 전통 의상, 아프리카 다시키 셔츠 등의 옷을 입은 것 같지도 않게 걸치고서 각양각색으로 맨몸을 드러낸 사람들이 거기를 들락거렸으니 말이다. 어쨌든 간에 벨베데레의 부자들은 "씨발 여기 뭐가 어떻게 돼 가는 거야?"라는 식의 의문을 제기했다. 따라서 주디 문은 좀 덜 부유한 인근 동네에다 소규모로 둘째 지점을 세우고 거기서 일부 워크숍을 진행했다. 그 지점을 '달맞이 센터'라고 불렀다.

주디는 자신이 나이를 먹어 가면서 뿌리 차크라부터 정수리 차크라까지◦ 모두 '초월'했다고 생각했다. 그래서 이제는 기존의 교육 과정을 더 다양하게 확장할 계획을 하고 있었다.

◦ '세계 평화'world peace를 상상하자는 문구를 그와 같은 발음인 '빙빙 도는 콩들'whirled peas로 희화화한 표현.
◦ 차크라는 신체에서 기가 모이는 지점들로, 뿌리 차크라에서 정수리 차크라까지는 척추의 맨 밑에서부터 미간까지를 뜻한다.

원래 일렉트릭 요니에서 제공하는 수업들은 '몸의 엑스터시', '열두 손 마사지', '수중 지압 환생', '초월적 사랑의 도', '요니 요가', '사랑의 순환', '탄트라 1급, 2급, 3급', '신성한 춤' 등이었는데, 여기에 '천사 테라피', '죽음 이후의 삶', '성스러운 여성성 되찾기', '노화 방지술', 그리고 당연하게도 '비폭력 의사소통'이 추가되었다.

온라인 벼룩시장을 통해 그곳의 사무 보조로 채용된 나는 달맞이 센터 공간을 임대하고, 워크숍 신청을 접수하고, 전화와 이메일로 들어오는 문의에 답변하는 일을 맡았다. 주디는 내게 일렉트릭 요니와 달맞이 센터 공동체에서 진행되는 모든 과정을 체험해 보라고 권했다. 그래야 수강생들에게 '교과목'을 더 잘 설명할 수 있을 거라나.

그렇게 해서 나는 일렉트릭 요니의 전 과목에 참여하게 되었는데, 제프리 키브니크라는 남자한테 생식기 마사지를 받은 것도 그중 하나였다. 제프리는 내게 자기 '수행' 홍보를 좀 도와달라고, 그 대신 세 시간 동안 내 질을 마사지해 주겠다고 제안했다. 제프리는 벗겨져 가는 백발에 두건을 쓰고 다니는 50대 남성이었다. 나는 스물한 살에, 아주 예뻤고, 심각한 알코올중독자이자 약물중독자였다. 그의 제안은 더없이 완벽한 거래로 느껴졌다.

나는 인간관계에서 선을 긋기가 늘 어려웠다. 그리고 타인과 함께 오르가즘에 도달하는 것도 어려워서 늘 애를 먹었다. 그러므로 자기 이름을 널리 알려 주면 그 대가로 세 시간 동안 애무해 주겠다는 제프리의 제안을 들었을 때 내 대답은 당연히 예스였다.

질 마사지는 우선 한 시간에 걸친 전신 마사지로 시작되었다. 그다음 두 시간 동안 제프리는 내가 겪은 '과거의 질 외상'을 치유하기 위한 '기 호흡법'(이었던 것 같다)을 사용하면서, 내 질(그의 표현에 따르면 내 '요니')을 어루만지고 쓰다듬고 주무르고 부드럽게 풀어 주었다. 나는 오르가즘은 못 느꼈지만 마사지가 끝나고 나오면서 몸이 붕붕 뜨는 것 같긴 했다. 샌프란시스코에서 술도 안 먹고 약도 안 하고 지나간 날은 딱 그날뿐이었을 거다.

제프리에게 질 마사지를 받았던 당시에 나는 여자들과 연애하고 있었다. 여전히 시스젠더˚ 남자들하고도 종종 같이 자긴 했지만 나는 내가 레즈비언이라고 생각했다. 그리고 어쩌다 보니 레즈비언 친구 한 명도 내 권유로 제프리의 홍보를 도와주고 질 마사지를 받게 되었다. 그녀는 사고방식이 개방적이었고, 오컬트에도 관심이 좀 있었고, 나와 마찬가지로 끝나고 나올 때 몸이 붕붕 뜨는 기분이었다고 했다. 하지만 며칠 뒤 그녀는 내게 "그 남자가 내 보지를 만지게 놔뒀다는 게 믿어지질 않아"라며 하소연했다.

또 어쩌다 보니 내 부치˚ 힙스터 디제이 여자 친구도 내게 설득돼서 탄트라 워크숍에 같이 참여했다. 탄트라가 뭔지는 나도 모른다. 일렉트릭 요니에서 1년을 일했어도 여전히 모르겠다. 하지만 무엇이 탄트라가 아닌지는 당신에게 확실히 설명해 줄 수 있다.

˚ 사회에서 지정된 신체적 성별과 자신이 인지하는 성별이 일치하는 사람.
˚ 행동, 외모, 정체성 등에서 남성적인 성향에 해당하는 레즈비언.

주디 문의 벨베데레 저택에 깔린 핑크색 카펫 위에서 40
대 독신 여자 열 명과 꼴려 있는 남자 다섯 명(모두 백인이었
고, 대부분은 통바지 차림이었다)이 성의 새 시대를 맞이하기
위해 서로의 눈을 마주보고 "브롬 브롬 브롬 브롬" 하는 주문
을 거듭거듭 읊조렸다. 그 사람들 모두가 무언가를 찾고 있었
다. 내 생각에 여자들은 섹스를 통해 사랑을 찾으려 했던 것
같고, 남자들은 사랑을 통해 섹스를 찾으려 했던 것 같다. 빵
모자를 쓰고 커다란 투명 뿔테 안경을 끼고 있던 내 여자 친
구는 거기서 나갈 탈출구를 찾고 있었다. 그녀는 "브롬 브롬"
을 하긴 했지만 내 눈을 마주보는 건 피했다. 나는 그녀가 새
로운 것에 도전하지 못한다고 비난했고, 그녀는 내가 역겨운
히피 쓰레기 소굴로 자기를 끌어들였다며 비난했다. 몇 주 뒤
우리는 헤어졌다. 내가 그녀에게 충분히 쿨한 여친이 못 됐기
때문이었다.

위키피디아를 찾아보면 이렇게 나온다.

네오 탄트라 또는 탄트라 섹스란 현대 서양에서 변형된 탄
트라 사상을 뜻한다. 이는 불교 및 힌두교에서 전래된 탄
트라 밀교 사상을 현대 서양의 시각과 뉴에이지 관점에서 해
석한 것으로, 새로운 종교 운동과 연관되는 경우가 많다. 네
오 탄트라의 지지자 일부는 고대의 경전이나 전통적인 원칙
을 참조하기도 하지만('브롬 브롬'도 이런 건가?), 대다수는
탄트라를 '성스러운 섹스'를 뜻하는 용어 정도로 두루뭉술
하게 사용하며, 비정통적인 수행법들을 결합한다.……
탄트라 수행이 서양 문화권에 전파되고 1960년대부터 확산

된 이래, 서양에서 탄트라는 단순한 섹스술로 간주되었으며 영적 수행으로서의 핵심적 본질은 간과되는 경향이 있다. 네오 탄트라 수행에서 섹슈얼리티의 역할은 정통 탄트라와 연관은 있지만 실은 상당히 다르다.

딴 나라에서 전해 오는 고대의 지식을 훔쳐다가 밍밍하게 물을 타 놓고는 사랑과 섹스에 대한 욕구를 그걸로 승화시키는 짓은 별로 바람직하지 못하다. 그런 짓을 하려다 보면 가끔 좆같은 일이 벌어지기 때문이다.

나는 일렉트릭 요니에서 일하는 게 자랑스러우면서도 한편으로는 창피했다. 스스로 돈을 벌어 독립적으로 생활하고 있다는 건 뿌듯했다. 그런데 부모님에게 내 직장을 말했더니 아빠가 사무실에서 구글로 검색해 보고는 웹사이트가 음란 정보라는 이유로 차단되어 있던데 왜 그런 거냐고 물었다.

일렉트릭 요니의 강사들이 1년에 한 번씩 모이는 행사가 있었는데―말하자면 탄트라의 뷔페 같은 것이다―어느 때보다도 많은 사람이 몰리는 행사라서 특별히 넓은 장소가 필요했다. 장소를 섭외하는 과정에서 나는 마마두라는 남자를 만나게 됐다. 마마두는 어느 멋있는 산꼭대기에 자리 잡은 현지 종교 시설을 운영하는 사람으로, 상냥한 말씨를 쓰는 60대 남자였다. 우리는 하페즈와 루미 같은 페르시아 시인들에 대해 논했다. 그는 나랑 같이 있는 게 정말로 즐겁다며, 언제 또한번 자기네 시설에 방문해 달라고, 주말에 점심이라도 같이하면 좋겠다고 했다. 나도 좋다고 답했다. 그러자 그는 대마초와 코카인을 가져와 줄 수 있겠느냐고 물었다.

마마두는 자신이 대마초와 코카인 값을 대 줄 것이고, 뿐만 아니라 자기랑 같이 시간을 보내 주는 데도 돈을 지불하겠다고 했다. 나 같은 여자애는 일렉트릭 요니에서 받는 급여보다 더 많은 돈을 벌 자격이 있다면서. 마마두는 무척 소신 있고 영적인 사람으로 보였고 루미에 대한 내 견해에도 대단한 관심을 보였기 때문에, 나는 그가 마약을 구해 달라고 하기는 했어도 그 부탁에 무슨 성적인 의미가 들어 있을 거라고는 상상도 하지 못했다.

그 주 토요일에 나는 코카인과 대마초를 가지고 그리로 갔다. 마마두는 내게 선불로 700달러를 줬다. 200달러는 마약 값, 500달러는 내 시간에 대한 보수였다. 그러고는 커다란 술잔에 레드 와인을 따라 주고는 성대한 페르시아 음식을 잇따라 내왔다. 뭔지 모를 양고기 요리, 채소 요리, 그리고 달달한 찜 요리 따위였다. 우리는 맛있게 먹고 취하도록 마셨다. 마마두는 젊은 시절에 찍은 사진을 보여 주었는데, 그때만 해도 잘생긴 남자였다. 그는 지금의 삶이 따분하다고 했다. 자신의 정신은 더 재미있는 인생을 갈망하고 있다고. 그러더니 혹시 매주 이렇게 와 줄 수 있겠느냐며, 그때마다 500달러를 주고 마약 값도 따로 대 주겠다고 했다. 그러면 나는 재정적으로 정말 자립할 수 있을 터였다.

다음번에 찾아갔을 때도 우리는 같은 방식으로 시간을 보냈다. 대마초, 와인, 코카인, 맛있는 페르시아 요리. 그런데 그가 내 허리에 손을 올리더니 입가에 자기 얼굴을 들이밀었다. 내 반응은 이런 식이었다. "미치셨어요?" 그의 반응은 이런 식이었다. "애야, 내가 너를 이 정도로 좋아하는 줄 몰랐던 거니?" 나는 700달러를 내버려 두고 떠났고, 두 번 다시 그를 찾지 않았다.

왜 마마두랑 섹스하지 않았을까? 정기적으로 그와 섹스하고 돈을 받을 수도 있었을 텐데? 그가 늙고 못생기긴 했지만, 나는 샌프란시스코에서 도피 생활을 하는 동안 못생겼다는 이유로 누군가를 거절한 적은 없었다. 130킬로그램짜리 남자나 자지가 도토리만 한 남자하고도 아무 대가 없이 섹스하던 나였다. 나랑 잤던 한 가라오케 디제이는 내가 톰 웨이츠를 좋아하지 않는다는 이유로 내게 언어폭력을 가했다. 그 인간은 나한테 물 한 잔 사 준 적이 없었다. 또 어느 날 아침에는 일어나 보니 내 옆에 바가지 머리를 한 바텐더가 있었고 창틀 위에는 쓰고 난 콘돔이 놓여 있었는데, 나는 그 바텐더랑 잔 기억이 없었다. 내가 의문스러운 눈길로 쳐다보자 그는 이렇게 대답했다. "너 진짜 끔찍하더라. 섹스하는 내내 울던데." 당신이 외로운 상태로 낯선 데서 의식을 잃으면 또 다른 외로운 사람들이 당신에게 하고 싶은 짓을 마음대로 하는 법이다. 사람들은 그걸 자유연애라고 부른다.

결국 내가 마마두와 섹스하지 않았던 이유는 내 인격에 500달러를 지불할 사람도 있으리라고 믿고 싶었기 때문인 것 같다. 자유연애라는 말은 듣기엔 무척 아름답게 느껴진다. 60대 남자들은 내게 늘 성적 판타지의 대상이었다. 하지만 어쩐지 자유연애를 할 땐 남자들이 여자들보다 감정적인 부담을 훨씬 적게 지는 것 같다.

주디 문도 신성한 오르가즘을 추구하는 과정에서 번번이 남자들에게 상처받았다고 했다. 남자들은 돈을 노리고 그녀를 이용하거나, 게이라는 사실을 숨기거나, 그녀와 일차적인 파트너 관계를 맺어 주지 않았다(폴리아모리° 공동체에서는 이런 사람들이 "그냥 한 사람한테만 전념할 수 없는 체질이라서" 그렇다고 설명한다).

언젠가 우리가 함께 영적 수련을 위해 하이킹을 갔을 때, 주디 문은 뱉어 내듯이 말하는 무서운 말투를 웬일로 멈추고는 자신이 내게 둘째 엄마이니 나도 자기를 그렇게 생각해 주면 좋겠다고 이야기했다. 나는 그녀를 '미친 거 아니야?'라는 눈빛으로 쳐다보았다. 하지만 한편으로는 슬프기도 했다. 수많은 여자에게 거룩한 여신이 되는 방법을 가르쳐 준다는 사람이 두 여자 간의 사랑에 대해서는 그렇게도 이해가 부족하다는 게 슬펐다. 또한 그녀가 내 둘째 엄마라고 말만 하면 내가 곧이곧대로 믿어 주리라고 생각했다는 점도 씁쓸했다. 그렇게 단언하는 것만으로 모녀 사이가 될 수 있다는 듯이. 나는 집에서 멀리 떠나왔고, 둘째 엄마가 필요한 처지긴 했다. 하지만 그렇게까지 절박하지는 않았다.

일렉트릭 요니에서 한 해를 꼬박 버틴 뒤 나는 샌프란시스코의 한 힙스터 잡지사에 인턴으로 들어갔다. 하지만 내가 그나마 가지고 있었을지도 모르는 직장 내 처세 감각마저도 그때쯤에는 다 결딴난 뒤였다. 인턴 일을 시작한 지 2주 만에 나는 중요한 광고주 눈앞에서 우리 잡지사 대표와 악수 대신 포옹으로 인사한 일로 해고당했다. 대표는 내가 뭘 잘못했는

° 일대일의 독점적 연애를 벗어나 여러 사람과의 애정 관계를 지향하는 관계 맺기 방식. 다자 간 사랑, 다자 연애라고도 한다.

지 명확하게 말해 주지 않았지만, 포옹을 푼 순간 나는 실수를 저질렀음을 직감했다. 그리고 자기 비하에 빠졌다.

그 직후 나는 동부로 돌아갔고, 1년 반 동안 여기저기서 섹스하며 돌아다닌 끝에야 술을 끊었다. 그동안 나는 건물 계단이며 택시 같은 데서 정신을 잃었고, 게이들이랑 섹스하려 들었으며, 낯선 사람 곁이나 벽에 정체불명의 핏자국이 묻어 있는 곳에서 깨곤 했다. 샌프란시스코에서와 똑같은 생활이었다. 나는 여전히 막 나가고 있었다. 하지만 샌프란시스코와 달리 뉴욕에는 내가 추락할 탄탄한 밑바닥이 있었다.

온전하고도
깡마른 사람이 되고 싶어

나는 숫자를 먹는 먹보다. 나는 바코드가 찍혀 포장되어 나오는 식품을 선호한다. 그런 식품들은 칼로리를 계산하기가 편해서 내게 안정감을 주기 때문이다. 안정감이라 봤자 나 자신을 통제하고 있다는 환상에 불과하지만, 내게는 환상이야말로 세상에서 가장 중요하다. 환상을 얻으면 안전해지는 느낌이 든다. 마음에 평화가 생기는 것이다. 내가 원하는 것은 오로지 평화뿐이다.

나는 허영을 먹는 먹보고, 기계처럼 먹어 대는 먹보며, 내 기분을 억누르면서 먹는 먹보다. 나는 나중에 뭔가 달콤한 걸 한없이 먹을 즐거움을 손꼽아 기다리기 위해 온종일 칼로리를 제한한다. 영원히 계속될 듯한 내 허기를 채울 만한 음식은 이 우주 어디에서도 구할 수 없을 것 같다. 그렇기 때문에 나는 매일 밤 저칼로리 감미료를 여섯 봉지 쏟아부은 1파인트짜리 다이어트 아이스크림 한 통을 몽땅 먹어 치운다. 그러면 질릴 만큼 단 맛을 무한히 먹는 느낌이 드니까. 이 세상이나 하느님은 내게 그만한 달콤함을 줄 리가 없으니 내가 나 자신에게 대신 선사하는 것이다. 그렇게 나는 낮이 주지 못했던 달콤함을 끌어안고 잠든다. 다이어트 아이스크림으로 자연의 법칙을 거스르면서. 밤이면 나는 세상에 나와 있기보다는 다이어트 아이스크림이랑 단둘이 오붓하게 뒹굴거리고 싶다.

나는 잘 짜인 마술을 즐기는 먹보다. 나는 먹고 싶은 것을 마음대로 먹을 만큼 용감하지 못하다. 그런 짓을 했다가 나중에 내 마음이 내게 쏟아 낼 분노를 감당할 자신이 없기 때문이다. 나는 상황을 내 뜻대로 통제하는 데 각별히 관심이 있다. 내가 통제력을 쥐고 있다는 환상이 깨지면 엄청나게 겁이 난다. 이 세상은 그 자체만으로도 충분히 무서운 곳이다. 그냥 내가 이런 식으로 살게 내버려 둬라. 내가 나 자신에게 부과한 다이어트 아이스크림 체제를 준수하며 살게 해 달라. 이렇게 해야만 나는 어느 정도의 폭식을 즐길 수 있고, 폭식 이후에 내 마음이 나를 파괴하는 사태도 방지할 수 있다.

나는 나 자신을 믿지 못하는 먹보다. 나는 나 자신에게 형편없는 엄마고, 내 몸을 관리하는 솜씨가 형편없는 집사다. 나는 의례를 먹는 먹보고, 의례를 치르듯 먹는 먹보며, 그 짓이 어리석다는 것은 잘 알지만 그래도 지금의 내 체중을 유지하는 데 그럭저럭 효과가 있고 또 그래야만 안심이 되기 때문에 그 짓을 중단할 생각은 없는 먹보다.

나는 대체로 내 머릿속에만 존재하는, 하지만 한편으로는 우리 엄마를 비롯한 여러 타인이 보내 온 사회적 신호에 따라 짜인 게임을 하고 있는 먹보다.

나는 예정일보다 두 주 늦게, 평균 이상의 체중으로 태어난 먹보다. 우리 엄마는 내가 뚱뚱해질까 봐 공포에 질렸다

(엄마는 소위 '정상' 체중이었지만 엄마의 부모님은 두 분 다 비만이었다). 엄마는 내 옆에 있을 때면 내 입에 들어가는 모든 것을 제약하고 통제했고, 학교 선생님이나 캠핑 담당 선생님에게 내가 뭘 먹고 돌아다니더냐고 물어보겠다며 위협하기도 했다. "뚱녀가 될래, 남자애들이 좋아하는 여자애가 될래?" 엄마는 이렇게 물었다.

나는 생일 파티에서 케이크를 먹는 걸 금지당했던 먹보다. 나는 유대인 학교를 다녔지만 우리 집안의 종교는 음식이었다. 아빠는 내가 음식을 몰래 먹도록 도와주었다. 걸음마를 막 뗐던 나를 공원으로 데려가 내 인생 최초의 초대형 쿠키를 손에 쥐어 준 사람도 아빠였다. 비록 쿠키는 캐나다기러기 한 마리에게 빼앗겨 버렸지만. 아빠는 엄마를 빼놓고 나랑 내 여동생만 차에 태워 뒷좌석 가득히 정크 푸드를 싣고서 여행을 떠나기도 했다. 우리 할머니(성함은 이브라고 한다)는 주말에 우리를 불러서 끊임없이 뭘 먹였다. 미니 베이글, 소시지 빵, 담배 모양 초콜릿, 담뱃대 모양 감초 사탕 등등. 학교에서 나는 점심시간에 다른 애들 도시락에 들어 있던 음식을 훔친 다음 그 애가 가진 다른 음식을 그것과 맞바꾸자며 거래하려 들었다.

나는 어렸을 때부터 규칙적으로 폭식했던 먹보다. 베이글에 마요네즈나 크림치즈를 바르고 치즈를 얹어서 녹인 걸 특히 좋아했다. 엄마의 '도서관 기금'(엄마는 슬럼가에 위치한 학교의 도서관에서 사서로 일하고 있었다)에서 잔돈을 빼돌려 피자나 샌드위치를 주문하기도 했다. 학교 근처 주유소에서 밀키웨이, 삼총사, 트위즐러, 히스바 같은 초콜릿 바도 사 먹었다. 포장지들은 다 모아 놨다가 화장실 변기에 한꺼번에 버리려고 했는데, 변기가 막히는 바람에 발각되고 말았다.

나는 여름을 맞아 여학생 캠핑을 떠났던 먹보다(이때까지 나는 여학교에 다니고 있었고, 우리 캠프에서 호수 하나를 사이에 두고 남학생 캠프가 있었다). 남자애들이 주위에 있으니 다이어트하기가 더 쉬웠다. 곧바로 보상을 얻을 수 있었으니까. 그래서 나는 음식물 섭취를 제한했다. 키가 8센티미터 자랐다. 선탠도 했다. 그때 나는 열네 살이었다. 입에서 보드카 냄새를 풍기는 열여섯 살짜리 남자애가 나한테 예쁘다고 했다. 우리는 딥 키스를 했고 그는 내 가슴을 만졌다. 그는 내 남자 친구였다. 밤이면 그는 캠핑 선생님하고 섹스했다. 남자애 여럿이 나한테 반했고, 나는 그중 다섯 명이랑 연달아 데이트했다. 학부모 면회일에 부모님이 나를 찾아왔을 때 엄마는 내가 야윈 걸 보고 까무러치게 기뻐했다. 나는 곧 생리를 시작했다. 가슴도 나왔다. 나를 좋아하는 남자애가 계속 생겼고, 나한테 다가왔다가 떠나가길 반복했다. 나는 다이어트와 폭식을 오가길 거듭했다.

나는 아빠 차를 몰면서 코티지치즈에 인공 감미료를 뿌리다가 빨간불을 못 보고 달리는 바람에 교통사고를 낸 먹보다. 에어백이 부풀어 나왔고, 나는 한쪽 팔이 부러졌다. 그때 나이가 열여섯이었다. 나는 음식물 섭취를 대폭 제한했다. 무지방 머핀 다이어트에 돌입했다. 아침에 머핀 한 개, 오후에 머핀 한 개, 저녁에는 닭고기만 먹었다. 꿈에 그리던 남자 친구가 생겼다.

나는 점차 심각한 거식증에 접어들었다. 급기야 머핀 대신 사과만 먹었다. 키가 168센티미터에 체중은 45킬로그램이었다. 생리가 멈췄다. 나는 공포에 휩싸였다. 혀에 설태가 꼈다. 아빠는 뭐라고 말할 엄두도 못 냈다. 선생님들은 걱정스러워했다. 엄마는 문제없다고 생각했지만, 내가 생리가 멈췄다고 털어놓자 겁을 먹었다(엄마도 언젠가는 손주를 얻고는 싶었으므로). 엄마는 나를 영양학자와 상담 치료사에게 데려갔다. 별 효과는 없었다. 나는 칼로리를 계산하기 위해 포장된 식품만 먹었다. 칼로리 섭취량을 늘렸더니 몸은 조금씩 나아졌다.

나는 심각한 저체중 상태로 대학에 들어간 먹보다. 이때부터 대마초와 술을 시작했다. 폭식도 시작했다. 멈출 수가 없었다. 거식증을 앓는 내내 먹지 못했던 모든 음식이 갑자기 내 것이 되었다. 팬케이크, 피자, 타코벨, 초콜릿, 젤리, 중국풍 간장 소스 치킨, 쿠키, 시리얼 올린 아이스크림, 나초. 살이 22킬로그램 쪘다.

나는 매일 암페타민을 먹었던 먹보다. 엑스터시도 했다. 엑스터시에 취한 상태로 달리기도 많이 하고 운동도 많이 했다. 완하제를 먹는 버릇도 들었다. 초콜릿 맛으로. 그렇게 해서 체중을 '조절'했다. 샌프란시스코로 이주한 뒤 주중에는 식단을 조절하고 매일 완하제를 먹었으며 주말에는 폭식했다. 이제는 토하려고 해도 더 이상 구토가 나오질 않았다. 한번은 구토제를 먹어서 마티니와 인도 요리를 밤새도록 게워 내기도 했다. 남자 친구의 고별 파티가 있던 날 밤이었다. 나는 파티에 가지 않았고, 문자메시지조차 보내지 않았다.

나는 어떻게 해서인지는 몰라도 스물다섯 살부터 스물아홉 살까지는 정상적인 식습관을 찾은 먹보다. 음식에 대한 생각과 몸무게 걱정은 여전히 많이 했다. 야구 선수는 은퇴하고 나서도 경기에 대한 생각을 놓지 못하는 법이다. 그래도 내 인생에서 가장 건강했던 시기였다. 이때 내 식생활이 '정상적'으로 돌아온 건 약과 술을 끊은 직후이기 때문이었던 것 같다. 더는 술에 취해 폭식하지 않았고, 안주 먹을 일도 없어졌다. 굶으려고 암페타민에 의지하는 짓도 그만뒀다. 과거에는 알코올로 섭취했던 칼로리를 이제는 진짜 음식으로 채웠다.

그리고 지금도 기억나는데, 술을 끊고 처음 몇 년 동안은 이 세상이 너무나 새롭게 보였다. 오랜 세월을 매일같이 개판으로 지냈으니 그럴 만도 했다. 뭐라고 할까, 계절의 변화를 체감하고 내가 세상에 속해 있다는 게 어떤 기분인지 다시금 발견하는 경험이란, 마치 마법 같았다. 핼러윈 데이에는 호박밭에 나가고, 크리스마스에는 트리를 구해 온다는 게. 나는 일찍이 겪어 본 적 없는 방식으로 현실에 매혹되었다. 정말로 살아 있고 싶었다. 세상이 내게 주는 것들을 맛보고 싶었다. 음식도 그중 하나였다.

나는 '자제력을 잃는' 부류의 여자가 되는 걸 질색하는 먹보다. 나는 스물아홉 살에 결혼했고, 몸무게가 좀 늘었다는 걸 깨닫고는 패닉에 빠졌다. 이러다가는 금세 내 형체가 무너지고, 독립성도 사라지고, 성적 매력도 고갈되고, 처녀 시절도 끝장난 신세로 전락할 것 같았다. 내 배와 허벅지에 붙은 살의 윤곽이 흐릿해져 가는 내 정체성의 경계선을 상징하는 것만 같았다. 내 존재를 규정해 주는 경계선은 무엇일까? 이런 질문을 스스로에게 던지는 대신 나는 '웨이트 워처스'Weight Watchers 체중 관리 프로그램°에 등록했다.

웨이트 워처스에서 제공하는 영양 점수 체계는 음식에 아무 생각이 없는 사람이 쓸 경우엔 아름다운 시스템이다. 그러나 평생 섭식장애에 시달린 사람이 쓰기에는 그리 바람직하지 않다. 이 프로그램을 시작하니 또다시 온 세상이 숫자로 보였고, 그 어느 때보다도 더 계산을 많이 하게 되었다. 나는 웨이트 워처스를 그만두고 그냥 칼로리 계산 방식으로 되돌아갔다. 그러자 세상은 또 다른 종류의, 내가 오래전부터 사용해 온 친숙한 숫자 체계로 돌아왔다. 이게 현재 내 상태다. 세상은 여전히 숫자로 되어 있지만, 미적분은 아니고 대수학으로 계산된다.

나는 먹보면서 동시에 형편없는 페미니스트다. 아마도 그럴 거다. 만약 내가 남자였다면 여자일 때와는 판이하게 다른 방식으로 먹고 살았을 것 같다. 피자를 엄청 많이 먹었을 거다. 마운틴듀를 넘치도록 마셨을 테고, 다이어트도 안 했겠지. 그렇다면 나는 내가 여자기 때문에 피자를 먹을 자격이 없다고 생각한다는 건데, 다른 여자들을 보는 내 시선은 또 어떻겠는가? 내가 내 몸을 사랑하지 않는데 어떻게 다른 여자들의 몸을 사랑할 수 있나? 좋은 페미니스트로 행세하기 위해 "나는 내 몸을 사랑해"라고 말하고 다닐 수야 있다. 하지만 그건 내가 미워하는 무언가를 사랑하는 척 꾸미는 짓밖에 되지 않는다.

그런데 나는 먹보면서 좋은 페미니스트기도 하다. 아마도

◊ 음식과 음료의 영양 성분을 기준으로 점수를 책정하고 건강한 식단과 운동 습관을 통해 체중을 관리할 수 있도록 지원하는 서비스.

그럴 거다. 그래도 솔직하기는 하니까. 지금 나는 당신에게 진실을 말하고 있는 것이다. 내가 내 몸과 다른 여자들 몸을 보는 방식을 규정짓는 비뚤린 도식들을 아직 부수지 못했다고. 그러니 당신도 당신만의 엿 같은 도식들을 얼마나, 어떻게 부수고 있는 중인지 내게 솔직하게 말해도 된다는 뜻이다. 당신이 뭔가를 꼭 부숴야만 한다는 얘기가 아니다. 다만 나와 함께하자는 뜻이다. 여기서 이렇게, 부수지 못한 채로 함께하면서, 바로 이것이 우리의 처지라는 사실을 받아들이자. 우리가 존재하는 바로 이곳에서 서로를 사랑하자. 심지어 우리가 서로를 비교하는 순간에도. 그래, 친구야, 힘든 일이라는 거 나도 알아.

하지만 나는 먹보면서 위선적인 페미니스트다. 나 자신에게는 허락하지 않는 몸을 욕망하기 때문이다. 나는 풍만한 여성의 몸을 욕망한다. 내가 성적으로 가장 끌리는 여자들은 오늘날의 기준에서(과거의 기준에서도) 비만으로 간주되는 체형이다. 포르노를 많이 보는 편은 아니지만, 포르노를 찾을 때 자주 입력하는 검색어는 '뚱뚱한 레즈비언들'이다. 얼마나 아름다운 판타지인가. 나의 가장 큰 자아가, 최대치의 나 자신이, 완전히 충만한 여성에게 받아들여지고 포옹받고 숭배받는다는 게. 한계를 정할 필요 없이 둘에서 함께 마구잡이로 퍼먹고, 그런 다음에는 서로를 게걸스럽게 탐식하면서 핥고 비비고, 가장 거대하게 실재하는 서로의 존재를 포용해 주면서 쉬는 것. 내게는 그런 게 바로 자유다. 절대적인 해방. 미치도록 섹시한. 그런 것만 보면 진짜로 꼴린다. 나도 그렇게 모든 걸 완전히 놔 버리고 싶다. 하지만 실생활에서는 내게 그런 자유를 허락할 수가 없다. 이건 페미니즘인가, 아니면 그저 타인에 대한 욕망과 대상화일 뿐인가?

아무래도 나는 먹보면서 최악의 페미니스트인 것 같다. 다른 여자들을 대상화하니까. 나는 내 몸을 다른 여자들 몸과 비교한다. 가끔은 내가 이긴다. 이긴다는 게 무슨 뜻인가? 그 여자보다는 내 몸이 내가 자라면서 본 잡지 속 모델들의 몸과 더 닮았다는 뜻이다. 즉 내가 그 여자보다 더 날씬하다는 거다. 나는 비난받을 여지가 없거나 더 적다는 뜻이다. 나는 비난을 엄청 무서워한다. 그런데 비난은 누가 하는 걸까? 우리를 비난하는 목소리는 누가 내는 것인가? 애초에 그런 목소리가 존재하기는 하나? 비난에서 완전히 자유로운 사람이 있기는 한가?

나는 내가 깡말라야 안전하다고 느끼는 먹보다. 나는 살이 찔 여지가 아주 많이 남아 있는, 살이 더 찐다 해도 통통함 근처에도 못 갈 만큼 마른 몸으로 살고 싶다. 나 자신의 몸에 한정해 말하자면, 뚱뚱함이라는 개념은 내게 끔찍한 느낌들을 불러일으킨다. 수치심, 파국, 자기혐오 등등. 이건 내가 어렸을 때 겪었던 감정들이고, 두 번 다시 이런 감정을 느끼지 않도록 나 자신을 보호하고 싶다(물론 그건 불가능하고, 내 몸이 어떤 상태든 매일같이 그런 감정들을 느끼며 살고 있다).

나는 여전히 대판 폭식하고픈 충동에 사로잡히곤 하는 먹보다. 이제껏 살면서 폭식 도중에 나 자신에게로 귀환하는 듯한 아름다운 황홀경에 빠진 순간이 더러 있었다. 먹는 행위를 되풀이하는 흐름에, 아무 제한도 없고 억제도 불가능한 상황에서 비롯되는 순수한 기쁨에 너무나 몰입한 나머지 마치 언어가 존재하기 이전의 고요 속에 들어선 듯한 느낌이 드는 것이다. 하지만 언어는 반드시 돌아왔다. 언어는 내 머릿속에 들어 있었고, 그 말들이 내게 고함을 질러 댔다.

그 고요는 뭐였을까? 진정한 해방에서 비롯된 해탈의 경지였을까? 아니면 마약처럼 세상을 차단하기 위한 대응 기제에 불과했을까? 위장이 더 이상 음식을 받아들이지 못해서 음식을 보기만 해도 메스꺼워질 지경이 되어, 태아처럼 몸을 동그랗게 웅크리고 누운 채 끙끙거리는 것 외에는 아무것도 할수 없을 때까지 먹어 대는 것이 과연 내 본성일까? 아니면 처음에는 남들이, 그다음에는 내가 부과한 규제들이 내 본성을 억압했고, 폭식은 그 규제들에 대응하기 위한 방편인 걸까? 내가 좋아하고 내 몸에도 좋은 음식을 충분히 먹을 줄 알고, 그게 너무 맛있어서 약간 과식하더라도 수치심이나 공포를 느끼지 않는 내가 내 안 어딘가에는 있을까? 그런 나는 처음부터 존재하지 않았고 새로 만들어 내야 하나? 아니면 동물들과 마찬가지로 내게도 그런 본능이 있었는데 살다 보니 묻혀 버린 걸까? 그걸 다시 파내려면 어디서부터 어떻게 시작해야 하나?

나는 자기통제가 환상이라는 사실을 머리로는 잘 아는 먹보다. 경험적으로도, 정신적으로도 잘 알고 있다. 온갖 극적인 경험과 무난한 경험, 사랑, 갑작스러운 고통, 비극을 거치면서 깨우쳤으니까. 하지만 내 마음에게 통제를 포기하라고 요청하는 것과 마음이 그 요청을 따르는 것은 전혀 다른 차원의 문제다.

나는 내 마음이 그 요청을 따라 주지 않는 먹보다.

나는 궁극적으로 나를 책임지는 사람은 나 자신임을 아는 먹보며, 안전하다는 감각을 추구하는 것 외의 방법으로는 나 자신을 책임지기 싫어하는 먹보다.

　나는 여기서 이렇게까지 솔직하게 이야기하기가 겁이 나는 먹보, 섭식장애 환자다.

　나는 심오하게 얄팍한 여자다.

내가 인간이
아닐 수 있게 도와줘

내가 성적으로 끌리는 대상은 나다. 정확히 말하면 '나 자신에게서 탈출하기'다. 누군가에게 집착할 때도, 인터넷에 집착할 때도, 애무할 때도, 섹스할 때도, 진짜 연인 관계에서도, 나는 자존감 부족이라는 길 위에서 상대방을 끌어안으며 내가 괜찮다는 걸 확신할 수 있게 되거나 내가 사라져 버리기를, 또는 둘 다를 희망한다.

사랑에서 내가 얻고 싶은 것은 걸리적거리는 자의식에서 잠시나마 풀려나는 경험이다. 나 자신과 내 인간적 결함을 초월하는 경험. 하지만 이런 일은 아직 겪어 본 적이 없다. 내가 실제로 겪은 건 평생에 걸쳐 거듭되는 사랑 이야기였다. 그 허구의 이야기들 속에서 나는 항상 불안정성이라는 베일을 덮어쓰고 있었고, 그 베일 너머로만 새로운 경험을 인지했다. 그 사랑 이야기 중 일부를 여기에 소개한다.

나는 너를 사랑하고, 너는 나하고 아무것도 하고 싶지 않지, 그러니까 나는 우리가 잘될 거라고 생각해: 사랑 이야기.

욕조 배수구로 빨려 들어가는 개미 두 마리를 보니까 우리 둘이 생각났어: 사랑 이야기.

그 모텔 방에서 너랑 섹스했을 때 가장 슬펐던 순간은 섹스하기 전에 네가 욕실에서 똥을 쌌을 때도 아니고, 네가 똥 싸는 소리를 안 들으려고 내가 투팍 노래를 틀었을 때도 아니고, 똥 냄새가 욕실 밖으로 새어 나왔을 때도 아니고, 네가 똥을 싼 뒤 샤워도 안 하고 나왔는데도 내가 네 불알 뒤를 핥아 줬을 때도 아니라(솔직히 난 신경 안 써. 병균 덕분에 내가 평생 건강하고 튼튼하게 살 수 있었다고 생각해. 다만 내 이야기를 들은 친구가 이 부분을 지적하길래, 내가 내 위생에 무관심하다는 점이 어쩌면 내 뿌리 깊은 자기혐오를 보여 주는 한 단면일 수도 있겠다는 생각이 들더라), 네가 똥을 싸고 한 시간 뒤에 내가 욕실에 들어갔는데 변기 밑바닥에 똥 얼룩이 묻어 있는 걸 보고, 만약 똥을 싼 사람이 나였다면 나는 휴지를 뜯어 변기 물 속에 맨손을 집어넣고서 똥 얼룩을 기어이 지워 냈으리라는 생각이 들면서, 똥 얼룩에 관한 이런 종류의 자의식은 우리 사회가 남자와 여자에게 부과하는 기대치가 너무나 달라서 그 차이에 따른 반응으로 형성된 것이 아닐까 싶었을 때(그건 아무래도 너무 환원주의적인 판단이겠지만), 그때가 가장 슬펐어: 사랑 이야기.

거긴 클리토리스가 아니야: 사랑 이야기.

성행위에 대한 걱정이 바로 내 성행위야: 사랑 이야기.

나는 내가 분명히 레즈비언이라고 생각했는데 너랑 데이트하고 나서 내가 무성애자일 수도 있겠다는 생각이 들다가, 실은 내가 무성애자인 게 아니라 상상도 못할 만큼 심각하게 좆된 거구나 싶더라: 사랑 이야기.

나는 나 자신이 좋았던 적이 한 번도 없어: 사랑 이야기.

미안한데, 네가 오럴해 줄 때 깜빡 잠들었어: 사랑 이야기.

어느 날 밤 너한테 자지가 아니라 오이가 붙어 있는 꿈을 꾸고는, 다음 날 일터에서 너를 보니까 내가 너한테 반한 것 같아서(매일 똑같은 사람들이랑 한 공간에 갇힌 채 여덟 시간을 연속으로 보내다 보면 그중에서 실제보다 더 특별하고 매력적으로 보이는 사람이 한 명쯤은 생기게 마련이지), 결국 너랑 세 번이나 섹스하게 됐고, 할 때마다 "다신 안 해"라고 나는 말했지만, 네가 내 항문을 핥아 줬을 때 무지 친밀감이 들어서 너한테 예쁜 셔츠라도 좀 사 주고 싶어지길래, 혹시 나랑 진지하게 만나고 싶은 생각이 있느냐고 물었더니(나한테 남자 친구가 없다는 가정하에) 너는 좋다고 대답했지(하지만 이미 애인이 있는 사람에게 좋다고 대답하는 거야 쉬운 일이지): 사랑 이야기.

네 얼굴을 난롯불 쪽으로 돌렸을 때, 나는 우리 그림자로 불을 피우고 그 속에서 타 버리고 싶었어, 아니면 너에 대한 집착에 취해 아예 지워져 버리고 싶었어: 사랑 이야기.

난 이제 너를 상상하면서 자위하는 것도 관뒀어, 너무 슬퍼서: 사랑 이야기.

내 담당 심리 상담사가 너를 팬케이크 엉덩이라고 불러: 사랑 이야기.

나는 섹스할 때 너를 외면하는 게 아니야, 네가 적당한 체격의 남자니까 나는 뚱뚱한 여자끼리 서로 보지를 만져 주는 상황을 상상하면서 제대로 오르가즘을 느끼려고 노력하는 것뿐이야: 사랑 이야기.

네가 아름다운 눈을 가졌다고 해서 깊이 있는 사람이라는

뜻은 아니야: 사랑 이야기.

네가 "강박적으로 굴지 말고 그냥 느낌을 따라가"라고 했을 때 나는 싫다고 했어: 사랑 이야기.

네가 정말로 좋은 인생을 살고 있고 그래서 만족스럽다니 유감이야: 사랑 이야기.

어둠속에서 벌거벗은 네 모습이 너무나 인간적으로 보여서 머릿속으로 너를 '인간아'라고 불러 봤더니 너에 대한 욕망이 사라져서 안심이 됐어: 사랑 이야기.

네가 꿈꾸는 섹스 판타지가 서로 절정에 이를 때 "사랑해"라고 말하는 로맨틱한 섹스를 매일 다른 사람하고 하는 것이라고 이야기했을 때 난 완전 동감했어, 그런 섹스를 오로지 너하고만 하고 싶다는 점만 빼면: 사랑 이야기.

내 인생에는 동굴이 엄청 많고 그 모든 동굴에 네 털이 들어차 있는 것만 같은 느낌이야: 사랑 이야기.

내가 원하는 것 같은 너의 모습대로 네가 살 수 있다고 상상해 보자: 사랑 이야기.

섹스 집단의 수장이 되는 게 네가 다다를 수 있을 최고의 미래일 거라고 네가 트윗했을 때 그걸 진작 위험 신호로 받아들였어야 했는데: 사랑 이야기.

음, 확실히 너보단 내가 그걸 더 많이 좋아했네: 사랑 이야기.

슬슬 네가 또 들이닥쳐서 내 삶을 망쳐 놓고 다시 사라져 버릴 때가 된 것 같은데: 사랑 이야기.

리빙턴 호텔 화장실에서 너랑 섹스했던 날 가장 좋았던 순간은, 너랑 만나기 전에 세포라°에 들러 거기 있는 샘플을 몽땅 써서 공짜로 화장했을 때, 특히 입생로랑 립 래커를 발라 봤을 때였어(아 참, 네가 "리빙턴 호텔에서 섹스하자"라고 했을 때 나는 네가 그 호텔 방을 얻겠다는 말인 줄 알았어): 사랑 이야기.

네가 어떻게 하면 내게 오르가즘을 줄 수 있겠느냐고 물었을 때 "그럼 방에서 나가"라고 대답했던 건 미안해: 사랑 이야기.

가끔 위안이 필요할 때(늘 필요하지) 네 혀짤배기 소리를 떠올리면 내 뇌가 신경안정제로 가득 찬 자궁 속에 푹 잠기는 것 같은 느낌이 들어서 좋은데, 그 부작용으로 내 제2차크라♠랑 보지가 확 달아올랐다가 싸늘하게 식어 버린다는 게 문제야: 사랑 이야기.

그 남자는 그냥 여기저기에 자지를 넣고 싶어 했고 그 여자는 자기 보지가 완벽하기를 원했지: 사랑 이야기.

나도 자지가 있었더라면 좋았을걸: 사랑 이야기.

사실 너를 딱히 좋아하진 않았는데, 너 외의 다른 애들은 더 구렸어: 사랑 이야기.

네가 성범죄자라는 사실이 폭로됐을 때 솔직히 마음이 상했어, 너는 나를 상대로는 발기도 안 됐잖아: 사랑 이야기.

오늘 네 페이스북 페이지를 다섯 시간 들여다봤어: 사랑 이야기.

네가 내게 돌아올 거라는 상상을 하면서 하루를 보내는

◊ 프랑스에 본사를 둔 화장품 유통 매장.
♠ 차크라 중에서 배꼽과 생식기 중간 지점을 뜻함.

게 제일 재밌어: 사랑 이야기.

너처럼 섹시한 애가 남들에게 인정받고 싶어서 안달한다는 게 여전히 믿기지가 않지만, 하기야 아주 예민한 사람으로 이 세상을 산다는 건 고통스러운 일이지. 어떤 사람들의 마음에는 체처럼 구멍이 숭숭 뚫려 있어서 외부의 인정을 받아 봤자 전부 그 구멍들로 새어 나가 버려서 영영 만족할 수가 없고, 그러니까 결국은 다 내면의 문제일 뿐이고 외부의 인정은 아무리 많이 받아도 소용이 없는 법이잖아(하지만 인정받는 순간에는 기분이 무지 좋기는 해서, 뭐라고 할까, 신에게 화를 내고 싶어지기도 해. 당신이 나라는 인간을 이렇게 만들어 놓지 않았느냐, 그러면 나 자신을 스스로 인정하는 법도 좀 알려 줘야 하는 거 아니냐, 나한테 인정받는 것도 남자한테 인정받을 때나 인터넷에서 인정받을 때처럼 기분 째지게 해 달라, 남자한테나 인터넷으로 인정받을 땐 꼭 대가를 치러야 하더라……): 사랑 이야기.

그래, 내 오르가즘은 다 연기였어: 사랑 이야기.

내 머릿속에서 우리는 평생 함께 살 거야: 사랑 이야기.

내가 누드 사진을 보내 주면 그 사진의 어디가, 얼마나, 어떻게 좋은지 제대로 된 논문을 써 주면 좋겠어: 사랑 이야기.

그때 네 차에서 "나는 그냥 보지가 먹고 싶다고!"라고 소리쳤더니 너는 "너 실은 100프로 레즈비언인 거 아냐?"라고 했고, 그래서 100프로 레즈보다도 능숙하게 네 보지를 먹어 버렸지만, 그래도 난 바이섹슈얼이었어: 사랑 이야기.

사실 2년 동안 너랑 섹스할 때마다 너를 커스틴이라는 금발 여자로 상상했어: 사랑 이야기.

나는 인터넷을 떠나고 싶지 않아, 인터넷 외의 상대에게 신경 쓰고 싶지 않아: 사랑 이야기.

나는 사랑이라고 생각했는데 너는 그저 섹스라는 걸 알고 있었던 바로 그 섹스가 그리워: 사랑 이야기.

고등학교 때 너한테 거절당했던 일을 되갚아 주려고, 졸업하고 나서 훨씬 더 섹시해진 모습으로 너를 유혹하고 키스한 다음 섹스는 안 해 줘서 골탕 먹이려고 했는데, 어쩐 일인지 그날 밤 막판이 되니까 내가 너한테 자지 좀 빨게 해 달라고 빌고 있더라, 정말 최악의 실수였지: 사랑 이야기.

혹시 내가 문자 너무 많이 보내면 말해 줘: 사랑 이야기.

클리토리스 이빨로 긁지 말아 줄래?: 사랑 이야기.

나는 우리가 괜찮은 사이라고 생각했지만, 내 친구들이 너더러 또라이라고 하고 나는 내가 사람 보는 안목을 별로 믿지 않으니까(사람만이 아니라 다른 안목도 못 믿겠어, 믿으면 안 될 만한 충분한 이유가 있어) 우리 이제 그만 헤어지자: 사랑 이야기.

내 항문에 못 넣어서 유감이야: 사랑 이야기.

너는 영성靈性은 돈으로 살 수 없는 거라고 말했지만, 나는 그때 너네 집에서 달걀 샐러드 샌드위치 먹었을 때 진짜 경건한 기분이었는걸: 사랑 이야기.

지스팟은 네가 생각하는 거기에 있는 게 아니야: 사랑 이야기.

네가 그냥 원나잇을 원했다고 말했을 때 나는 우리가 죽을 때까지 원나잇을 하는 사이면 좋겠다는 뜻이기를 바랐어: 사랑 이야기.

너는 나를 내 인생에서 구해 주지 않겠지: 사랑 이야기.

답문 보내 줘: 사랑 이야기.

당신의 구멍을 채워 줄 사람은
그 안에서 질식할 거야

나는 내가 사랑에 대해 아무것도 모른다고 자기 암시를 건다. 그래야 제정신을 차릴 수 있을 것 같아서. 나는 한 젊은 남자의 몸에 투사했던 환상에서 벗어나 제정신을 차리려 노력하고 있다. 그가 내게 췄던 음악, 언어, 손가락, 내 보지에 대고 신음하던 얼굴에서. 나는 그렇게도 맹렬히 살아 있던 경험에서 영영 벗어나지 못할 것이다.

나는 그를 사랑했다. 나를 아끼는 사람들은 내 감정이 욕정이나 열병일 뿐이었다고 말하지만, 나는 그런 말에 신경 쓰지 않는다. 하지만 나를 아끼는 사람들에게 그런 지적을 당하지 않으려고 나도 내 감정이 욕정이나 열병일 뿐이었다고 말하고 다니게 됐다. 나를 아끼는 사람들은 나를 나 자신에게서 구해 줄 수 있지만, 나를 살아 있는 상태에서 구해 주지는 못한다. 그건 내 신만이 할 수 있는 일이다. 그런데 가끔 내 신은 나를 아끼는 사람들을 통해 말을 한다. 가끔 나는 너무 외롭다.

사랑(명사): 한 사람을 강하게 또는 지속적으로 좋아하는 감정 (메리엄-웹스터 온라인 영어 사전)

우리가 인터넷에서 처음 만났을 땐 사랑이었을까? 그가 내게 바보 같은 메시지를 보내고, 내 글을 칭찬하고, 내가 좋아하는 사탕에 그려진 그림을 보여 주면서 치근거렸을 때는? 매력적인 사람이 우리에게 치근거리면, 우리는 그 감정이 사랑인지 아닌지 걱정할 필요가 없기에 여유로운 입장이 된다. 쫓아다니는 쪽은 어디까지나 그 사람이니까. 적어도 처음에는 그렇다. 나는 누군가에게 반할 때 그렇지 않다고 착각하는 경향이 있지만, 이 경우에는 진짜로 반한 게 아니라고 생각했다. 그는 나를 찔러보고, 메시지를 보내고, '좋아요'를 누르고, '마음에 들어요'를 누르면서, 인터넷에서 내가 간지러워하던 구석을 번번이 긁어 줬다. 나는 내 감정들을(어떤 감정이든 간에) 표출하지 않고 통제했다.

사랑(명사): 성적 욕망이 수반되는 호감. 로맨틱한 관계에서 상대방에게 느끼는 강한 애정 (메리엄-웹스터 온라인 영어 사전)

욕정(명사): 강렬한 성적 욕망이나 욕구 (Dictionary.com)

그 상태를 한 단계 위로 끌어올린 사람은 나였다. 나는 우리가 주고받던 신호들을 명백히 성적인 의미로 발전시켰다. 나는 뭐가 뭔지 불확실한 관계에 처하면 초조해져서 어떻게든 성적인 관계로 밀어붙이려는 충동을 느끼기 때문이다. 어느 날 그와 메시지를 나누면서 내가 좋아하는 시리얼(나는 그릇에 우유부터 먼저 부은 다음 카시 고린°이나 코코아 크리스피를 말아 먹는 걸 좋아한다)에 대해 이야기하다가 화제가 그의 소화 장애로 넘어갔다. 나는 그걸 "배변 사업"이라고 불렀다. "요즘 배변 사업은 어떻게 돼 가?"라는 식으로. 그러자 그는 자기 배변 사업에 대해 남과 이야기하는 건 쉽지 않다며, 만약 그 사람의 배 속에 자기가 들어가 볼 수 있다면야 자기 배속 사정에 대해서도 줄줄이 토설할 수 있을 거라고 했다. 그래서 나는 그에게 내 배 속에 들어와 보고 싶냐고 물었다. 그는 "좋지!!!!"라면서 진심으로 하는 말이냐고 물었다. 나는 그에게 폰 번호를 알려 주고는 문자메시지로 섹스팅이나 하면서 놀자고 했다. 그렇게 해서 우리는 그날 오후 내내 섹스팅을 했다.

그   좁은 통풍관 안에서 너랑 떡 치고 싶어. 둘이 온몸을 딱 붙이고, 처음에는 천천히 조심조심하다가 나중에는 엄청 세게. 그러다가 네 안에다 쌀 거야. 근데 그 순간에 통풍관 밑바닥이 무너져서 둘 다 밑으로 뚝 떨어져 버리는 거지. 월마트 회의실 한가운데라든가 커다란 퐁뒤 그릇 같은 데에

그   그리고 니 보지도 먹고 싶어

나   천천히 하다가 점점 세게 하는 섹스 좋지. 하는 동안 나는 네 예쁜 얼굴을 똑바로 보고 있을게. 완전 맛이 간 얼굴이겠지. 넌 키스하면서 내 입속에 신음을 해 댈 거야.

그   네 입속에다 속삭여 줄게. 너 존나 따먹고 싶다고. 이미 따먹고 있지만.

그   네 스타킹을 벗겨 주고 싶어. 니 얼굴을 쳐다보면서 아주아주 천

◊ 여러 종류의 통곡물로 이루어진 저칼로리 시리얼.

천히 벗길 거야. 그리고 널 침대에 밀쳐서 눕힌 다음 니 보지 맨 밑에서부터 위쪽으로, 아주 천천히, 천천히 핥아 줄게. 딱 클리토리스 바로 아래까지만. 그런 다음 이번에는 더더욱 천천히, 혀 끝으로만 살짝 클리토리스를 훑어 줄게.

나　스타킹 ㅋ

나　대박이네. 그럼 나는 네 자지 맨 위에서부터 핥아 줄게. 넌 내 이름을 부르면서 내 눈을 내려다보고 있어. 난 니 기둥을 입에 넣고 빨아 주다가 불알을 핥아 줄 거야. 존나 천천히. 넌 너무 감질나서 죽으려고 할걸.

나　너가 내 배랑 보지랑 허벅지를 계속 애무해 주면 좋겠어. 내가 제발 박아 달라고 빌 때까지.

그　음…… 난 내 손으로 먼저 딸 치다가 싸기 직전이 되면 니 머리채를 붙잡고 입에다 자지를 넣고 싶어. 그리고 목구멍까지 깊게 넣었다 뺐다 하다가 니 입에 싸 버릴 거야. 그동안 계속 네 눈을 쳐다볼 거고. 너도 내 눈만 봐

나　난 네 자지 진짜 맛있게 빨 거야. 젖은 입술로 열심히 빨면서 니 좆에 대고 신음해야지.

그　그래 니가 내 좆에 대고 하앙거리는 거 듣고 싶네

그　네 바지 허리 밴드 밑으로 손 집어넣어서 보지를 문질러 줄게. 그동안 너는 내 청반바지 지퍼 사이로 내 자지를 빨아 주고

그　ㅋㅋㅋㅋㅋ

나　내가 완전 가게 만들어 주고 싶다고, 내가 갈 때까지 밤새도록이라도 봉사하겠다고 말해 줘. 그러곤 내 조그만 핑크색 클리토리스를 열심히 핥아 주는 거야. 아주 빠르고 섬세하게, 네 혀가 내 전용 바이브레이터인 것처럼. 니가 그러는 동안 나는 인터넷 서핑

할 거야. 그러고 트윗 하나 올려놓고 10분 뒤에 니 입안에서 가

버리는 순간 그 트윗을 지우고 새 트윗을 올릴래.

그   그때 내 얼굴은 보짓물로 푹 젖어 있겠지. 너 가는 순간에 네 트

윗에 마음⌂을 찍어 줄게.

그   그리고 오르가즘 막판에 니가 부들부들 떨면서 내 머리를 붙잡

고 있는 동안 네 트윗을 알티♠해 줄게

나   내 클리토리스 핥는 동안 나한테 멘션♦ 보내 줘. 그러면 나는 갈

때 네 이름을 계속 계속 부를 거야. 네 멘션에 대한 답으로. 왜냐

면 나 원래 트위터에서 답멘션 안 하는 거 사람들이 다 아니까

나   그럼 넌 내 답에 대한 답으로 내가 가는 순간에 내 안에 손가락

을 집어넣어 줘. 그 전까지는 넣지 말고. 딱 그때 손가락으로 내

근육이 움직이는 걸 느껴 줘.

나   아, 그리고 나는 니 불알 뒤쪽을 진짜 맛있는 보지 먹는 것처럼

핥아 댈 거야

그   그럼 나는 네 트위터 프로필에 들어가서, 네 타임라인 깊숙이 들

어가서 아직까지 마음 안 찍었던 트윗들에 마음을 찍을래. 이게

무슨 뜻이냐면 첫째, 나는 네 예술을 존중하며 네 깨끗한 타임

라인을 매우 아낀다, 그리고 둘째, 너한테 답멘션 받는 것보다

이런 식으로 답 받는 게 훨씬 좋다.

나   내 보지는 내 타임라인보다도 더 깨끗해

그   네 액을 삼키면서 네 페북 게시물 세 개에 좋아요 눌러야지

그   근데 니 애액 먹으면 난 너무 아파서 죽을 거야. 네 애액은 너무

⌂ 트위터에서 특정 게시물에 '마음에 들어요'를 누르는 것.

♠ 트위터에서 특정 게시물을 자기 팔로워들이 볼 수 있게 전파하는 기능.

♦ 트위터에서 특정 사용자에게 말을 거는 기능으로 다른 사용자들도 볼 수 있다.

깨끗해서 인간인 내 몸으론 소화할 수가 없으니까. 하지만 귀신이 돼서 돌아와 너를 끝까지 보내 줄게.

그 그리고 네 젖은 보지를 가운뎃손가락으로 쑤셔 주면서 네 입에다 싸고, 그러면서 왼손으로는 네가 올린 시를 내 타임라인에 공유할 거야. "완전 좋다"는 말도 덧붙여서.

그 네 클리토리스 127시간 동안 핥아 줄게

나 나는 네 두 손목을 한 손으로 붙잡고 니 위에 올라타서 좆을 따먹을 거야. 그러면서 다른 쪽 손으로는 네가 내 시 공유한 거에 좋아요 누르고, 입으로는 키스하고

나 그래 넌 127시간 동안 내 보지를 먹어. 그러다 121시간째에 내 보지 맛이 너무 궁금하다고 막 그러는 거야. 이미 먹고 있으면서도

그 나는 네 보지를 하도 오래 먹어서 열반의 경지를 들락날락할 거야. 내 좆은 너무 딱딱해져서 시공간을 갈라 버릴 거고, 우리의 조상의 조상의 조상을 거슬러 올라가서 공통의 조상님들까지 박아 버릴 거야

그 '멀리사 브로더가 이 글을 좋아합니다'를 스샷으로 찍어서 인쇄해 놓고 거기다 싸 버리고 싶어

나 '멀리사 브로더가 이 글을 좋아합니다'에 네 정액을 싸 놓은 걸 사진으로 찍어서 보내. 그럼 내 애액으로 사인할 테니까

그 나무 위에 어린애들 놀라고 지어진 장난감 집 있잖아, 거기 들어가서 떡 치자. 그러다 걔네 집 부모한테 들키면 안 멈추고 오히려 더 세게 더 빨리 하는 거야. 그렇게 해서 끝까지 간 다음 정신을 차려 보면 그 부모는 쇼크사로 이미 죽어 있는 거지. 슬프게도

그 그럼 나도 내 정액으로 사인할게

나 나는 네가 127시간 동안 내 보지를 먹으면서 현실 세계 밖으로 들락날락하는 동안 니 얼굴이 어떤지에 대해 시를 쓸 거야. 그 시에는 서큐버스,◊ 초월적이면서도 세속적인 번뇌, 뭐 이런 주제가 들어 있을 거고, 내가 쓴 시 중에서 가장 저질일 거야

그 네 뒤에서 엉덩이 살을 비틀어 쥐면서 자지를 박을 거야. 그러다 보면 너는 신작 한 권을 통째로 뱉어 내게 되겠지. 그 책이『뉴욕 타임스』비평가들한테 대차게 까이는 걸 같이 지켜보자고.

나 그 부모 시체 옆에서 떡 치면서 "나는 네 배변 사업까지도 받아 들일게"라고 말할게. "지금 당장 니가 똥을 싸더라도 난 너를 나쁘게 보지 않을 거야. 그냥 싸도 돼. 그냥 아무 데나 다 싸 버려. 그러면 나는 오히려 흥분할걸. 나는 딱히 똥에 흥분하는 성향은 아니지만—그런 취향인 사람들을 폄하하는 뜻은 아니야—네 행동에서 친밀감을 느낄 거고, 무력해진 네 모습도 섹시할 거고, 그런 것까지도 받아들일 수 있는 내 급진적인 포용력이 뿌듯할 거야." 이렇게 말한 다음 너는 똥 대신 정액을 존나게 싸 버리는 거지.

그 ~ 완벽한 섹스팅 ~

그 네가 이겼어

우리는 이런 식으로 1년 동안 섹스팅을 했다. 처음 반 년 간은 실제로 만나지 않고 온라인에서만 놀았다. 그동안 나는 뉴욕에 살다가 로스앤젤레스로 이사 갔고 그는 쭉 워싱턴

◊ 중세 유럽 전설에서 전해지는 여성 악마로, 밤에 자는 남자에게서 정기를 빼앗는다고 알려져 있다.

D.C.에 살았다. 섹스팅을 하면서 우리는 다양한 수사법을 탐험했다. 십자가형부터 시작해서(나: 고대 로마 원형 경기장에 같이 앉아서 내 보지를 만져 줘. 팬티 벗기지 말고 그 위로. 서기 31~33년쯤부터 시작해서 예수가 십자가에 매달릴 때쯤엔 나를 어둑한 골목으로 데려가서 애무해 줘. 나도 너를 벽에 기대 놓고 팬티 위를 문질러 줄 거야. 그러고 있느라고 예수가 십자가에 매달리고 있는 줄도 모를 거야. / 그: 우리 구주께서 하늘로 올라가시는 바로 그 순간에 네 애액이 묻은 내 손가락을 빨아 줘. 그러면 그분이 우리를 보고 "잠깐!" 하면서 멈췄다가 "농담이었어" 하고는 마저 올라갈 거야. 다들 빵 터지겠지) 북극에도 가 봤다(그: 지금 내 자지 만지면서 너 상상하고 있어. 네가 내 앞에서 무릎을 꿇고 내 쪽으로 천천히 몸을 기울이는 거야. 아름다운 빙하 위에서. / 나: 그 빙하 위에는 세포라도 있어. 그래서 내 입술이 부자연스러울 만큼 새빨개. / 나: 은하계에 뚫린 구멍으로 네 좆을 내밀면 내가 귀두 핥아 줄게. 그러고 입에 머금고 천천히 키스해 줄게. 4차원 시공 연속체 밖에서. / 그: 너한테 삽입할 때 내 좆은 엄청난 무지갯빛으로 빛날 거야. 차가운 밤공기와 따스한 네 보지 온기가 부딪혀서 우리 사이에 천둥이 쿵 울릴 거야, 왠진 몰라도. / 그: 네 보지 안에서 우리는 핵반응을 일으킬 거야. 서로의 오르가즘으로 서로가 가 버리는 거야).

　　우리는 다른 주제에 대해서도 문자를 나눴다. 우울과 불안, 정신과 상담, 빙빙 도는 마음의 쳇바퀴, 어린 시절에 겪었던 은밀한 고통, 새로운 어린 시절이 주어진다면 어떨까 하는 상상, 여러 종류의 공허감, LSD를 하고 겪었던 달과 연관된 기분 나쁜 환각 체험 등등. 우리는 서로의 알몸 사진을 보내 주었다. 그는 자기가 쓴 시 이야기도 했다. 내가 보면 좋아할 거라며, 나를 위해 쓴 시라며. 누가 나를 뮤즈로 만들어 준

건 처음이었다. 그러자 내 안의 무언가가 변했다. 내 안에 사는 작은 아이가 대뜸 튀어나와 외쳤던 것이다. "네가 나를 봐 줬구나. 드디어 누군가가 나를 봐 줬어."

그런 일은 정말 사소한 계기로도 일어난다. 짧은 시간 동안만 알고 지낸 사람에 대해 우리가 뭘 얼마나 이해할 수 있나? 애초에 사람은 타인을 얼마나 이해할 수 있을까? 누군가를 이해하기엔 나는 그 사람을 너무 많이 알고, 한편으로는 아무것도 모른다.

열병(명사): 짧은 기간 지속되는 과도한 흥분 상태 (아메리칸 헤리티지 영어 사전, 4판)

우리는 추수감사절 직전 맨해튼의 금융 지구에 있는 한 호텔에서 처음 만나기로 했다. 그때 그가 도착하기 전에 먼저 장을 비워 두려고 호텔 화장실 변기에 앉아 있었던 게 기억난다. 그는 애널 섹스를 많이 해 본 것 같았다. 반면 그보다 나이가 아홉 살 더 많은 나는 애널을 한 번도 해 본 적이 없었다. 나는 그를 위해 나 자신을 깨끗하고 예쁘게 가다듬는 시간을 즐겼다.

그가 호텔 방에 도착했을 때 나는 '와, 대박'이라고 생각했다. 그는 짧은 흑발에 앞머리를 살짝 내려뜨렸고, 얼굴과 몸이 가젤처럼 날렵했다. 그가 정상인이어서 안심이 됐다. 더군다나 섹시한 정상인이라니. 인터넷으로 알게 되는 사람들은 실제로 만나 보면 상상했던 것보다 훨씬 괴상하고 덜 매력적인 모습이기 일쑤다. 우리는 서로를 오래도록 끌어안았다. "나는 너를 알아"라고 말하는 듯이. 하기야 어떻게 보면 정말로 아는 사이긴 했지만, 또 어떻게 보면 전혀 모르는 사이였다. 우리는 키스했다. 그의 입술이 갈라져 있었다. 키스가 너무 강하다는 느낌도 들었다. 억지로 급박하게 몰아붙이는 느낌이었다. 그는 내 보지를 무한히 먹을 수 있다고 단언했지만, 만약 그런대도 내 몸이 도저히 못 따라갈 것 같았다. 마치 영화 속에 들어온 것처럼 어색했다. 그간 섹스팅을 하도 많이 했더니 피차 품었던 기대가 너무 컸다.

둘 다 속옷만 입은 채 침대 위에 드러누웠을 때, 나는 거기까지 온 과정을 되돌려서 처음부터 다시, 슬로모션으로 하면 좋겠다는 생각이 들었다. 그가 내 보지를 핥아 주자 나도 모르게 신음을 지어냈다. 지어낸 것까진 아니라도 확실히 신음을 극적으로 과장하긴 했다. 예전 애인들이랑 섹스할 때도 했던 행동이었다. 몸과 마음이 모두 딴 데 가 있지만 상황에 몰입하는 것처럼 보이고 싶을 때. 나는 이대론 안 되겠다 싶어서 그의 자지를 빨아 주었다. 발기시켜 주고 싶었지만 잘되지 않았다. 그도 나와 같은 기분인 모양이었다.

그러고 나서 다시 침대에 누워 서로 애무해 주고 있는데, 평소 내 안에 가둬 두고 있던 슬픔과 공포가 불현듯 모조리 둑 밖으로 쏟아져 나오는 느낌이 들었다. 나는 거기에 휩쓸려 잠시 허우적거렸다. 그도 내 슬픔을 느끼는 것 같았다. 그런데 그 슬픔이 애초에 그에게서 전해진 것일 수도 있다는 생각은 미처 못 했다. 나중에 그는 자신이 "어두운 기분"을 몰고 와서 미안하다며, 그날 밤 우울한 상태였는데 떨쳐 내지 못했던 것 같다고 사과했다. 하지만 나는 그래도 그 기분이 내 것이었다고 생각했다. 어쩌면 우리 둘 모두의 기분이었을지도 모른다. 어쩌면 그동안 내내 섹스팅을 하면서 우리가 연결될 수 있었던 원인 자체가 바로 슬픔이었는지도 모른다. 우리는 둘 다 빛을 찾고 있었던 것이다. 가짜 빛이든 진짜 빛이든.

나는 그에게 이렇게 말했다. "너는 살면서 고통을 많이 겪어 봤나 봐. 감이 진짜 예리하네." 내 인생의 고통을 그가 감으로 꿰뚫어 본 것 같았다는 말까지는 하지 않았다.

그는 슬슬 피곤하다면서 잠시 눈을 붙여도 괜찮겠냐고 물었다. 나는 "당연히 괜찮지"라고 말했지만 내심 서운했다. 그러고 보니 몇 시간째 아무것도 안 먹어서 배가 고팠다. 나는 먹을 걸 사러 다녀오겠다고, 혹시 뭐 필요한 거 없냐고 물었다. 그는 없다고 했다. 혹시 소화 장애 문제 때문에 외박할 때 뭘 먹기를 꺼리는 건 아닐까 싶었다.

나는 세븐일레븐에 가서 1,000칼로리쯤 되는 음식을 사 왔다. 시리얼 바, 엠앤엠스 초콜릿 한 봉지, 땅콩버터와 잼이 든, 뭔가 일본풍 같은 괴상한 생김새의 샌드위치. 호텔 방에 돌아온 나는 무지 매력적이고 예쁜 여자가 된 기분으로 자리에 앉았다. 그리고 그의 시선을 의식하면서, 그에게 한 편의 연극을 보여 주듯이 그것들을 먹었다. 나는 그에게 먼저 자라고, 나는 다른 침대에서 자겠다고 말했다(방에는 침대가 두 대 있었다).

사랑(명사): 한 사람에게 느끼는 깊고 애틋하고 형언하기 어려운 애정과 갈망. 상대방에게서 동류의식을 갖거나, 매력적인 요소들을 발견하거나, 내밀한 일체감을 느끼는 등의

상황에서 발생한다. (아메리칸 헤리티지 영어 사전, 4판)

어느새 곯아떨어졌다가 정신 차려 보니 새벽이었다. 이를 닦은 다음 침대로 돌아가 누워서 마저 자는 척했다. 그러자 그가 일어나서 이 닦는 소리가 들렸다. 오줌 누는 소리도. 나는 눈을 뜨고 가젤 같은 그의 몸이 방 안을 느릿느릿 돌아다니는 모습을 지켜보았다. 그의 회색 사각팬티 한가운데가 곤두서 있었다. 그는 내 침대에 들어와도 되겠느냐고 물었고, 나는 좋다고 했다. 우리는 부드럽게 키스했다. 전날 밤보다 훨씬 자연스러웠다. 이윽고 그는 내 몸으로 키스를 이어 가다가, 내 보지를 무한히 먹었다.

나는 우주로 가 버렸다가 그의 혀 위로 되돌아왔다. "좀 박아 줄래?" 나는 물었고, 그는 박아 줬다. "네 화살로 나를 쏴 죽여 줘." 나는 그렇게 말한 다음 아주 천천히, 오랫동안 오럴을 해 주었다. 그는 더더욱 단단해지더니 사정했고, 나는 그의 정액을 삼켰다.

우리는 정오가 될 때까지 섹스했다. 키스하고, 매만지고. 그는 내 보지에 말을 걸었고, 어루만졌다. 우리는 각자가 본 콘서트들에 대해 대화를 나눴는데 그건 실망스러웠다. 나는 문화적인 것, 사회와 연관된 것이라면 아무것도 이야기하고 싶지 않았다. 오로지 느낌에 대해서만, 가장 본질적이고 핵심적인 형태의 삶에 대해서만 이야기하고 싶었다. 호텔 방의 단조로운 분위기 속에서는 어쩐지 그런 게 가능할 것 같은 기분이 든다. 본질적이고 핵심적인 삶이라는 게 존재하기라도 하는 듯이. 내가 상대방에 대해 사실상 아무것도 모르고, 단지 그의 아주 근본적인 부분만을—또는 그가 자신의 근본이라고 내세웠거나 아니면 내가 그렇게 믿고 싶어 하는 부분만을—알고 있을 때, 그리고 그런 사람과 함께 중립적인 공간에 있을 때면 그런 대화가 가능할 것처럼 느껴지는 것이다.

호텔 로비에서 작별 인사를 할 때 나는 선글라스와 퍼 후드로 얼굴을 가리고 쿨하게 행동했다(나중에 그는 퍼 후드가 달린 재킷을 입고 선글라스를 쓴 자신의 사진을 찍어서 "이것 봐"라며 내게 문자로 보내 주었다). 나는 선글라스와 퍼 후드 너머로 그에게 말했다. "우린 잘했어." 마치 프로처럼, 선수처럼. 남자애처럼 털털하고 미련 없는 태도로. 그는 내 방식이 마음에 들었던 것 같다. 나중에 그가 말하기를, 나와 헤어진 후 자기가 갈 방향을 확인하려고 지도 앱을 켜려다 멋진 엔딩을 망치고 싶지 않아서 굳이 호텔 옆 식당에 들어가 숨은 채로 핸드폰을 꺼냈다고 한다.

욕정(명사): 강렬한 충동이나 열정 (아메리칸 헤리티지 영어 사전, 4판)

그를 두 번째로 만난 건 그로부터 두 달 뒤 브루클린의 한 친구 집에서였다. 친구는 집을 비웠고, 나는 욕조에서 오일을 몸에 바른 채 그에게 문자를 보냈다. 휴가 나온 것 같은 기분이라고. 오후 내내 우리는 문자를 주고받았다. 지난 7개월 동안 나눈 섹스팅 중에서 좋아하는 구절들을 스크린 샷으로 찍어 서로에게 보냈다. 그가 나를 만나려고 버스로 몇 시간이나 걸리는 길을 오고 있다는 게 기분 좋았다. 로맨틱한 느낌이었다. 정작 내가 로스앤젤레스에서 6,500킬로미터 떨어진 뉴욕까지 비행기를 타고 날아왔다는 사실은 생각하지 않았다. 나는 내가 업무차 출장 나온 거라고 믿고 있었다. 실제로 그렇기도 했다. 하지만 그를 만나지 못할 거라면 구태여 출장을 결행하지는 않았을 것 같다.

눈 내리는 밤 그가 현관문 앞에 도착했던 순간이 기억난다. 그가 다시 현실에 존재하게 되었다는 게 믿어지지 않았다. 아니, 내가 상상했던 그가 온전히 현실로 나타난 것은 아니었지만, 그의 얼굴과 몸과 머리카락은 진짜였다. 나는 말했다. "코트 벗겨 줄게. 닥치고 네 코트부터 벗기게 해 줘."

침실로 이어지는 계단을 올라가면서 그에게 혹시 음악을 가져왔느냐고 물었다. 그는 이번에는 틴 데이즈°의 음악을 들으면서 내 보지를 무한히 먹을 생각이라고 했다. 그는 앨범 마지막 곡이 끝날 때까지 오럴을 해 주었고, 나는 오르가즘에 이르렀다. 그다음으로는 삽입 섹스를 했다. 내 기억엔 후배위로 했던 것 같다.

포경을 하지 않은 그의 성기가 매혹적이었다. 나는 포경을 안 한 남자와 해 보는 게 처음이었다. 다시 처녀가 된 기분이 들었다. 그의 성기가 더러우면 좋겠다고 생각했다. 그러면 포피 안쪽에서 나는 맛을 보고 그를 정말로 알 수 있을 것 같았다. 하지만 그의 성기는 깨끗했다.

배가 너무 고파져서 그와 함께 먹을 걸 찾으려고 부엌으로 내려갔던 기억이 난다. 그때 나는 사과를 한 알 먹으면서

◊ 캐나다의 일렉트로닉 뮤지션.

살아 있다는 것에 대해 그와 이야기 나눴던 것 같다. 살아 있는 상태를 우리가 무엇으로 규정했는지, 의견 일치를 보려고 하긴 했는지는 기억나지 않는다. 아예 대화 자체를 안 했을 수도 있다. 다만 내게 그는 생생히 살아 있는 상태로 보였다. 느낄 수 있었다.

나중에 그는 그 시간에 대해 이렇게 이야기했다.

그때 네 친구 집 1층에서 10분인가 15분쯤 있었을걸. 둘이서 거의 알몸으로 먹을 걸 찾아 돌아다녔지. 그러다 거실에서 네가 네 문신에 대해 설명해 줬는데, 그때 네 맨어깨와 몸통, 긴 팔로 사과를 들고서 먹고 있는 모습을 보니까 네가 이렇게 아름다워 보인 적이 있던가 싶더라. 완벽한 자세였어. 다시 위층으로 올라가서 너는 더 거칠게 섹스하자며 음악을 랩으로 바꿨지. 아, 그 전에 문을 열고 방에 들어가자마자 내가 너한테 키스했고. 너는 간간이 내게 초조하냐고 물었고, 그때마다 나는 1부터 10까지 숫자 중에서 하나를 꼽아 대답했어. 그러다가 아침에는 서로 뒤엉킨 채 믹스 음악을 듣다 잠들었지. 그 전에 내가 처음 깼을 때 너한테 내 꿈 이야기를 해 줬는데 엄청 웃긴 꿈이었어. 100프로 나다운 꿈이었고.

같이 지하철을 탔던 것, 그리고 그의 고향 집이 매사추세츠주 서머빌의 어느 길에 있었느냐고 물었던 것도 기억난다. 나도 그 도시에서 대학을 다녔으니 어쩌면 같은 곳을 스쳤을지도 모른다는 생각에서였다. 내가 열여덟 살에서 스물한 살 사이였고 그는 아홉 살에서 열두 살 사이였을 시절에 말이다. 그는 고향 집이 모리슨 애비뉴에 있었다고 했다. 마침 내가 다녔던 심리 상담 센터가 거기 있었다. 그 얘기를 듣더니 그는 웃음을 터뜨리며 말했다. "우리 엄마 직업이 심리 상담사야." 나는 어머니 성함이 어떻게 되냐고 묻고 그의 대답을 듣고서 소리쳤다. "세상에, 나 상담해 준 분이 너희 엄마였잖아!" 그는 말했다. "대박이다. 그때 봤을지도 모르겠네. 그해 여름에 대학생 누나들이 들락거리는 거 본 기억이 나거든. 그 누나들 섹시하다고 생각했는데."

지하철에서 내린 뒤 나는 부모님을 만나러 갔다. 그리고 엄마에게 혹시 예전에 상담 센터에서 연락이 와서 상담 비용을 꽤 많이 청구하지 않았느냐고 물었다. 그때 내가 상담비를 내지 않았으니 엄마가 대신 지불했겠지 싶어서였다. 엄마는 지불했던 기억이 난다고 말해 주었다. 바로 이때부터 나는 뭔가 마법 같은 일이 벌어지고 있다는 기분에 사로잡혔던 것 같다. 나는 화장실에 들어가 울었다.

사랑(명사): 동류의식이나 유대감에서 비롯되는 강한 애정 (메리엄-웹스터 온라인 영어 사전)
열병(명사): 상대방과 성숙한 친밀감을 나누는 관계로 발전하기 이전의 첫 단계 (위키피디아)

나는 내 진심을 그에게 넌지시 일러 주기 시작했다. 그가 나와 연인 사이가 될 마음이 있는지 궁금했다. 그래서 이 문제를 완곡한 방식으로 떠보다가 결국에는 직설적인 내용의 문자를 보냈다.

나 가끔 네가 내 애인이 아니라서 슬퍼. 내가 더 젊고 미혼이고 동부에 살았더라면 좋았을걸 싶어. 너도 이런 기분을 느낀 적 있을까? 그런 적 없다고 해도 괜찮아. 생각해 보면 우리가 쌓아 올린 판타지를 현실로 만드는 것보단 판타지인 상태 그대로 두는 편이 훨씬 나을지도 모르지. 하지만 가끔 나는 그게 현실이 되기를 간절히 바라게 돼. 사실 너한테 이런 문자 보내는 게 무서워. 내가 '미련'이 많거나 '너무 감상적'으로 구는 걸로 보여서 네가 겁을 낼까 봐, 그래서 지금까지 즐겁고 아름다웠던 것들을 망치게 될까 봐. 하지만 나 자신에게 솔직해지고 싶어서 너한테 진심을 말하는 거야.

그 말해 줘서 고마워. 나는 너를 이렇게 생각해. 우리가 다른 시공간에서, 어딘가 다른 장소에서 만나, 그림책에 나오는 토끼 두 마리처럼 꼭 붙어 있으면 좋겠다고. 나도 슬프지만 이건 네 슬픔하곤 달라. 너도 말했듯이 지금 우리가 나누는 관계에는 나름의 장점이 있어. 이런 관계는 무한히 지속될 수도 있을 테니. 일상에서 두 사람이 공존하려면 현실적인 어려움들을 맞닥뜨릴 수밖에 없지만, 우린 그걸 피해 가며 더 깊은 차원에서 공존하고 있는 거야. 네가 이 상태를 나보다 더 힘겨워하고 있을까 봐 안타까워. 네 마음이 어느 정도인지는 모르겠지만, 그냥 그 마음을 털어놓고 싶었던 거라면 그래 줘서 기뻐. 하지만 만약 그게 다가 아니라면 더 이야기해 줘야 돼. 네가 남자였다면 감정적으로 더 쉬웠을 거라던 말도 혹시 그런 뜻이었어? 나는 너를 만나고 이 지구의 텅 빈 궤도에 누군가 다른 존재가 있다고 느끼게 됐어. 우리가 섹스할 때, 인생의 슬픔을 나눌 때, 더 큰 궤도를 도는 천체들에 대해 이야기할 때 너랑 굉장히 가까워진 기분이 들어. 네가 있어서 정말 좋아. 삶은 결국 다 슬프지만, 그래도 우리가 키스할 수는 있잖아. 나는 이런 느낌이야. 그런데 너한테는 더 복잡하고 부정적인 감정도 섞여 있다니 걱정스럽네. 폴리아모리의 감정이 어떤 건지 나는 잘 몰라. 내 감정은 간단해. 한꺼번에 많은 고통을 느끼다가 뭔가 충격을 받고 후련해지는 식이지. 다른 신경호르몬들은 어떤지 잘 모르겠지만. 네가 괜찮으면 좋겠어. 네가 내 우주의 여자가 되어 주면 좋겠어. 네 마음을, 그리고 하트 같은 보지를 언제나 숭배하고 싶어. 사랑해.

내게 이 문자는 러브 레터처럼 보였다. 무언가 긍정의 의미를 담은 편지. 어쨌든 나는 그런 의미로 읽고 싶었다. 그리고 이 글을 읽는 당신에게는 이제야 밝히는 사실이지만, 그때 나는 유부녀였다. 폴리아모리를 지향하고 있었으므로 배우자가 아닌 사람하고도 관계를 가질 수는 있었지만 그래도 결혼은 결혼이다. 어쩌면 내가 유부녀였기 때문에 그와 함께하는 미래를 마음 편히 상상할 수 있었고 그도 내 게임에 어울려 주었던 것인지 모른다. 어차피 우리는 이루어질 수 없는 사이였으니까. 우리 사이는 처음부터 현실로 이루어질 가망이 없기에 가능한 판타지였던 것이다. 판타지인 그대로 놔둔다면야 영원히 지속할 수도 있었다.

게다가 우리 관계에는 어딘가 기묘하고 초자연적인 구석이 있었다. 희한하게도 그와 만날 때마다 생리 기간이 겹쳤다. 그리고 어째서인지 그는 내가 생리하리라는 걸 늘 알고 있었다. 그는 자기가 내 생식기 리듬에 맞춰져 있어서 그런 거라고 설명했다. 얼굴에 피를 묻혀 가면서 내 보지를 핥는 그의 모습을 보면 내 피를 핥는 걸 정말로 좋아하는 눈치였다. 하지만 나를 사랑해서 그랬다기보다는 그저 보지라면 누구 것이든 좋았던 건지도 모른다. 여자 생식기를 너무나 좋아해서 생리혈까지 핥아먹을 수 있는 남자도 세상에 있을 수 있으니까. 그게 내 피라는 것은 중요하지 않았을지도 모른다. 우리가 섹스할 때 침대 시트는 늘 피투성이였다.

서로 떨어져 있을 때 내 생리혈로 종이에 그의 이름을 쓴 다음 사진을 찍어 그에게 보내 준 적이 있다. 그 종이는 아직까지 내 일기장에 끼워져 있는데, 이제는 핏자국이 희미하고도 거무스름한 핑크색으로 바랬다. 그걸 썼던 당시보다도 지금이 더 예뻐 보인다.

욕정(명사): 열렬하거나 압도적인 욕망이나 갈망 (Dictionary.com)

사랑(명사): 강렬한 애착 (아메리칸 헤리티지 영어 사전, 4판)

사랑(명사): 섹스와 로맨스의 감정 (아메리칸 헤리티지 영어 사전, 4판)

마지막으로 만났을 때 우리는 주말을 통째로 함께 보냈다. 맨해튼 최남단에 있는 한 호텔에서. 그는 호텔로 오는 길에 버스에서 내게 문자했고, 나는 그가 도착할 때까지 한숨 자야겠다고 했다. 그러자 그가 말했다. "그래, 내 헤로인 좀 맞고 자 둬." 기대감에 젖은 채 잠들라는 뜻이었다. 나는 속이 안 좋으니 펩토 소화제를 좀 사다 달라고 부탁했다. 그게 아마도 그가 내게 준 유일한 물건일 거다. 지금까지도 나는 그 알약들을 가지고 있다. 여전히 로맨틱해 보인다. 핑크색, 체리 맛. 내게는 그것들이 마치 조그마한 밸런타인데이 선물처럼 느껴진다.

그날 밤 처음으로 애널 섹스를 했다. 포르노에서 본 것과는 전혀 달랐다. 부드러웠다. 우리가 한 자궁을 나누어 쓰는 쌍둥이나, 두 가닥의 DNA나, 성별 없는 인간 한 쌍이 된 것 같았다. 나는 다시 처녀가 된 기분이 들었다. 그는 늘 그러듯 내 보지를 먹었다. 그게 우리의 기본 절차 같은 것이 되었으므로. 그러곤 내 항문을 핥은 다음 거기에 손가락을 한 개, 두 개, 그리고 세 개까지 집어넣었다. 그는 정말로 능숙했다. 나는 정말로 하고 싶었다. 그가 내 항문에 삽입하고 드나드는 동안 우리는 깊은 키스를 나눴다.

섹스가 끝나고 나는 울었다. 아파서가 아니라 뭔가 다른 감정 때문이었다. 내게서 어둠이 걷히는 느낌이었다. 나는 죽음을 잊어버렸다.

다음 날 우리는 같이 점심을 먹으러 나갔고, 처음으로 남들 앞에서 손을 잡았다. 그의 손을 잡고 있다는 게 너무나 뿌듯했다. 그의 외관이 아름다웠기 때문만이 아니라 그가 죽음을 물리쳐 주는 사람이었기 때문이다. 우리는 보노보에 대해 이야기했다. 보노보들은 폴리아모리 방식으로 생활하며 어떤 갈등이 생기든 섹스로 화해하는 습성이 있다고. 나는 사람들도 보노보처럼 살아야 한다고 말했지만, 내심으로는 이렇게 생각했다. '너와 함께라면 나는 모노가미°로 전향할 거야.'

아니, 어쩌면 나 자신에게 그런 생각을 허락하지 않았는지도 모르겠다. 나는 그를 갖고 싶어 하면서도 한편으로는 계속 유부녀인 채로 남편 아닌 남자들이랑 섹스하고 싶었는지도 모른다. 그날 밤 나는 그를 문학 관련 행사에 데려갔다. 내가 시를 낭송하는 자리였다. 행사에 참석한 사람 중에는 나랑 섹스한 적 있는 남자들도 있었다. 그리고 우리가 인터넷으로 메시지를 주고받고 섹스팅을 시작하기 전에 그가 나를 처음으로 보았던 것도 그 전해 열렸던 시 낭송 행사에서였다. 그때도, 이번에도 나는 검정색 옷을 입었다. 그때도, 이번에도 나랑 섹스했던 남자들이 그 자리에 있었다.

호텔로 돌아가는 길에 탄 택시에서 운전사가 '천국으로 가는 계단'을 틀었다. 여느 때 같았으면 유치한 선곡이었겠지만, 우리는 함께 있으면 어린아이들처럼 유치해질 수 있는 사이였고, 그래서 유치하게 들리지 않았다. 택시가 윌리엄스버그 다리를 건너는 동안 우리는 서로를 애무했다. 키스하면서 나는 울었다.

호텔에 도착해서 우리는 섹스했다. 이번에 그는 내 안에 사정했다. 나는 "사랑에 빠졌어", 아니면 "널 사랑해"라고 말했던 것 같다. 어느 쪽이었는지는 기억이 안 난다. 그도 똑같이 답했다. 어느 쪽이었는지는 기억이 안 난다.

> 사랑(명사): 애정을 전하고자 하는 마음 (메리엄-웹스터 온라인 영어 사전)
>
> 사랑(명사): 타인을 위한 이타적이고 충실하고 너그러운 배려 (메리엄-웹스터 온라인 영어 사전)

◊ 폴리아모리와 반대되는 독점적 연애 관계.

사랑(명사): 타인에 대한 형제애 (메리엄-웹스터 온라인 영어 사전)

이때쯤 나는 우리가 단순한 섹스 파트너가 아니라 무언가 다른 관계로 변하고 있다고 느꼈다. 우리의 거친 섹스팅 방식이 지금의 내 감정과는 잘 맞지 않는다고, 진심을 말해 줄 수 있겠느냐고 그에게 문자를 보내기도 했다.

나   지금 나는 섹스팅에 한해서만 이야기하는 거야. 우리가 섹스팅에서 거친 말을 주고받을 때 말이야. 실제로 섹스할 때 거친 말하는 건 진짜 좋아("그년이 암퇘지처럼 꿀꿀거리면서 질질 짤 때까지 박아 버려" 같은 건 진짜 모욕적인 말이지만 짜릿한 말이기도 하잖아). 그리고 섹스팅에서 가끔 그런 말 하는 것도 무지 좋긴 해(우린 가끔 꽤 세게 나가기도 하잖아. 재밌지). 하지만 내가 그럴 땐, 원래는 다른 문자를 보내려고 하다가, 아, 이렇게 말하면 너무 로맨틱하게 들리겠구나, 좀 더 거칠거나 웃긴 표현으로 바꿔야겠다, 안 그러면 얘가 겁먹을 테니까…… 싶어서 그러는 거야.

그   네가 보내는 문자 때문에 내가 겁이 날 것 같진 않은데. 솔직한 감정을 말하고 싶으면 얼마든지 그렇게 해도 돼. 나는 네 감정이라면 무조건적으로 받아 주고 싶어…… 네가 너무 아름다워서 나는 콘크리트 벽에다 폭탄을 집어던지고 그 먼지 구름으로 네 입술을 칠해 주고 싶어. 네 얼굴은 정말…… 너무 섹시해…… 골격도…… 눈도…… 입술도…… 그리고 네 몸은…… 아, 미치도록 멋져…… 너한테 끝없이 키스하고 널 끝없이 핥아서 인간이 처음 지구에 생겨난 시대로 널 보내 버리고 싶어. 세상만사가 좋았던 시대로……

그가 나를 만나러 최대한 멀리까지 나올 수 있는 곳은 여기였다. 아름다운 장소기는 했다. 하지만 불가능한 장소는 아니었다. 내가 원한 건 불가능한 곳이었다. 나는 무엇이 가능할 수 있는지를, 불가능한 것이 어떻게든 가능한 것으로 바뀔 수 있을지를 가늠해 보고 싶었다. 그러나 내가 불가능한 것을 찾으려 들 때마다 우리만의 DNA가 깨져 버렸다. 그는 다시 스물다섯 살이 되었고, 나는…… 늙어 버렸다. 나는 다시 여자가 되고 그는 남자가 되었다. 나는 치근거리는 사람이 되고 그는 치근거림을 당하는 사람이 되었다. 내겐 무엇보다도 싫은 일이었다.

나 나…… 너한테 엄청 빠진 것 같아…… 오랫동안 너무 절망적인 기분이었어…… 모르겠어. 먹구름에 휩싸인 것 같아.

나 너랑 있으면 엄청난 희망을 느껴. 이게 가장 정확한 표현인 것 같아. 희망. 오랫동안 어둠속에 있었는데 이제껏 내내 그런 줄도 모르고 살다가 이제야 빛을 발견한 기분이야. 하지만

나 내가 하고 싶은 말은, 너랑 같이 있으면 저 너머에 무언가 내 상상 이상으로 아름다운 게 있을 거라는 가능성이 보인다는 거야. 그 세계로 모험을 떠나 보고 싶어. 미친 사랑과 섹슈얼리티의 세계로

나 만약 내가 뉴욕에 산다면 너는 나랑 '사귀게' 될까? :)

그 응 그럴 것 같아

그 그래. 너랑 만나고, 섹스하고, 삶에 대해 얘기하고, 영화 보러 가고 박물관 가고 멋진 식당에 가고 그러는 거? 그렇겠지.

그 하지만 그 계획에 나를 데려가려면 신중해야 할 것 같아. 지금 우리가 있는 곳 너머로 가게 되면 뭘 맞닥뜨릴지 모르니까. 내 말은, 정말로 모르겠다는 뜻이야. 하지만 지금까지 우리가 해 온 걸 더 많이 하고 싶다는 뜻이라면 그렇게 해 줄 수 있어. 그건 나한테도 정말 좋을 것 같아. 네 말뜻도 이런 거겠지?

한동안 나는 이 정도에서 만족하며 지냈다. 그가 하는 말이 그 뜻이 아니라고, 혹은 그 뜻이더라도 괜찮다고 나 자신을 속이며 지냈다. 나는 내가 괜찮기를 바랐다. 쿨해지고 싶었다.

나 그럼, 알아. 너는 연애 관계에서 생기는 긴장을 못 견뎌 하는 편이라고 전에도 얘기했으니까…… 그런데 우리 관계가 '현실'인가? '현실'이 뭐지? 난 모르겠어. 우리 관계가 아름다운 이유는 그게 이 세상의 것이 아니기 때문이잖아. 여러 의미에서 말야. 네 살결을 느낄 순 있지. 하지만 그 외의 것들은 대부분 공상일 뿐인걸.

그 그래, 나도 그건 동감해. 하지만 그것들은 진짜 존재해. 지구 밖 어딘가에서 밀려들어 와 지구의 영향을 받지 않은 채로 우리 위로 빨려 나가는 깊은 사랑과 에너지. 너는 내게 그런 존재야. 나도 네게 그런 존재가 되고 싶어. 그러면 우리가 이 세상을 살아나가는 데 도움이 될 테니까.

그 나는 이런 방식으로 네게 기쁨과 사랑을 주고 싶어. 네가 그 기쁨과 사랑을 어딘가 필요한 곳에 쓸 수 있게 말이야. 에너지는 그걸 얻은 곳이 아닌 어딘가 다른 영역에서 쓰면 더욱 강력한 힘을 발휘한대. 포켓몬 게임도 그렇잖아. 포켓몬을 교환하고 나면 레벨 업이 더 빨라지는 거(ㅎㅎ 농담이야)

나는 포켓몬 방식으로 만족하기로 했다. 하지만 며칠이 지나자 더 이상 포켓몬 방식에 만족할 수 없어졌다.

나　안녕. 음, 나 그동안 여기 LA에서 생각 좀 해 보고 이야기도 해 봤는데. 아무래도 앞으로…… 모노가미를 시도하려고 해. 남편이랑. 하지만 그러려면 너랑 성적인 관계를 그만둬야 돼(섹스팅도). 이런 문자 쓰게 돼서 무척 슬퍼. 우리 정말 좋았잖아. 멋진 사랑이었어. 다른 생애에서 또 할 수 있겠지? :)

그　그래 :) 물론 아쉽지만 장기적으로 너한테 좋은 선택을 하는 게 더 중요하니까. 조만간 문학 관련으로 다시 만날 기회가 있으면 좋겠다. 그래도 거리를 두는 건 괜찮아.

나　좋은 선택이 뭔지 어떻게 아는데? 나는 최선을 다하고 있는 거야. 나는 너한테 완전히 빠졌어. 그 정도로 네가 좋아. 할 수만 있었다면 널 선택했을 거야. 너를 내 걸로 만들고 싶었을 거야. 하지만 너는 세계와 별들에 묶인 사람이잖아. 이도 저도 아닌 관계로 지내는 거, 어떻게 하는 건지 난 정말 모르겠어. 문자로 이런 얘기해서 미안해. 하지만 지금 내가 스타벅스에서 울고 있다는 건 알아줘

나　그리고 잠시 거리 둔 다음에 문학적으로, 우정으로 만나는 거, 나도 괜찮을 것 같아.

그   마음이 너무 아프다. 이거 아니면 저거인 방식, 확실한 방식, 그
    런 걸 나는 잘 못 하는 것 같아. 그 점으로 동정받고 싶진 않아.
    하지만 네가 이해해 줄 거라고 믿어. 잘 지내길 바랄게.

나   잘 있어. 이제 안녕

그   잘 있어. 안녕.

몇 달 뒤에 우리는 친구 사이로 다시 교류했다. 그 관계는
한 달 정도 지속되었다. 나는 태평하고 털털한, 성적 관심사에
대해서도 툭 까놓을 수 있는 여사친 역할을 제법 잘 해냈다.
하지만 그동안 내 속은 썩어 가는 것 같았다. 그와 단순한 친
구로 지내고 싶지 않았다. 나는 그와 책, 심리 상담, 항우울제,
월마트에서 똥 누는 문제 등에 대해 문자 대화를 나눴지만 마
음속으로는 내내 '얘는 지금도 _____를 느낄까?'라는 의문에
사로잡혔다. 그도 마찬가지였던 것 같다. 우리의 문자 대화는
금세 로마제국과 로맨틱한 이메일에 관한 섹스팅으로 발전
해 버렸다. 그래서 나는 영원히 안녕을 고하고 연락을 끊었다.

두 사람이 헤어지고 나면 둘이 함께했던 장소는 대체 어
떻게 되는 걸까? 그게 어떻게 그냥 사라져 버릴 수가 있나? 왜
뭔가 다른 걸로 바뀌지 않나?

내게 무엇보다도 그리운 건 다른 우주에서 그와 섹스하는
공상에 빠지는 일인 것 같다. 하지만 그런 공상은 이제 더 이
상 안전하지 않다. 판타지는 위험한 곳이 되었다. 거긴 죽음의
골짜기다. 현실이 그곳을 죽여 버렸다. 또한 나는 우리가 가능
할지 불가능할지 몰라서 헤맸던 몇 달간의 불확실한 기간이
그립다. 그 모호한 상태가 좋았다. 그러나 이제 나는 우리가

불가능하다는 사실을 잘 안다.

그에게 이렇게 문자를 보내고 싶다. "안녕"

그가 내게 이렇게 답문자를 보내 주면 좋겠다. "안녕"

그러면 나는 이렇게 말하고 싶다. "나 지금 사랑이 뭔지 모르겠다는 내용의 에세이를 쓰는 중인데, 관련해서 뭐 좀 물어봐도 될까? 너 나를 사랑했던 거야, 아니면 그게 다 그냥 섹스였을 뿐이야? 네게 나는 어린 남자랑 떡 칠 수 있는 것만으로 감지덕지하는 나이 많은 누나일 뿐이었어(연상녀랑 떡 치는 연하남의 심리를 인터넷에서 찾아보니까 이렇게 나오더라고. 다른 설들도 있긴 하던데, 아무튼 그런 정도의 심리였던 거냐고 묻는 거야)?"

또 이렇게 묻고 싶다. "너한테 나는 현실이었어? 현실이 될 수도 있었을까? 왜 나는 안 됐던 거야?" 그리고 이렇게 묻고 싶다. "너는 언제쯤 내가 원하는 방식으로 내게 돌아올래?"

그는 대답하지 못할 것이다. 내 열망은 그가 아니라 별들을 향한 것이니까. 아니, 아니다. 나는 그를 열망하고 있다. 왜 내가 열망하는 그는 현실이 아닌 걸까?

우리는 함께 있으면 서로에게 마법이 될 수 있었다. 하지만 마법이라는 게 애초에 진짜 존재하긴 하나?

나는 이 세상에서 탈출하기 위해 비현실적인 것을 원한다. 나는 호텔 방에서 그의 그림자와 함께 춤추는 나 자신의 그림자가 되고 싶다. 자유로워지고 싶다.

요즘 나는 그가 다른 사람을 사랑하는 꿈을 꾼다. 꿈속에서 그는 내게 다가와 그 사람과 곧 결혼할 거라고 말한다. 나는 왜 나랑은 안 되느냐고 묻는다. 내 나이가 많아서? 내 피부가 악어가죽 같아서? 내가 유부녀라서? 아니, 어쩌면 도리어 내가 별들에 속하고 그는 지상에 속해 있기 때문일지도 모른 다.

지금 그의 존재 전체를 소유한 여자는 누굴까? 그녀가 과 연 그의 존재 전체를 가지고 있긴 할까? 지금도 여전히 그의 안에 내가 살고 있는 건 아닐까? 이런 의문을 헤아리다 보면 그냥 모든 걸 토해 버리고 이렇게 선언하고 싶다. "어쨌든 그 건 사랑이었어."

전 애인을, 그리고 전 애인의 현 애인을 생각하다 보면 그 사람에 비해 내가 부족한 점이 무엇인지 고민하게 된다. 우리 모두가 그렇다. 우리는 집단적으로, 같은 인간으로서 그 고민 을 함께한다. 우리에겐 없는 무엇을 다른 사람들이 갖고 있는 지를. 그렇게 형성된 집단 무의식의 구름 속에서 우리는 느긋 하게 노닥거리며 서로에게 거짓말을 해 준다. "그 사람의 현 애인이 어떤 사람이든 간에 네가 그 사람보다 더 나아." 우리 는 서로에게 그렇게 말해 준다. 서로를 아끼니까. 서로를 아끼 는 친구니까.

만약 어떤 친구가 솔로가 된 다음 자기는 이제부터 평생 누구도 사랑할 수 없을 거라고 하면, 우리는 걔한테 미쳤다고 할 거다. 당연히 새로운 사랑을 만나게 될 거라고. 하지만 그 걸 어떻게 알겠는가? 우린 아무것도 모른다.

우리가 결혼 생활을 유지할 수 있는 것은 솔로인 친구들 덕분이다. 그들을 보면 솔로의 삶이 슬프다는 사실을 상기할 수 있으니까. 애인을 찾는 과정은 슬프다. 온라인으로 애인을 찾는 것도 슬프다. 크리스마스 파티며 결혼식에 혼자 참석하는 건 슬프다. 물론, 결혼 생활도 슬프다.

하지만 사랑이었든, 욕정이었든, 열병이었든…… 잠시 동안이나마 나는 슬프지 않았다.

당신을 죽이려 드는
위원회가 머릿속에 있다면

바다 때문에 나는 평화로운 중에도 불안증에 시달린다. 달은 나를 흠잡고 있을 게 뻔하다. 개들은 진실을 안다. 아기들은 내 속내를 꿰뚫어 본다. 자연적인 것, 순수한 것은 다 마찬가지다. 그 모든 것이 나를 관찰하고 평가한다.

사람들은 내가 남들보다 특별히 낫지도 못하지도 않다고들 한다. 이 우주가 내 존재를 원할 거라고 말해 준 사람도 있다. 하지만 그래도 나는 어떤 우주적인 심판관이 나를 허접쓰레기쯤으로 평가하고 있을 거라고 자꾸만 상상하게 된다. 이건 내가 자기중심적인 사람이라서 생기는 문제다. 아무도 내생각을 안 하니 차라리 누군가 우주적인 심판관이 나를 허접쓰레기라고 생각해 주기라도 하길 바라는 거다. 이 세상에는 너무나 많은 사람이 있고 그들은 모두 각자 특수한 방식으로 끔찍하지만, 그럼에도 어쩐지, 나는 그중에서도 가장 심각하게, 실존적으로 끔찍한 사람인 것 같다. 따져 보면 그럴 가능성은 희박하지만 어쨌든 내가 느끼기엔 그렇다.

이렇게 종잡기 어려운 심판관을 내 뜻대로 조종하기 위해, 나는 시시껄렁한 문제를 삶과 죽음의 차원으로 끌어올리는 게임을 즐겨 한다. 특히 좋아하는 게임은 칼로리 게임이다. 이를테면 그 우주적 심판관이 내 칼로리 섭취량에 지대한 관심이 있다고 가정하는 것이다. 그 심판관이 내 칼로리 섭취량을 근거로 나를 평가한다면, 나는 그보다 더욱 중대한 차원에서 더욱 심각한 문제로 평가당하는 일을 피할 수 있게 된다. 통제 불가능한 문제(즉 죽음의 불가피성)에 대한 막대하고 걷잡을 수 없는 불안에 휘둘리는 대신 그보다 더 가볍고 현실적이고 조절 가능한 불안에 집중하는 셈이다. 과일에 대한 생각에 집착함으로써 나는 내 우주적 끔찍함에 대한 생각을 잊어버린다.

그래서 나는 온갖 과일과 채소의 칼로리 수치를 꿰고 있다. 큰 사과 한 알은 100칼로리. 큰 고구마 한 개는 165칼로리. 내가 즐겨 쓰는 수법 중 하나는 최대한 큰 사과와 고구마(거의 사람 머리통만 한, 약물이며 유전자 조작으로 망가진 것들)를 산 다음 그것들도 각각 100칼로리와 165칼로리짜리라고 계산하는 것이다. 그런 다음에는 과일과 채소를 과하게 먹은 탓에 살이 찔까 봐 걱정하기를 즐겨 한다. 그런 다음에는 사람들한테 내가 정말로 살이 쪘는지 아닌지를 우회적으로 물어보기 위해 내가 요즘 살이 찐 것 같다고 말하고는 그 말을 부정해 주기를 기대하기를 즐겨 한다.

우주적 심판관은 가끔 사람들의 입을 빌려 내게 말을 걸고, 또 가끔은 나를 보는 사람들의 시선을 통해 말하기도 한다(이건 완전히 나 혼자만의 오해일 때가 많다). 그러나 우주적 심판관이 가장 자주 쓰는 방법은 무엇보다도 내 머릿속 위원회를 통해 의사 표시를 하는 것이다. 지금만 해도 머릿속 위원회가 내게 이렇게 말하고 있다. "네 과일 칼로리 계산법 이야기 따위를 대체 왜 쓰는 거야, 이 배부른 속물아! 그딴 얘기는 아무도 관심 없어. 이 세상엔 그보다 더 중요한 문제가 많다고." 슬프게도 사실 나는 더 큰 문제들에 대해서는 아무런 행동도 취하지 않는다. 나 자신만 생각하기에도 너무 바쁘기 때문이다. 하지만 머릿속 위원회는 그 문제들이야말로 진짜라고 말한다.

또 희한한 점이 있다. 가끔은 우주적 심판관에 반대하는 또 다른 존재가 있을 거라고 믿는다는 점이다. 우주적 심판관과 대등하게 강력하면서도 항상 나를 지지해 주는 인자한 존재 말이다. 편의상 이 존재를 '신'이라고 부르자.

나는 내 신이 존재한다고 믿는 것 같다. 그 존재를 여러 번 경험했기 때문이다. 나를 도와주는 사람들을 통해 신을 느꼈다. 인간들 개개인은 나를 실망시켰지만, 인간 전체를 놓고 보면 나는 그들 사이에서 항상 도움을 얻을 수 있었다. 내 신은 하늘에서 수직으로 기적을 내려 주기보다는 횡적으로 기적을 행하는 분이다.

물론 내 취향에 가장 잘 맞는 신을 마음대로 고를 수 있다면 나는 헤로인을 고를 것이다. 그거야말로 내가 가장 원하는 신이다. 헤로인은 나 자신의 감정에서 나를 완벽하게 지켜 주고, 언제라도 극도의 행복을 안겨 주니까. 하지만 그렇게 다른 사람이나 사물에 의존해야만 얻을 수 있는 신은 가짜 신이다. 게다가 그 뒤에 따르는 후유증도 질색이다. 나는 현실에 존재하는 다양한 것들을 가짜 신으로 모시려고 시도해 봤지만, 무엇이든 간에 반드시 후유증이 있었다. 정말이다.

처음 술과 약물을 끊었을 때—이후 또 다른 물건 1만 2,000개에 중독되긴 했지만—나는 옥시콘틴[◊] 몇 알이나 휴대용 술병처럼 주머니에 넣어 가지고 다닐 수 있는, 필요할 때마다 언제든 꺼낼 수 있는 종류의 신을 간절하게 원했다. 내가 어렸을 때부터 접한 신은 유대교의 하느님이었지만, 그는 성격이 영 괴팍하고 사람들을 혼내기만 하는 것 같았다. 그보다는 부처님이 정말로 마음에 들었다. 부처님이라면 나를 쿨하게 만들어 줄 것 같았다. 불교도들이 쿨하다는 거야 누구나 아는 사실이다. 또한 나는 뉴에이지 기념품점에서 파는 작은 신상神像들이 나를 '영적으로 고양시켜 줄' 거라 믿었고, 불상은 그런 가게에서 쉽게 찾아볼 수 있었기에 사 모으기 시작했다. 하지만 그러다 보니 불상 중에서도 약사불藥師佛이 좋을지 소불笑佛이 좋을지가 신경 쓰였다. 이 문제는 점점 더 강박이 되어 나를 사로잡았다.

나는 불상 게임을 포기하고 대신 크리스털 게임에 빠져들었다. 특정한 물질이나 감정을 쫓아 주는 효과가 있다는 크리스털 부적들을 몸에 지니고 다니는 버릇을 들인 것이다. 그러다 보니 어쩐지 온갖 곳에서 보라색이 눈에 띄길래 이렇게 생각하게 되었다. "내가 계시받은 색깔이 보라색인가 봐. 자수정을 사야겠어." 그런데 내 머릿속에서 또 다른 목소리가 끼어들어 제지했다. "야, 이 돌 무더기 사 모으는 데 돈을 너무 많이 쓰고 있잖아." 그 외에도 여러 종류의 부적을 사 보았지만 부적의 신통력은 금세 사라져 버렸다. 절에서는 영험해 보

◊ 강력한 아편성 진통제.

이는데, 집에 들여놓으면 그냥 잡동사니였다.

결국 나는 신이란 돈으로 살 수 없고 특정한 물체에 가둬 놓을 수도 없다는 사실을 인정할 수밖에 없었다. 신이라면 어떠해야 한다는 관념마저도 버려야 했다. 유한한 인간인 내 머리로 초월적인 힘을 규정하려는 짓은 그만두고 그 거대한 수수께끼 자체에 굴복하기로 한 것이다. 그러지 않으면 점점 더 미쳐 가기만 할 터였다.

지금도 나는 매일같이 신에 대한 관념들을 떠올렸다가 버리면서 살고 있다. 신은 '알았다!' 싶은 순간 변해 버린다. 여느 인간관계와 마찬가지로 신과 나의 관계 역시 지속하는 한 계속해서 발전하는 것이다.

언젠가 신을 믿던 한 친구가 내게 말하기를 자기는 신앙을 버렸으며 이제 무신론자가 되었다고 했다. 그녀의 이야기를 들으니 무신론이 무지 좋아 보였다. 그때 나는 가뜩이나 신에게 화가 나 있던 참이었으므로 이런 심정이 되었다. "야, 신, 꺼져 버려. 나도 너 안 믿을래, 엿 같은 새끼야." 그런데 다시 생각해 보니 나는 신을 믿지 않는다면서 여전히 신에게 말을 걸고 있었고, 뿐만 아니라 재수 없는 남친을 대하듯이 말하고 있었다. 재수 없는 남친 같은 신은 인간인 나의 상상일 뿐 진짜 신이 아닐 터였다. 솔직히 인정하자. 신을 남자로 생각하는 것 자체가 인간의 상상에 불과하다. 신이 한낱 인간의 마음으로 규정될 수 있는 어떤 고정된 개체였다면 애초에 신이라 할 만큼 굉장한 존재도 못 될 것이다.

그렇다고 해서 당신의 마음으로 만든 당신만의 신이 자동적으로 허접한 신이 된다는 뜻은 아니다. 나는 우리 모두가 자신만의 신을 갖고 있어야 한다고, 어떤 신이든 간에 우리가 존재한다고 믿는다면 정말로 존재한다고 생각한다. 다만 내가 신을 재수 없는 남친이나 개새끼쯤으로 상상하면(유대교의 신은 사람들을 못살게 구는 아저씨라서 그걸 모태 신앙으로 믿으며 자란 나로서는 그런 식으로 상상하게 된다) 신에게서 위안을 찾기가 힘들어진다는 뜻이다. 그런 신에게 도와달라고 하고 싶지는 않을 테니까. 뭐 하러 그러겠는가?

내게 신이란 어떤 기분에 더 가깝다. 평화로운 기분. 내 신은 내 안에 있는 정적 속에서 사는 것 같다. 존나게 깊은, 깊다 못해 맛깔스럽기까지 한 정적. 하지만 이 신은 믿기가 까다로울 때도 있다. 내 기분이 좆같을 때는 신이 대체 어딨는지, 날 버린 건지 뭔지 알 수가 없어지니까. 평화가 없으면 신도 없게 돼 버리는 셈이다. 그래도 어떤 남자 신이 나한테 허접쓰레기라고 하는 것보다야 그편이 낫다.

게다가 정적은 늘 그 자리에 있다. 어디로 가 버리지 않는다. 단지 가끔씩 내 머릿속 위원회가 너무 시끄럽게 떠들어 대서 정적이 안 들리거나 안 느껴질 때가 있을 뿐이다. 머릿속 위원회는 신의 정적보다도 훨씬 더 시끄럽기에 더 짜릿하게 느껴지기도 한다. 머릿속 위원회가 나한테 뭐가 필요하다거나 뭘 먹으라고 말할 때면 그런 물건이나 음식이 내 신의 정적보다 더 섹시해 보인다. 그리고 정적은 그 자리에서 그저 가만히, 느긋하게 있을 뿐이지만, 위원회는 내 관심을 받으려고 진짜 열심히 일한다. 자는 동안에도 위원회는 밤새도록 일해서 엄청나게 나쁜 생각들을 준비한 다음 해 뜰 녘 내게 인사를 건넨다. "좋은 아침입니다! 오늘 완전 망했네요! 이젠 충동적으로 행동할 시간입니다. 하지만 그 전에 우선 과거의 기억 속 사람들하고 맞짱부터 뜨셔야 합니다. 그런 다음에는 당신과 당신 인생에서 잘못된 것들을 모두 열거하고 정리해 보세요. 그리고 당신이 갖지 못한 모든 것, 잃을까 봐 두려워하셔야 할 모든 것을 알려 드리겠습니다. 자, 이제 시작해 볼까요?"

가끔 나는 머릿속 위원회가 시키는 대로 함으로써 그들을 달랜다. 쇼핑을 하거나, 막 먹거나, 보내지 말아야 할 이메일을 보내거나, 남들의 관심을 받으려 기를 쓰거나, 포르노를 너무 많이 보는 식으로. 하지만 외부적인 것을 아무리 많이 채워 줘 봤자, 나 자신에게서 아무리 멀리 도망치려 해 봤자 궁극적으로 머릿속 위원회를 떨쳐 내는 건 불가능하다. 세상 그 무엇으로도 머릿속 위원회를 만족시킬 수는 없을 것이다. 그들은 먹으면 먹을수록 더 허기를 느끼고, 달리면 달릴수록 더 빨라지기만 한다.

잠깐이라도 머릿속 위원회를 벗어날 수 있는 유일한 방법은 모든 걸 멈추고 완전히 차분해지는 것뿐이다. 내가 정말로 차분하고 조용해지면 머릿속 위원회는 나한테 지껄이고 또 지껄여 대다가 마침내 아무 할 말도 없어져서 그냥 닥쳐 주기도 한다. 나를 죽이려 드는 내 머릿속 개새끼들을 무찌르기 위해 개네랑 어울려 준다는 건 직관적으로 모순처럼 느껴지지만, 그래도 내 경험상 효과를 본 방법은 이것뿐이다. 그래서 나는 매일 아침 명상을 한다.

명상이라고 해 봤자 전혀 거창한 게 아니다. 그냥 인터넷 시작하기 전에 10분만 하는 거다(머릿속 위원회는 인터넷을 무지 좋아한다!). 가끔은 만트라°를 외우거나 네 사람(나 자신, 사랑하는 사람, 모르는 사람, 싫어하는 사람)에게 자비를 빌면서 명상하기도 한다. 하지만 기본적으로는 머릿속 위원회가 조용해질 때까지 나도 조용히 있는 것, 그게 핵심이다. 그렇게 해서 정말로 조용해지면 나는 정적에게 질문을 하기도 하는데, 그러면 좋은 대답을 들을 수 있다.

정적은 머릿속 위원회 너머에 늘 있다. 하지만 그 정적을 만나려면 명상을 시작하고 처음 8분 동안 머릿속 위원회의 고함을 고스란히 맞닥뜨려야 한다. 말하자면 내가 얼마나 좆된 상태인지를 명상하는 거라고 할 수 있다.

예컨대 내가 하레 크리슈나 만트라°를 외우면서 하는 명상은 보통 이런 식으로 전개된다.

하레 크리슈나(넌 인터넷에 개인 정보를 질질 흘리고 다니는 루저일 뿐이야), 하레 크리슈나(너 진짜 애정 결핍으로 보여), 크리슈나 크리슈나(남들 문자에 그렇게 금방 답문자 보내지 마), 하레 하레(먼저 문자 보내지도 말고), 하레 라마(너 요새 가슴 처지더라), 하레 라마(원래 가슴이 예쁘지도 않았지), 라마 라마(한마디로 넌 끝장난 거야), 하레 하레(넌 죽은 거야).

명상이 끝나기 직전에야 머릿속 위원회가 비로소 조용해진다. 완전히 없어지지는 않지만 그래도 잠시 동안은 닥쳐 준

° 불교와 힌두교에서 진리를 나타내는 주문. 진언이라고도 한다.
° 힌두교의 신 크리슈나의 성스러운 이름들을 구송하는 것.

다. 바로 그때가 내가 평생토록 찾아 헤맨 평화를 얻는 순간이다. 알코올과 마약도 내게 그런 평화를 선사했지만 그런 다음에는 반드시 후유증이 따라왔다. 평생 취한 채로 살 수 있다면 굳이 술을 끊지 않았을 것이다. 하지만 취기는 결국 사라지고 숙취가 따라오게 마련이고, 그래서 난 술을 끊었다.

매일 명상을 한다고 해서 영적으로 더 성숙한 사람이 되는 건 아니라고 생각한다. 나는 초탈하지도 않았고 득도도 못했다. 남들보다 나을 것 없는(굳이 비교하면 남들보다 도움이 더 필요한) 사람이다. 다만 나는 명상을 통해 이 세상에 머물 기회를 얻는다. 평소에는 96%쯤 충동적이고 자기중심적인 인간이지만, 명상을 하면 92%쯤 충동적이고 자기중심적인 인간이 된다. 그 4%가 나를 살게 해 주는 것이다.

이렇게 정해진 일과로 나는 아침마다 뇌의 가동을 정지시킨다. 그런 다음 하루를 시작하면 머릿속 위원회가 떠드는 소리도 다시 시작된다. 나는 이들이 하는 말이 전적인 진실은 아닐 수도 있다는 근거를 갖고 있다. 듣기엔 완전히 진실처럼 느껴지지만, 그 말들이 넓은 범위의 현실을 온전히 담아내지는 못할 거라고 내 안의 정적이 더러 일러 준 적이 있기 때문이다. 머릿속 위원회가 나더러 완전 허접쓰레기라고 하는 게 실은 다 거짓말일 수도 있다.

하지만 머릿속 위원회가 하는 말들을 들으면서 가만히 앉아만 있는 짓을 누가 하고 싶겠는가? 나는 안 내킨다. 그래서 어쩔 땐 며칠씩 명상을 빼먹기도 한다. 한창 내 의지로 삶을 잘 굴려 가고 있을 때 신이나 정적이나 자기반성 따위로 초치기는 싫으니까. 말하자면 내가 뭘 하고 있는지를 깊이 생각하고 싶지가 않은 것이다. 내가 곧 뭔가를 망치게 될 거라는 사실을 생각하기 싫어서. 머릿속 위원회가 "잘하고 있어! 계속 그대로 하면 돼!"라고 응원해 주는 데 넘어가서. 하지만 그러다 결국에는 뭔가 사고를 치고, 명상을 다시 시작하지 않을 수 없게 된다.

내 마음 한편에는 나를 죽이고 싶어 하는 내가 있다. 그게 바로 머릿속 위원회다. 위원회는 나를 죽이지 못한다면 적어도 비참해지는 꼴이라도 보고 싶어 한다. 내가 모자란 부분들을 곱씹으며 자책하느라 시간을 날리는 꼴을 보고 싶어 한다. 어쩌다 내 안에 나를 죽이고 싶어 하는 내가 생겼는지는 모르겠다. 그냥 그렇게 생겨 먹은 인간인가 싶기도 하다. 그래도 내 안 어딘가에 정말로 살고 싶어 하는 나도 있다는 건 멋진 일이다. 그런 내가 존재한다는 과학적 증거는 없지만, 굳이 증거를 찾을 필요는 없다. 아직 내가 살아 있으니까. 살고 싶어 하는 나 덕분에 나는 지금도 살아 있다.

인터넷 중독 테스트에서
만점을 받다

내 감정들에 살해당하지 않으려면 어떻게 해야 할까? 인터넷은 내 감정들에서 나를 구해 준다. 하지만 인터넷에서 나를 구하려면 어떻게 해야 하나? 나는 도파민°의 노예다. 나는 상상 속의 사람들에게서 관심받고 싶어 꼬리 치는 강아지다. 진짜 사람들 사이에서는 외로움을 타는, 그래서 현실과 관계 맺기보다는 스마트폰 들여다보기를 더 좋아하는 사람이 바로 나다.

인터넷은 내가 원하는 도파민, 관심, 확장, 연결, 도피처를 제공했다. 그러나 한편으로는 나를 방해하고, 실망시키고, 무력하게 만들고, 거짓된 자아상을 심어 주었다. 인터넷 때문에 고립을 좋아하는 내 유아론적 성향은 더더욱 강해졌고, 가뜩이나 부족했던 현실 대처 능력은 더더욱 약해졌다.

나는 가능하면 늘 현실을 피하고 싶었다. 인터넷에서는 나 아닌 다른 사람이 될 수 있어서 좋다. 나 자신의 한 측면을 내보이고 구현할 수 있어서 좋다. 인터넷에서는 육신을 지니

° 쾌감과 관련된 신호를 전달하는 신경전달물질.

고 있지 않아도 된다. 많은 것을 품고 있기[1]보다는 자신에 대한 환상 하나를 남들 앞에 내보이는 편이 훨씬 쉽고, 실물보다는 환상이 훨씬 구현하기 쉬운 법이다. 나 외에 다른 사람들도 인터넷에서는 자기 자신의 홀로그램 버전이 될 수 있다는 것 역시 마음에 든다. 나는 트위터, 누드 사진, 로맨틱한 이메일, 아바타, 자지 사진이 좋다. 내 마음대로 상상할 여지가 있다는 것도 좋다. "넌 누구야? 내가 결정할게" 같은 식으로.

나는 오랫동안 '환상'이라는 단어가 현실보다 더 나은 것을 뜻한다고 생각했다. 그런데 최근에 여러 환상을 연달아 잃고 슬퍼하다가—대부분 인터넷에서 비롯된 로맨틱한 환상이었다—사전에서 '환상'이라는 단어를 찾아보고는 깜짝 놀랐다. '환상'의 정의는 "현실에 대한 거짓되거나 왜곡된 인상을 불러일으켜서 사람을 기만하는 것"이었다. 그러니까 환상이 반드시 현실보다 더 낫다는 보장은 없는 것이다. 환상은 가짜 현실이다. 거짓말이라는 뜻이다.

이 발견 이후로 환상과 나의 관계가 본질적으로 변했다. 이제껏 내가 세상을 바라보던 방식을 통째로 잃어버린 느낌이다. 이제는 세상이 더 분명하게 보인다. 외적인 것으로는 결코 때울 수 없는 내 안의 구멍을 때우려 애쓰고 있는 나 자신도 보인다. 나는 아직 써먹을 수 있는 자투리나마 아쉬운 대로 꿰맞춰서 너절한 도파민 파티에 빠져들려 하고 있다. 그 파티란 곧 인터넷이다.

○ 월트 휘트먼의 시 「나 자신의 노래」에 나오는 구절("I contain multitudes")을 인용한 표현이다.

그런데 인터넷에 대한 내 집착이 실은 중독이었던 걸까? 이 의문의 답을 찾으려고 나는 사이크 센트럴°에서 제공하는 '나는 인터넷 중독일까?'라는 테스트를 해 보았다. 테스트는 객관식이었지만 인터넷과 나의 관계가 워낙 복잡하니만큼 주관식으로 답을 작성하기로 했다.

<1> 계획보다 더 오래 인터넷에 접속해 있을 때가 많습니까?

나는 화장실에서 아이폰 하는 걸 좋아해요. 오줌도 안 누면서 변기에 앉아 있는 시간이 무지 많죠. 우리 집 화장실에서 그러기도 하고, 어쩔 땐 밖에서 사람들 만나다가 잠시 화장실 다녀오겠다고 하고 그러기도 해요. 항상 5분만 있다가 나가야지 다짐하는데, 절대 그렇게 되질 않아요. 내가 무슨 구덩이에 뚝 떨어져 사라져 버리는 것 같아서 기분이 좋거든요. 사람들은 제가 죽었다고 생각하죠. 그게 좋아요.

나는 인터넷 사용 습관 규칙을 정해 놓고 있어요. 규칙을 정한다는 것 자체가 인터넷 중독이라는 뜻일지도 모르겠네요. 중독되지 않은 사람들은 규칙을 정할 필요가 없잖아요. 그냥 마음 가는 대로 하겠죠.

내 규칙의 일부를 적어 보면 이런 식이에요. 아침에 폰이나 컴퓨터 켜기 전에 10분 명상하기, 오전에는 SNS 하지 말기, SNS는 하루에 120분만 하기, 트윗은 저녁 7시 이후에 딱 두 개까지만 작성하기, 주말에는 24시간 동안 인터넷 안 하기. 그런데 규칙을 다 지키는 날은 하루도 없어요.

○ 미국의 정신 건강 전문 소셜 네트워크 서비스. https://psychcentral.com,

<2> 파트너와 함께 있는 것보다 인터넷을 하는 것이 더 흥분됩니까?

그럼요. 당연하죠. 하지만 내 공상 속 이야기를 투사해 왔을 뿐 사실상 생판 모르는 사이나 마찬가지인 사람과 호텔 방에서 만나 처음으로 애무할 때라면야 인터넷 할 때보다 더 짜릿하긴 해요.

<3> 인터넷을 하느라고 집안일을 방치합니까?

뭔가 진짜로 해야 할 일이 있으면(침대 정리라든지 요금 납부라든지) 그 일이 나를 죽일 것 같은 기분이 들어요. 뭐라고 할까요, 무자비하고 억압적인 어머니가 나를 혼내러 오는 것 같은…… 이 세상은 끝없이 계속되는 임무로만 이루어져 있고, 나는 시시포스처럼 끝없이 바위를 산 위로 밀어 올리다가 끝없이 바위에 깔려 뭉개질 운명인 것 같은 기분요. 한번은 싱크대에서 속옷 손빨래를 하다가 잠시 트위터를 켰는데, 그 사이 싱크대에 물이 넘치는 바람에 갓난애를 키우고 있던 아랫집 사람이 건물 관리인을 우리 집으로 올려 보낸 적이 있어요. 관리인이 들이닥쳤을 때 나는 연쇄 살인마가 우리 집에 침입한 줄 알았다니까요. 음, 그러니까 제 대답은, 네.

<4> 인터넷을 하는 시간 때문에 업무나 학업에 지장이 있습니까?

인터넷하는 게 내 업무인데요.

<5> 인터넷을 통해 새로운 인간관계를 맺는 편입니까?

나는 진짜 현실에서 진짜 사람들하고 진짜 관계를 맺는 것보다 인터넷에서 반쯤은 상상에 걸쳐 있는 사람들과 가짜 관계를 맺는 걸 더 좋아해요. 그렇다고 해서 인터넷에서 맺는 모든 관계가 가짜라는 뜻은 아니에요. 실제로는 한 번도 만난 적 없는 사람들과 인터넷을 통해 깊은 인간관계를 맺기도 했으니까요(어쩌면 그건 나 자신과의 관계라고 해야 할지도 모르겠네요. 내가 원하는 타인의 모습에 대한 내 욕망과 맺는 관계라고 할까). 가끔 현실에서 만나는 사람들과 인터넷에서 만나는 사람들을 비교해 보면, 아, 현실 사람들은 도대체 왜 인터넷 사람들처럼 될 수 없는 걸까, 싶어서 답답해져요. 아마 진짜 사람은 픽셀로 출력되지 않기 때문이겠죠. 진짜 사람의 실수나 성가신 면모 등은 판타지로 재가공할 수도 없고요. 진짜 사람을 만나려면 직접 만나야 하고 내 진짜 모습도 보여 줘야 하죠. 진짜가 되지 않으면 실망할 일도 적어져요. 그러니 슬픈 사람들이 인터넷을 좋아할 수밖에요. 거기서라면 사람들을 만나지 않고도 사람들을 만날 수 있으니까요.

<6> 인터넷을 너무 많이 한다는 이유로 주변 사람들이 불평합니까?
이러다가는 내 인생에서 가장 중요한 인간관계가 끝장날 것 같아요. 내 일차적 파트너가 내 아이폰을 '남친'이라고 부를 정도거든요. 그는 내 폰 배터리가 다 닳으면 엄청 좋아해요. 한번은 폰을 창밖으로 던져 버리겠다고 위협한 적도 있고요. 내가 다른 사람이랑 맺을 그 어떤 성적인 관계보다도 인터넷 때문에 자기가 소외되는 게 훨씬 더 걱정스럽대요. 나는 내가 그를 소외시키는 게 아니라 현실을 외면하는 거라고 말해 줬어요. 유감스럽게도 그가 현실 사람이라는 점이 문제네요.

<7> 인터넷에서 뭘 하느냐는 질문을 받으면 진실을 숨기거나 방어적으로 대답합니까?

인터넷에서 뭘 하는지보다는 인터넷을 하는 것 자체가 문제예요. 내가 인터넷에서 뭘 하는지야 모두가 뻔히 아니까요. 트위터죠. 화장실에 가서 앉아 있는 거랑 비슷해요. 사귀는 사람한테 "나 똥 누러 갈게"라고 말하고는 그날 밤 내내 화장실에서 안 나오는 식이에요.

사실 한 가지 창피한 게 있긴 한데, 내가 '여성 친화적' 포르노를 좋아한다는 점이에요. 나는 '여성 친화적' 포르노를 안 좋아하고 싶거든요. 샌더 코버스가 '베이비시터' 역으로 분한 멜러니 리오스에게 오럴해 주는 장면을 보면서 '헐, 저 남자 완전 사랑에 빠졌네. 그녀를 베이비시터로 고용했을 때부터 지금껏 쭉 사랑해 왔던 게 분명해. 이 순간만을 꿈꿔 왔고, 꿈꿔 왔던 바로 그 순간이 온 거야. 이제부터 영원히 그녀와 함께하고 싶어 할 거야'라는 식으로 생각하지 않았으면 좋겠어요. 내가 그런 식으로 포르노를 보지 않았으면 좋겠어요.

<8> 인터넷을 하는 시간 때문에 직무 수행 능력이나 생산성에 지장이 생긴 적이 있습니까?

당연하죠.

<9> 해야 할 일을 하기 전에 이메일부터 확인합니까?

나는 이제 이메일조차 제대로 못 써요. 이메일은 보통 글자 수가 140자를 넘어가거든요.[◊] 굳이 이메일을 보낼 때는 시리[◊]한테 내용을 말해서 받아쓰기를 시켜요. 그러니까 인터넷 때

문에 내 집중력은 이메일 한 통도 못 쓸 정도로 떨어졌다고
보면 되겠네요. 인터넷 때문에 이메일을 그만두게 된 거죠. 아
이폰 때문에 노트북을 그만뒀고요. 노트북이 코카인이라면
아이폰은 크랙이에요. 이제 나는 무엇을 하기 전이든 하는 동
안이든 하고 나서든 그 크랙을 하지 않고는 못 견뎌요.

**<10> 인터넷을 할 때 누군가가 방해하면 신경질을 내거나 화를 내거나
짜증을 표출합니까?**

인터넷 할 때는 보통 무아지경 상태라서 주변을 아예 의식하
지 못해요. 굴속에 들어가 있으니 밖이 안 보이는 거죠.

<11> 인터넷에 접속할 시간을 기대하면서 조바심을 내는 편입니까?

몸이 떨려요.

**<12> 인터넷에 대한 생각을 위안 삼으며 인생에 대한 고민들을 제쳐
두곤 합니까?**

내가 가장 두려워하는 건 죽어 가는 일이에요. 죽음 자체는
괜찮지만, 죽어 가는 경험은—숨이 막혀 오고, 패닉이 밀려
오고—진짜 무서워요. 그리고 삶도 똑같이 무서워요. 삶에는
죽을 가능성이 항상 내포되어 있으니까요. 어쩔 땐 삶이 가상
현실로 보여요. 뭐라고 할까, 사람들이 죄다 로봇이나 고무 인
형처럼 보이고, 삶의 환상을 유지하던 틀이 무너지는 게 보이

◊ 2017년까지 트위터에서는 한 번에 작성할 수 있는 글자 수가 140자로 제한되
  어 있었다.
◖ 아이폰에서 음성 인식으로 사용자의 명령을 실행해 주는 소프트웨어.

는 것 같다고 할까요. 그냥 불안증이 도진 탓이겠지만, 그런 순간에는 '씨발, 여기서 뭐가 어떻게 돌아가고 있는지 진짜로 아는 사람은 아무도 없잖아' 하는 생각이 들어요. 그럴 때 심리 상담도 도움이 안 돼요. 상담사도 뭐가 어떻게 돼 가는 건지 설명할 수 없기는 매한가지니까요. 내가 죽어 가는 걸 막아 줄 수도 없고요. 인터넷도 그건 못하죠. 하지만 그런 두려움을 제쳐 두기엔 인터넷이 편해요. 고무 인형들을 상대하는 것보다야 쉽거든요.

또 하나 내가 두려워하는 건 거부당하는 일이에요. 누군가에게 거부당할 바에야 차라리 나 자신에게 거부당하고 싶어요. 현실의 내 자아가 진짜 인간에게 거부당할 때면, 혹은 거부당했다고 느껴질 때면, 나는 내가 지구상에 살아 있을 가치가 있는 존재라는 인정을 받아 내지 않고는 못 견뎌요. 그런 인정을 받기 위한 방편으로 인터넷에서 나랑 닮은 아바타를 이용해 낯선 사람들의 가짜 사랑을 긁어모으는 거죠.

그런 식으로 내 핵심적 자아(또는 핵심적 자아의 결여)를 보상하려다 보면 결국에는 한바탕 폭트°를 하게 돼요. 폭트를 하고 나면 즉시 그 트윗들을 모두 또는 대부분 지워 버리고, 그렇게 왕창 삭제하고 나면 수치심의 수렁에 빠지죠.

<13> 인터넷이 없으면 삶이 따분하거나 공허하거나 심심해질까 봐 걱정됩니까?

아뇨. 오히려 삶이 아름다워질 것 같은데요. 바위투성이 해변

ᐃ 단시간에 지나치게 많은 트윗을 올리는 행동.

에서 뭔가 초록색 식물을 붙잡고 있는 내 모습이 상상되네요. 해초일 수도 있고 이끼일 수도 있겠죠. 캐모마일 차를 많이 마실 거고요. '나 자신을 받아들일' 거고요. 네, 공허하겠네요.

<14> 인터넷을 할 때 자꾸 "몇 분만 더"라고 말하게 됩니까?

내가 진짜 싫어하는 것 하나가 바로 선형적인 시간이에요. 인터넷을 할 때는 시간을 구부릴 수 있을 것 같은 느낌이 들어요. 물론 정말로 시간을 구부리지는 못하죠. 그러니까 그냥 "5분만 더"라고 말한 다음 인터넷의 소용돌이에 빠져들어서 시간을 잊어버려요. 무아지경이 돼 버리는 거죠.

<15> 인터넷을 안 할 때도 인터넷에 대한 생각에 사로잡혀 있거나 인터넷을 하는 상상을 합니까?

당연하죠.

<16> 밤 늦게까지 인터넷을 하느라 잠을 못 자기도 합니까?

오늘은 새벽 세 시에 일어났어요. 그러곤 인터넷에 들어갔고요. 지금은 아침 여섯 시 반이네요. 이번 주 내내 이런 식이었어요. 월요일에는 아예 한 숨도 못 잤어요. 이렇게 잠이 안 오는 걸 보면 아무래도 인터넷이 태양을 복제하기라도 하는 것 같아요. 고스족이나 이모♦족이나 신경이 엄청 예민한 사람들은 인터넷을 하면 안 되겠어요. 이러다간 우리 다 말라 죽을 거예요.

♦ 이모코어emocore 음악 장르를 기반으로 한, 어둡고 음울한 패션 및 문화 코드.

<17> 인터넷에 접속해 있었던 시간을 숨기려고 하는 편입니까?

술꾼이었던 시절엔 이미 취한 상태로 술집에 가서 재빨리 술을 한 잔 시켜 놓고는 그 한 잔만으로 취한 척하곤 했어요. 그리고 지금 제가 운영하는 '오늘 너무 슬픔' 트위터 계정은 익명으로 되어 있는데, 여러 이유가 있지만 내가 트윗을 너무 많이 쓰는 게 창피하기 때문이기도 해요. 이 두 가지 행동 사이에 뭔가 연관성이 있다는 생각이 드네요.

<18> 밖에서 데이트하는 것보다 인터넷을 하는 데 시간을 더 많이 쓰는 편입니까?

인터넷을 하면 굳이 집 밖에 나가지 않고도 사람들을 만날 수 있잖아요. 그리고 내가 되고 싶어 하는 어떤 사람이든 될 수 있고요. 현실에서는 트럼펫 그림이 그려진 사각팬티 차림으로 '웨이트 워처스' 라자냐를 먹으면서도 인터넷에서는 마법사가 될 수 있죠.

<19> 인터넷 사용 시간을 줄이려고 했다가 실패한 적이 있습니까?

매일 그래요.

<20> 오프라인에서는 우울하거나 기분이 안 좋거나 불안감을 느끼는데 인터넷에 접속하기만 하면 그런 감정이 사라집니까?

오히려 인터넷에 들어가기만 하면 우울해지거나 불안해지거나 기분이 안 좋아질 때가 많아요. 인터넷을 켜고 딱 2초만 지나면 '아, 다 꺼져 버려' 싶어지죠. 그런데 어쩐지 현실은 인터넷보다도 더 싫더라고요.

이런 점이 인터넷의 특징인 것 같아요. 상황이 엿 같을 때마저도 그 안에 무한한 가능성이 잠재되어 있다는 점 말예요. 예컨대 어떤 사이트가 1초 전에 엿 같았으면 지금도 엿 같을 게 뻔한데도 자꾸만 새로 고침을 눌러 보게 되는 거예요. 그러다 보면 결국엔 내용이 바뀌거든요. 하지만 삶은 그렇지 않잖아요. 현실에서는 똑같은 걸 계속 새로 고침해 봤자 똑같은 결과만 얻죠. 똑같은 실수를 반복하면서 다른 결과를 기대한다? 그럼 좆되는 거죠.

음, 그런데 꼭 그렇지만도 않은 것 같네요. 우리는 반복적인 행동을 통해 영적 수행을 하기도 하잖아요. 염불, 만트라, 묵주기도, 성모송 같은 것 말예요. 아니면 프린스의 노래 제목처럼 "반복에 즐거움이 있다"Joy In Repetition고 할 수도 있겠고요. 중독의 문제는, 반복의 즐거움이 나중 가서는 즐거움과 문젯거리들의 결합으로 바뀌고, 그러다 결국엔 아예 문젯거리들만 남는다는 거예요.

인터넷에는 특유의 빛과 공백이 있어요. 내가 인터넷에서 헤어나기 어려운 이유도 그 빛과 공백 때문일 거예요. 섹시하거든요. 그 안에서라면 뭐든 가능할 것 같고. 삶에도 분명 인터넷과 마찬가지로 무한한 가능성이 잠재되어 있겠죠. 하지만 유감스럽게도 나는 어른으로서 삶을 꾸려 나가야 해요. 인터넷에서는 여전히 열여섯 살인데 말예요.

게다가 나는 인터넷을 되게 잘해요. 만약 트위터가 비디오게임이었다면 트위터를 다 깨고도 남았을걸요. 나는 끝장을 보든지 아예 하지 말든지 둘 중 하나여야 해요. 해로운 요소만 조금씩 줄여 나가는 방식 같은 건 나한테 도무지 안 맞

더라고요. 오이를 일단 피클로 만들고 나면 다시 오이로 되돌
릴 수는 없잖아요. 나는 오래전부터 인터넷에 푹 절여진 피클
이란 말이에요.

내 목은
유감스럽지 않다

내 목은 유감스럽지 않다. 내 목은 괜찮다. 잘 버티고 있다. 아직은 늙어 보이지 않는다.

내가 늙음을 유감스러운 사태로 표현한 것이 유감스럽다. 여자가 늙어 보이면 안 좋다는 생각은 대체 어디서 배운 걸까? 글쎄, 온 세상에서 그렇게 배운 것 같다.

내가 만나던 남자가 강간범이라는 혐의를 받았을 때보다 그 남자가 사람들 앞에서 나더러 늙어 보인다고 말했을 때 더 속상했다는 점은 유감이다. 나는 강간 혐의에 대해 그에게 따지지도 않았다. 다만 이렇게 말했을 뿐이다. "사람들한테 나 늙어 보인다고 말해 줘서 고마워. 존나게 듣기 좋더라."

나는 내 무릎이 유감스럽다. 아직 애도 안 낳았는데 무릎이 아줌마처럼 통통하다. 나는 무릎이 늙어 버린, 애 안 딸린 아줌마다.

내가 아이 낳은 사람들을 폄하한 건 유감이다. 얼마 전에 치즈케이크 팩토리에 갔는데(내가 그딴 패밀리 레스토랑을 좋아한다는 것도 유감이다), 딱 치즈케이크 팩토리 수준에 어울리는 부부가 아기를 데리고 있는 걸 보고 이렇게 생각했다.

'오, 완전 멋지네. 또 한 명의 미국인이 태어나셨군. 이 세상에 꼭 필요한 사람이 되겠어.' 그들은 행복해 보였다. 나는 그들이 잘못됐다는 느낌을 받았다.

내가 아이 낳은 사람들을 폄하하는 데는 더욱 깊고 근본적인 그리고 유감스러운 이유가 있다. 내가 구차한 사정으로 아이를 낳지 못하고 있어서 그 방어기제로 그들을 폄하하는 것이다. 나는 자기중심적이고 자존감 낮고 외모 집착증에 시달리는 사람이다. 내가 낳은 아이가 나처럼 자기혐오로 얼룩진 어린 시절을 보낼까 봐 무섭다. 내가 아이를 낳고선 오븐에 머리를 처박고 자살해 버릴까 봐 무섭다.◊

내가 아기들의 순수함에 공감할 수 없다는 게 유감스럽다. 한때는 나이를 좀 먹은 아이를 입양할까 생각하기도 했다. 그러면 시작부터 애를 망칠 걱정은 안 해도 될 것 같아서. 하지만 요즘 생각으로는 내가 친자식을 못 갖는 문제를 해결하려면 남들이 아이를 키우게 놔두는 수밖에 없는 것 같다.

아이들을 상대할 때면 그 애들이 속으로 나를 폄하하고 있을 거라는 생각이 자꾸만 들어 유감이다.

유감스럽게도 가끔은 그냥 덜컥 임신해 버리면 좋겠다는 생각까지 한다. 임신하겠다는 결정을 스스로 내릴 엄두가 안 난다. 내 의지로 아이를 낳으면 그 애가 나를 쳐다보면서 "낳아 달라고 한 적 없는데 왜 낳았어요"라고 따질 것 같다. 하지만 실수로 임신하면 그 책임을 '우주' 탓으로 돌릴 수 있을 것

◊ 작가 실비아 플라스는 잠든 아이들의 간식을 마련해 두고 부엌문을 밀폐한 뒤 가스 밸브를 열어 두고 오븐에 머리를 넣은 채 자살했다고 알려져 있다.

이다. 나약하고 무책임할뿐더러 낙태라는 선택지를 간과하는 사고방식이지만, 그래도 나는 그렇게나마 위안을 받는다.

나는 내 성기 생김새가 유감스럽다. 오른쪽 소음순이 왼쪽 소음순보다 더 길다. 장담하는데 이건 고등학교 때 남친이 차 안에서 내가 젖지도 않았는데 손가락으로 엄청 세게 헤집어 댄 탓이다. 그때 나는 아팠지만 그에게 그만하라거나 먼저 핥아 주기부터 하라고 말하지 않았다. 내가 아픈 건 중요하지 않다고 생각했기 때문이다. 그의 손가락이 오락가락할 때마다 건조한 오른쪽 소음순이 자꾸 쓸리고 문대어졌던 게 지금도 기억난다. 그날 밤 집에 가서 보니 오른쪽 소음순이 복어처럼 부풀어 있었다. 그 이후 다신 원래대로 돌아오지 않았다.

나는 내 성기가 예전에 비해 분홍색을 덜 띠어서 유감스럽다. 한때는 완전히 분홍색이었다. 이제는 나이가 들어서 소음순 색깔이 보라색에 가까워졌다. 누가 내 성기를 '팽팽한 분홍색 보지'라고 부르면 거짓말한다는 생각이 든다.

나는 내가 음모를 완전히 제모하고 지낸다는 게 유감스럽다. 세상에 어떤 예술가가 음모 전부를 왁싱한단 말인가? 예술가로서 군이 왁싱을 할 거라면 적어도 맨 위에 줄무늬나 삼각형 모양의 털 정도는 남겨 놓고 항문과 허벅지 안쪽과 대음순의 털만 밀어 버려야 한다고 생각한다. 내가 그러지 못하는 건 음모가 자라는 동안 내 강박증이 심하게 도지기 때문이다. '둔덕'에 털 두 가닥이라도 삐져나오면 초조해진다. 그 부위가 맥가이버 헤어스타일이 된 것처럼 느껴진다.

나는 내 음모가 요즘 포르노 배우들 사이에서 유행하는 스타일이 아니라는 데 유감을 느낀다. 요즘 포르노 배우들은 말끔히 밀고 맨 위에 삼각형 털만 남겨 놓더라. 그리고 유 감스럽게도 내 음모는 히피 여자들 사이에서 유행하는 스타 일도 아니다. 친구 한 명이 메인주에서 유기농 농사짓는 히 피 여자들 한 무리와 같이 사는데, 그 친구 말에 따르면 메인 주 여자들은 전부 왁싱을 하긴 하지만 안 한 것처럼 보이려고 커다란 삼각형 모양으로 털을 남겨 둔다고 한다. 내가 보기 에 그 여자들이 하는 짓은 반칙이다. 그런 자연 친화적인 시 골 처녀로 통하고 싶다면 애초에 보지에 왁싱을 아예 안 해야 하지 않나? 다른 여자들 보지에 대고 이래라저래라 할 생각은 전혀 없지만 그래도 조금 불공평한 것 같다는 얘기다. 자연 친화적이라는 이미지를 내세우면서 정작 항문에는 털이 없 다니? 너무하잖아.

그런데 유감스럽게도 왁싱을 아예 안 하자니 겁이 난다. 내 보지에 털이 나더라도 신경 끄고 지낼 수 있다면 좋겠지 만, 나는 거부당하는 걸 워낙 두려워해서 그럴 수가 없다. 털 이 다 자라게 내버려 뒀다가 나중에 다시 왁싱하려면 너무 아 플 테고, 그래서 영영 못 할지도 모른다(왁싱을 처음 했을 때 나는 한쪽 음순은 맨들맨들하고 다른 쪽 음순은 아직 북슬북슬 한 꼴로 누운 채 "나는 페미니스트라고!"라며 소리 질렀다). 그 러면 왁싱한 걸 좋아하는 사람과 섹스하게 될 경우 그 사람이 내 수북한 털 뭉치를 보고 나를 별로라고 생각하게 될까 봐 무섭다. 물론 음모를 무지 좋아하는 사람과 섹스한다면 내 왁 싱한 보지가 흠잡히는 느낌이 들겠지만, 그래도 반대 경우에 비하면 덜 무서울 것 같다.

유감스러운 일이지만 나는 페미니즘이 인터넷에서 클릭

유도용 떡밥쯤으로 쓰이는 걸 볼 때마다 토하고 싶거나 죽고 싶어진다. 이건 최근 페미니즘 운동의 전개 방향에 대한 비판이 아니라 단지 내가 클릭 유도용 떡밥 자체에 혐오감을 느낀다는 뜻이다. 얄팍한 마케팅 문화에 깊이 연루된다는 게 내 안에 사는 마녀에게 욕지기를 일으킨다. 그런 기사를 읽기만 해도 무슨 독성 물질을 먹은 기분이다. 뭐라고 할까, 내가 뱀파이어라면 떡밥 기사는 마늘인 셈이고, 페미니즘이 떡밥으로 이용된 기사는 그야말로 구토 유발제 그 자체다(포르노에서처럼 섹시하게 토하는 거 말고).

유감스럽게도 나는 내가 '무슨무슨주의자'보다는 마녀에 가까운 사람이라고 생각한다. 나는 무슨무슨주의자들을 꺼리는 경향이 있다. 내가 독불장군이고 사회 공포증이 있는 데다 집단에 소속되거나 뭐든 꼬리표를 다는 걸 싫어하기 때문일 것이다. 이 얘기가 나와서 말인데, 내가 마녀라는 건 기본적으로 페미니스트라는 뜻이다.

내가 어째서 마녀인지는 잘 모르겠다는 점이 유감이다. 마녀라는 걸 그냥 알 뿐이다.

내가 내 몸에 관해서는 유독 형편없는 마녀라는 점이 유감스럽다. 내 말은, 대체 어떤 마녀가 린퀴진사의 저칼로리 맥앤치즈 따위를 먹겠는가? 마녀라면 응당 크래프트푸드에서 나온 지방이 듬뿍 든 마카로니치즈나 집에서 만든 평범한 맥앤치즈를 먹어야 하는 법이다(만약 그 마녀가 신의 모든 피조물과 지구를 수호하려 하는 사람이라면 채식 맥앤치즈를 먹을 수도 있겠다. 그게 좋은 마녀이면서 동시에 좋은 페미니스트/휴머니스트/인간으로서 취할 수 있는 최선의 선택이라고 본다).

만약 내가 마녀 집회의 수장이라면 "어이, 저칼로리 음식이나 먹는 마녀 따윈 안 끼워 줘"라고 할 것이다. 하지만 내가 진정으로 훌륭한 마녀였다면 지금의 나를 긍정하고 받아들여 줬을 것이다. 진정으로 훌륭한 페미니스트였더라도 아마 그렇게 했으리라. 나는 아직까지 나를 긍정하기가 어렵다. 스스로 성스러운 어머니가 돼서 나 자신을 안아 주고 "애야, 애야, 다 괜찮단다"라고 말해 주는 것, 나는 도저히 못 하는 모양이다.

나한테 자지가 없어서 유감이다. 살면서 내 몸 때문에 겪는 고충의 태반은 내가 여자 몸으로 태어난 탓인 것 같다. 만약 남자 몸으로 태어났더라면 모든 문제가 풀리지 않았을까. 하지만 아마 착각일 것이다. 나한테 자지가 있었다면 발기부전이었을지도.

내가 그저 가벼운 선망 때문에 자지를 갖고 싶어 하는 것이어서 유감이다. 나는 내 신체적 성별이 대체로 나와 잘 맞는다고 느낀다. 나다운 내가 되고 싶어 한다는 이유로 누군가에게 위협을 받거나 괴롭힘당하거나 죽도록 얻어맞을까 봐 두려워하지는 않아도 되는 것이다. 유감스럽게도 트랜스젠더들은 여전히 그런 두려움 속에서 살고 있다.

내가 한때 자지 큰 남자들을 밝히는 여자였다는 게 유감이다. 자지 큰 남자에 대한 내 욕망은 섹스할 때 상대방의 자지가 늘 내 것처럼 느껴지는 현상과 연관이 있는 것 같다. 남의 자지로 대리 만족을 느끼는 것이다. 즉 만약 나한테 자지가 있다면 큰 자지였으면 좋겠다는 뜻이다. 하지만 자지가 내 몸에 들어왔을 때 느껴지는 감각은 큰 자지든 적당한 자지든 다 똑같다.

최근에 연하인 남자가 내 가슴을 빨아 주려고 했을 때 유감스러운 일이 있었다. 내 가슴이 처지는 현상 때문에 그가 위치 지각 판단에 실패한 것이다. 즉 내 생각엔 그는 내 유두가 실제보다 더 높은 데 있을 줄로 착각했던 것 같다. 처음으로 그가 유두를 빨려고 한 순간 입을 엉뚱한 곳에 댔던 걸 보면 알 수 있다. 게다가 그러고 나서 또 유감스러운 사건이 생겼는데, 내가 그를 비방하는 의미의 시를 썼다고 오해받은 것이다. 문제의 시에는 그가 자기 엄마를 사랑한다는 내용이 들어 있다. 내가 그런 시를 쓴 의도는, 그가 자기 엄마를 사랑한다면 내 가슴이 처진 것도 이해해 주겠지, 어쩌면 도리어 그런 가슴에 더욱 흥분할 수도 있겠지 싶은 바람에서였다. 허접한 시였다.

그 연하남이 내 보지에서 '빗물, 산의 샘물, 파베르제의 달걀,[◊] 셀러브리티들이 명상하는 폭포 동굴' 맛이 났다고 말했을 때 우쭐한 기분이 들어서 유감이다. 그런 걸로 우쭐해하다니. 물 맛 보지가 쓴맛 보지나 연어 맛 보지보다 나을 이유가 뭐가 있나? 그리고 내 보지에서 항상 그렇게 맑은 맛이 나지도 않을 것이다. 내가 그를 위해 열심히 씻었으니까 그랬겠지. 그와 섹스할 때마다 나는 열심히 씻었다.

유감스럽게도 그 연하남은 이제 더 이상 내 트윗에 마음을 찍지 않는다. 그리고 내가 페이스북에다 경찰 폭력 반대 시위에 간다는 글을 올렸을 때 그가 '좋아요'를 누르지 않던

◊ 19세기 러시아 황제 알렉산드르 3세를 위해 보석 세공인 파베르제가 제작한 달걀 형태의 공예품들.

것도 유감이다.

애초에 내가 페이스북에 경찰 폭력 반대 시위에 대한 글을 올린 것 자체가 유감스럽다. 나는 그 이슈를 홍보하려는 생각으로 그랬던 거지만, 이제 와 생각해 보면 백인 여성인 내 입장에서 상품화할 권리가 없는 무언가를 상품화한 듯한 기분이 든다. 나는 타인의 아픔을 내 멋대로 전용하고 싶지 않다.

경찰 폭력 반대 시위에 나갔을 때 분위기에 취해 들떴던 것도 유감스럽다. 카타르시스에 휩싸여서 울기까지 했다. 그건 내가 느낄 자격이 없는 카타르시스였다. 나는 백인 여자라서 경찰들한테 부당한 일을 당하지 않고 살았으니까. 다른 사람들의 혁명을 지지하는 것과 그들의 비극을 내 경험인 양 이용하는 것 사이에는 차이가 있을까? 나는 있다고 본다.

경찰 폭력 반대 시위에 프라다 백을 가져갔던 것도 유감스럽다.

나는 내가 백인 여자기 때문에 어떤 상점에서 쇼핑을 하든 눈총을 받거나, 성가신 일을 당하거나, 모욕당하거나, 쫓겨나거나, 부당하게 체포당하거나, 총을 맞을 염려가 없다는 것이 유감스럽다. 상점뿐 아니라 각종 기관이나 공원 등 어딜 가도 마찬가지다. 그러나 모든 사람이 나와 같지는 않다.

내 싸움이 유감스럽다. 다른 사람들의 싸움에 비하면 아무것도 아닌데도 나한테는 힘들어서.

이 에세이가 유감스럽다.

이 책이 유감스럽다.

니코틴 껌은
내 수호성인

나는 내세가 두렵다. 만약 저세상에 니코틴 껌이 없다면 어쩌나?

나는 언제나 니코틴 껌을 갖고 있어야 한다. 니코틴 껌이 있어야 키스도 한다. 니코틴 껌이 있어야 잠도 잔다. 당신이 니코틴 껌 없이 할 수 있는 모든 일을 나는 니코틴 껌이 있어야만 할 수 있다. 이 글을 쓰는 지금도 니코틴 껌을 씹고 있다.

내가 니코틴 껌을 씹는 이유는 이 우주가 나를 충족시켜 줄 리 없기 때문이다. 내 육체, 감정, 영혼에 난 많은 구멍을 우주가 알아서 채워 줄 성싶진 않다. 그래서 나 스스로 나를 채워 준다. 내가 살아 있는 걸 칭찬하는 의미로, 강아지한테 간식을 주듯 내게 작은 상을 주는 것이다. 니코틴 껌 포장을 뜯어 입에 집어넣을 때마다(대충 30분에 한 번씩) 나는 인공적인 희망과 가능성을 맛본다. 그렇게 나 자신을 달랜다. '나 자신의 엄마'가 되어 이렇게 말해 준다. "그래, 얘야. 인생은 아프지. 현실은 버겁고. 다 알아. 이제 입을 벌려 보렴. 신선한 행복의 가능성이 여기 있단다!"

나는 12년 동안 니코틴 껌을 씹었다. 담배를 끊은 지는 10

년이 됐다. 그러니 니코틴 껌으로 효과를 봤다고 할 수 있겠다. 하지만 그 대신 껌에 중독되었다는 게 문제. 너무 심하게 중독된 나머지 이베이 사이트의 특별 판매자에게 니코틴 껌을 대량으로 주문해서 공급받는다. 베개며 이불에 껌을 덕지덕지 묻히기도 한다. 내가 아이를 안 가지려는 데는 여러 이유가 있지만, 임신하면 니코틴 껌을 끊어야 한다는 것도 그중 하나다. 니코틴 껌과 뭔가 다른 것을 두고 우선순위를 정해야 한다면 나는 무조건 니코틴 껌이다.

이야기를 더 이어 가기 전에 하나 짚고 넘어가자. 만약 당신이 니코틴 껌을 이용해 담배를 끊을 생각이라면 나처럼 될까 봐 걱정할 필요는 없다. 나는 중독에 중독된 사람이다. 세상 그 무엇이든 나한테는 도파민 유발제로 작용할 수 있다. 심지어 사람도 나한테는 도파민이 된다(정말이다!).

내가 처음 피워 본 담배는 말보로 레드였다. 아빠한테서 슬쩍 빼돌린 뒤 내 방 거울을 마주보며 혼자 피웠다. 폐가 서늘해지는 걸 느끼며 나름 섹시하게 연기를 뿜어냈는데, 갑자기 눈앞이 빙글 돌았다. 그 현기증 때문에 겁이 났다. 의식에 갑작스러운 변화가 닥치는 건 늘 무섭다(나는 천천히 안정적으로 취하는 걸 더 좋아한다). 그때가 열네 살이었다.

그다음으로 담배를 피운 건 열여섯 살 때였다. 별하늘 아래서 남자 친구와 함께 말보로 라이트를 나눠 피웠다. 그 담배는 애무의 담배였고, 로맨스, 가능성, 자유의 담배였다. 게다가 담배를 피우니 배가 덜 고팠다. 무지 기뻤다. 날씬해지는 게 소원이었으니까.

곧 나는 담배를 이용해 끼니를 미루거나 담배와 다이어

트 콜라와 시나몬 맛 껌으로 끼니를 때우게 되었다. 하루 한 갑씩 피우는 골초가 된 건 순식간이었다. 두 갑씩 피우는 날도 잦았다. 아침에는 꼭 내 방 창밖으로 몸을 내밀고 담배 한 개비는 피워야만 집을 나설 수 있었다. 체육관 밖에서 담배를 피웠다. 롤러블레이드를 타면서도 담배를 피웠다. 말보로 라이트, 팔리아멘트, 바닐라나 클로브 맛이 나는 담배를 좋아했다. 그 나이 애들이 흔히 그러듯 나도 짐 모리슨을 좋아하던 시기가 있었고 그때는 아메리칸 스피리츠를 피웠다.

엄마에게 담배 냄새를 들키지 않았던 건 아빠도 흡연자였기 때문이다. 하지만 엄마는 아빠가 담배를 끊었다고 믿었다. 차 안에 담뱃재가 가득하고 차고에는 담배꽁초가 수북하고 밤마다 아빠가 창밖에 대고 담배 피우는 모습을 뻔히 보면서도 엄마는 "아니야, 그이는 담배 안 피워"라고 말하곤 했다. 그래서 우리 집에서는 비흡연자도 어쩐지 담배 냄새가 나는 걸로 통했다. 덕분에 나도 무사할 수 있었다.

대학에 들어갔을 때부터 내 흡연 방침에 차질이 생겼다. 내가 만난 첫 룸메이트는 흡연자였지만, 그애는 이따금씩 흡연자 친구들과 어울릴 때만 분위기에 맞춰 피우는 정도였다. 반면 나는 한시도 담배를 피우지 않는 때가 없었다. 룸메이트는 내가 피워 대는 담배의 양과 냄새가 심각한 수준이라는 걸 깨닫고 우리 방을 금연 구역으로 지정했다. 그러자 그 방은 내게 안전하지 못한 장소가 되어 버렸다. 담배를 피울 수 없는 곳은 어디든 안전하지 않았다.

이후로 만난 다른 룸메이트나 친구 들 사이에서도 이런저런 흡연 규제를 정하지 않을 수 없었다. 그러자 나는 흡연을 자제하면서까지 사람들을 만나는 것보단 혼자 줄담배 피우는 걸 더 좋아하게 되었다. 내가 편안하게 어울릴 수 있는 사람이라곤 오로지 나처럼 매 순간, 연달아서, 숨 쉬듯 담배를 피우는 이들뿐이었다. 이제 담배는 내 인생에서 문젯거리가 되었다. 담배를 충분히 피우면서는 사회 생활을 할 방도가 없다는 게 문제였다.

그러다 스무 살 때 런던행 비행기를 타기 전에 처음으로 '니코레트' 금연 껌을 사 보았다. 일곱 시간의 비행을 니코틴 없이 버티려면 고통스러울 게 분명했고, 나는 고통을 싫어하니 당연한 선택이었다. 그리하여 내 중독의 연대기에서 빛나는 새 챕터가 열렸다. 껌을 씹으니 금단 증상이 오지 않았다. 게다가 은밀한 흥분감도 느낄 수 있었다. 무엇보다도 내가 '흡연'하고 있다는 걸 아무도 모른다는 게 가장 큰 장점이었다. 비행기는 나도 모르는 사이에 목적지에 도착했다.

이후 몇 년 동안 나는 담배와 니코틴 껌을 병행했다. 보통 둘을 번갈아 가면서 했고, 가끔은 껌을 씹으면서 동시에 담배를 피우기도 했다. 그러다 보니 언제 어디서든 씹을 수 있는 껌 쪽에 마음이 더 쏠렸다. 손쉽고도 은밀하게 즐길 수 있다는 특성이야말로 중독을 부추기는 가장 큰 요인인데, 그 점에서 니코틴 껌이 담배를 능가했던 것이다.

당신이 어떤 상황에서든 데리고 다닐 수 있는 특별한 친구가 있다고 상상해 보라. 당신에게 자신감과 여유를 주고, 타인에게 지나치게 의존할 필요가 없게끔 도와주는 친구. 삶으로부터 그리고 당신만이 아는 무언가로부터 당신을 지켜 주는 친구. 그저 입에 넣기만 하면 되는 친구.

니코틴 껌을 씹는다고 표현했지만, 정확히 말하면 그건 씹는 게 아니다. 껌 한 알을 입에 집어넣고 재빨리 한두 번만 씹은 뒤, 잇몸이나 혀 사이에 껌을 끼워 두고 니코틴이 스며 나오게끔 놔둬야 한다. 나는 주로 왼쪽 볼 안에 껌을 두는 버릇이 있다. 그런데 그렇게 입 한쪽만 자주 사용하다 보니 한동안 건강에 문제가 좀 생겼다.

볼 안쪽과 혀 왼편이 모조리 새하얗게 변해 버린 것이다. 나는 틀림없이 구강암에 걸린 줄 알았다. 그런데 치과에서 진단을 받아 보니 내가 씹는 껌의 자극적인 향미료 때문에 염증이 생긴 것뿐이었다. 그래서 나는 껌을 입 양쪽으로 골고루 굴리는 버릇을 들였고, '과일 스무디 맛'이나 '시나몬 맛'이나 '민트 맛'이 나는 자극적인 니코레트 껌은 아쉽지만 포기하고 그보다 더 무난한 맛의 '해비트롤' 브랜드 껌으로 바꿨다. 해비트롤은 더 부드러운, 크림 같은 맛이다. 니코레트가 크리스마스 때 먹는 지팡이 모양 사탕 같다면 해비트롤은 마시멜로 같달까. 어쨌거나 나는 "니코틴 껌을 끊어야겠다"는 말은 한 번도 하지 않았다.

내과 의사들과도 상의해 보았는데, 니코틴 껌이 흡연보다야 낫지만 니코틴을 지속적으로 섭취하면 심장에 무리가 갈 수 있다는 답변을 들었다. 하지만 내게는 심장이 두 개인 것 같다. 육체적인 심장과 정신적인 심장. 니코틴 껌은 비록 내 육체적 심장에 악영향을 미칠지언정 정신적 심장에는 기적을 행사한다. 심장을 안정시켜 주고, 보호막을 형성하고, 영양을 공급하고, 유익한 자극을 주고…… 나는 정신적 심장의 안위를 더 중요시하나 보다.

물론 껌에 의존하는 건 내가 나 자신과 함께 편안히 있질 못하고, 현재의 순간 속에 온전히 혼자 있는 걸 못 견딘다는 뜻이다. 그건 나도 잘 안다. 게다가 내가 다른 사람과 가까워지는 데도 껌은 방해가 된다. 나는 좀처럼 타인과 단 둘이 있을 수가 없다. 나, 그 사람, 그리고 니코틴 껌, 항상 이렇게 셋이 되어 버린다. 하지만 나는 현재의 순간이 무섭다. 타인과 가까워지는 것도 무시무시한 일이 되곤 한다. 그래서 나는 내 존재를, 더 과감히 표현하자면 '살아 있음'의 상태를 희생함으로써 이 세상에서 함께할 수 있는 동료를 얻는 것이다. 세상을 통제 가능하고, 짜릿하고, 의미 있고, 체계적인 곳으로 느끼게 해 주는 동료를.

　요컨대 나는 그냥 이 세상에서 잘 지내고 싶다. 하지만 나 혼자서는 그럴 자신이 없다. 내가 잘 지낼 수 있도록 우주가 도와줄 성싶지도 않다. 그러니 언제라도 어김없이 마음의 평화를 얻을 수 있는 수단 한 가지를 정해 놓고 싶은 것이다. 비록 그것이 내 삶을 무척 협소하게 제약할뿐더러 나를 죽일 수도 있다고 해도, 내 뒤를 받쳐 주는 무언가가 있다고 생각하면 든든해서 좋다.

내 구토 성애,
나 자신

소외감을 느낄 수 있는 방법 하나를 알려 주겠다. 어릴 때부터 자기도 모르게 괴상한 성적 판타지를 키운 다음 청소년기에 자위를 하면서 그 판타지를 강화하는 것이다. 그 판타지를 통해서만 오르가즘을 느낄 수 있게 될 정도로. 그런 다음 10대 시절 내내 당신의 비밀스러운 성적 취향을 남들에게 들킬까 봐 두려워하면서 살면 된다. 그렇게 살다 보면 몇몇 섹스 파트너에게는 당신의 판타지를 알려 주고 싶어지겠지만, 분명 실제보다 대단치 않게 이야기하게 될 것이다. 파트너와 함께 당신의 판타지를 현실로 구현하려 들거나 역할극을 통해 당신의 내면세계로 파트너를 끌어들이는 짓은 절대로 하지 마라. 그런 짓을 하면 당신의 매우 중요한 일부분이 진정한 성적 친밀감에 눈뜨게 되어 버릴 테니까. 내 말대로 해 보라. 분명 소외감을 느낄 수 있을 것이다.

내 성적 판타지는 구토다. 토사물 말고 토하는 행위 말이다. 구토는 섹시하다. 원초적이고 비자발적인 신체 반응이라는 점에서 사정과 매우 비슷하다. 목구멍 안쪽에서 깊게 울리는 소리도, 동물적으로 일그러지는 얼굴도. 역겹긴 하지만 정말로 꾸밈없는 행위다.

내가 토하는 걸 딱히 좋아하는 건 아니다. 사람들이 토하는 모습을 보는 게 좋다는 뜻이다. 아니면 토하는 사람이 되고 싶긴 한데 그 사람이 내가 아니면 좋겠다고 할까. 그냥 머릿속으로 그런 상상을 하는 걸 좋아한다.

이런 판타지를 품게 된 계기는 세 살 때 자다가 토했던 일인 것 같다. 우리 엄마는 아이를 전통적인 방식으로 보살피는 분이 아니었는데, 그때만큼은 굉장히 다정다감하게 나를 보살펴 주었다. 안아 주고, 부드럽게 씻겨 주고. 신체적으로 무력해진 상태에서 그렇게 전에 없는 보살핌을 받으니―그 어느 때보다 더러운 꼴로 엄마에게 받아들여지니―너무나 행복해 취하는 기분이었다. 엄마가 나를 사랑할 뿐만 아니라 내 가장 역겨운 면모까지도 사랑한다는 사실을 알게 된 것이다. 자신의 가장 역겨운 면모가 누군가에게 받아들여지는 느낌이란 자존감이 낮은 사람에겐 그야말로 경이로운 경험이다.

내가 처음 오르가즘을 느낀 건 열 살 때였다. 나는 토하는 소리를 흉내 내 카세트테이프에 녹음해 놓고, 그걸 워크맨으로 들으면서 1미터짜리 조지 젯슨° 인형 위에 앉아 자위를 했다. 그러면서 내가 킴벌리라는 예쁘고 유명한 여자 체조 선수라고 상상했다. 킴벌리가 학교에서 토하려고 화장실로 막 달려가다가 결국엔 못 참고 애들이 다 보는 앞에서 복도에 온통 토해 버리는 상상이었다. 나는 그렇게 예쁜 여자애가 나와 같은 수치심을 느끼기를 바랐다. 그런 상상이 나를 흥분시켰

<hr>

° 애니메이션 「우주 가족 젯슨」에 나오는 남성 캐릭터.

다. 하지만 킴벌리는 워낙 예쁘고 인기 있어서 아무에게도 비난받지 않는 아이여야 했다. 자기 몸을 주체 못 해도, 아무리 역겨운 꼴을 하고 있어도 사람들에게 사랑받는 것. 나는 그런 경험을 하고 싶었다.

이제 와 돌이켜 보면 그때 난 토하고 말고와 상관없이 그저 킴벌리에게 성적으로 끌렸던 것 같다. 하지만 내가 여자를 좋아하는 성향일 수도 있다는 무시무시한 생각과 씨름하는 것보다는 구토 판타지로 내 욕망을 포장하는 편이 더 쉬웠다.

그렇게 나는 조지 젯슨을 가지고 자위하면서 토하는 킴벌리의 입장에 나 자신을 이입했다. 동시에 나는 킴벌리가 토하는 걸 도와주는 여자애 입장이 되기도 했다. 그 상상에 몰입하면서 자위를 하다 보니 점점 기분이 좋아졌고, 마침내 기적이 일어났다. 별안간 내 성기부터 다리까지가 시공간 너머로 쑥 날아가는 느낌이었다. 짧은 순간 나는 내 자아에서 완전히 벗어나 쾌락의 천상계를 떠다녔다. 이런 느낌이 존재할 수 있다는 게 믿어지지 않았다. 아무도 이런 걸 내게 알려 주지 않았다니 어처구니가 없었다! 내가 처음 만들어 낸 기적인 걸까? 나는 조지 인형을 기우고(천이 뜯어져서 솜이 비어져 나오고 있었다) 가족과 저녁을 먹으러 아래층으로 내려갔다. 하지만 머릿속은 나중에 자위할 생각으로 가득했다. 그 느낌을 영원히 누릴 작정이었다.

킴벌리에 대한 판타지는 지금도 여전히 내 안에 남아 있다. 나는 내 판타지에 무척 충실해서, 마음에 드는 걸 하나 생각해 내면 평생 두고두고 써먹는다. 내가 좋아하는 구토 판타지 중 일부를 여기에 소개한다.

♡ 섹시한 로마 황제랑 섹스하는 판타지. 우리는 막 연회를 즐긴 참이고, 황제는 나한테 박으면서 동시에 토하고 있다. 어쩔 때는 나를 그 황제의 입장에 놓고 상상하기도 하고, 그 장면을 관찰하는 시점으로 상상하기도 한다.

♡ 나는 무척 여성스러운 외모의 뚱뚱한 여성이다. 출장 나와서 묵게 된 호텔 방에서 폭식을 하는데, 이때 먹은 음식 중에서 상한 참치 샌드위치 때문에 문제가 생긴다. 사무실에 가서 파워포인트로 프레젠테이션을 하는 도중 구역질이 올라온 것이다. 나는 화장실로 뛰쳐 들어가 변기에 헛구역질을 한다. 그런데 강인한 부치 타입의 레즈비언이 나를 따라와 화장실 칸에 자기를 들여보내 달라고 한다. 나는 창피해서 거부하다가 결국에는 문을 열어 준다. 그 부치 여자는 나한테 홀딱 반했다. 내 몸과 마음, 내가 토하는 것까지도 좋아한다. 한편 사무실에 있는 사람들은 내가 토하는 소리도, 그녀가 나를 도와주는 소리도 다 듣고 있다. 내가 약간 나아지자 그녀는 나를 자기 집으로 데려간다. 거기서 나한테 오럴을 해 준다. 세 시간쯤? 그런 다음 우린 결혼한다.

♡ 나는 명나라 황태자다. 내가 거느린 후궁들이 나를 둘러싸고 오럴과 애무를 해 준다. 나는 오럴을 받는 도중에 토악질을 시작한다. 그러자 후궁 하나가 흥분해 내 토사물을 입으로 받아먹으면서 환희에 취한다. 내가 그녀의 입에 토하는 동안 다른 후궁들은 오럴과 애무를 계속한다.

♡ 나는 키가 180센티미터쯤 되는 남자 대학생이다. 성기는 커다랗고 말끔하게 포경한 상태다. 나는 남학생 친목 클럽에 소속되어 있고 그중에서도 알파 메일이다. 클럽에서 깔때기로 맥주를 들이마시는 게임을 몇 번 하고는 구역질이 치밀어 크게 트림을 한다. 그러자 같은 클럽 회원이자 커밍아웃 안 한 게이 남학생 하나가 내 트림 소리를 듣고 꼴린다. 내가 토하기 시작하자 그는 내 뒤에 다가서서 등과 배를 어루만져 준다. 그는 나를 갖고 싶어 한다.

이건 모두 사랑과 관련된 판타지다. 구토 장면뿐 아니라 상대방을 완전히 받아들이고 포용하는 내용이 나온다는 공통점이 있다. 몇몇 판타지에서는 아름답거나 강력하거나 또는 둘 다인 인물에게 수치심을 주는 부분이 쾌감을 자아내기도 한다. 하지만 그런 인물들도 결국에는 누군가에게 받아들여짐으로써 자기 자신을 긍정하고 수치심을 해소하게 된다. 내게는 바로 이런 게 성적 만족이다.

나처럼 구토에 대한 페티시가 있는 사람을 구토 성애자라고 한다. 구토 성애 포르노도 있다. 하지만 포르노 사이트에서 흔히 찾을 수 있는 건 대부분 여자가 자지를 빨다가 웩웩거리며 토하는 내용이다. 이런 건 별로다. 권력 관계가 잘못 설정되어 있지 않은가. 게다가 너무 억지스럽다. 자연스럽게 토하는 방식이어야 한다. 의도치 않게 구토가 나오는 바람에 스스로 당황하게 되는 그런 내용이 내 취향에 맞는다. 그래도 인터넷에 있는 포르노들이 내 구토 판타지를 강화하는 데 도움이 되긴 했다. 검색하는 데 품이 무지 많이 들었지만.

10년 전에 나는 '노예 소년의 구토 페티시'라는 멋진 웹사이트를 발견했다. 거기엔 구토와 관련된 에로틱한 영상, 음원, 이미지, 심지어 소설(난 이게 제일 좋다)도 있었다. 이 사이트를 처음 발견했을 땐 귀중한 보물 상자를 발굴해 낸 기분이었다. 우선 세상에 나 같은 사람이 더 있다는 사실에 신이 났다. 게다가 자유 게시판에서 이들이 자기 판타지에 대해 얼마나 솔직하게 터놓고 이야기하던지, 아무리 익명으로 쓰는 글이어도 믿을 수가 없을 정도였다. 슬프게도 그 사이트는 지금은 폐쇄되었다. 이럴 줄 알았으면 거기 있던 소설이라도 좀 저장해 둘걸.

그 이후에도 비슷한 사이트를 더 찾아냈다. vomitonline. com(역시 지금은 폐쇄되었다. 구토 판타지는 수요가 많지 않다)과 vomitinbrazil.com(유료 사이트였지만 미리 보기 영상들도 썩 괜찮았다). 해적판 파일들도 어느 정도 다운받아 봤다.

하지만 내가 주로 찾는 곳은 유튜브다. 유튜브를 샅샅이 뒤져서 멋진 구토 영상을 엄청나게 많이 모았다. 특히 좋아하는 건 트림이 많이 나오는 영상이다. 트림하는 소리는 너무나 원초적이어서 구토 과정 중에서도 가장 섹시한 요소로 느껴진다. 그래서 내 판타지 속 인물들은 늘 트림을 많이 한다. 나는 트림 페티시 커뮤니티에도 자주 들어가 본다. 글을 쓰지는 않고 읽기만 하지만. 그중에 한 여자가 쓴 글이 있었는데, 남자가 자기한테 오럴을 해 주면서 질에 트림을 하는 것이 자신이 꿈꾸는 궁극적인 판타지라는 이야기였다. 그것이야말로 이상적인 섹스라는 데 나도 동감하지 않을 수 없었다.

포르노를 보면서든 안 보면서든 자위를 하고 나면 이따금씩 오르가즘 직후에 수치심이 덮쳐 올 때가 있다. 누구나 겪어 봤을 것이다. 머릿속에 펼쳐지던 영상을 새삼 되돌아보며 '뭐야, 내가 이딴 걸로 흥분했단 말이야?'라는 의문에 휩싸이는 순간. 그런데 그 머릿속 영상에 엄청나게 많은 토사물까지 나온다고 생각해 보라. 기분이 어떻겠는가?

내가 이제껏 한 번도 실제 성생활에 구토를 끌어들이지 않았던 것이 그 수치심 때문인지는 잘 모르겠다. 내 머릿속 상상을 즐기는 것과 그 상상을 물리적으로 감각 가능한 현실에서 체험하는 것 사이에는 큰 차이가 있다. 내가 현실에서 구토를 좋아하기나 하는지도 모르겠다. 누가 토하는 걸 보면 나는 오히려 겁을 먹고 슬금슬금 피한다. 이건 차라리 구토 공포증에 가깝다.

나는 토하는 사람의 머리카락이 더러워지지 않게 잡아 주겠다고 나서는 종류의 사람이 아니다. 항상 그 자리에서 도망치는 편이다. 현실의 구토에 내가 일으키는 거부 반응은 어쩌면 내 비밀을 남들에게 들키지 않기 위해 오랫동안 키워 온 방어기제인지도 모른다. 토하는 사람에게 지나치게 관심이 있는 걸로 보이고 싶지 않은 심리라고 할까.

나는 이제껏 연애한 사람 대부분에게 내 판타지를 알려 주지 않았다. 첫 연애 때는 섹스할 때마다 오르가즘을 느끼는 척 연기했다. 이후로는 상대가 오럴을 해 주는 동안 그 사람 몰래 구토에 대한 상상에 몰입해서 오르가즘을 얻어 냈다. 애인들은 나랑 섹스하다 보면 별안간 내가 현실에서 완전히 유리되는 듯한 느낌이 들 때가 있다고 했다. 그냥 정신이 딴 데로 가 버리는 것 같다나. 왜들 그렇게 말했는지 알 만도 하다.

구토 판타지에서 멀어지려고 몇 년 동안 남몰래 '수련'을 거치기도 했다. 보다 평범한 판타지를 재료 삼아 자위하면서, 섹스 도중에 정신을 딴 데 팔지 않고 파트너를 통해 오르가즘을 느끼는 법을 익히려고 노력했다. 그래서 이제 내가 자위할 때 쓰는 상상 중에는 구토 장면이 들어 있지 않은 것도 있다. 하지만 그런 상상을 재료로 자위할 때는 오르가즘을 느끼기까지 시간이 더 오래 걸린다. 그리고 파트너와 섹스할 때는 막판에 구토 판타지를 떠올려야만 절정에 이를 수 있다. 내가 확실히 믿고 의존할 수 있는 수단은 그 판타지다.

오래 사귄 파트너 몇몇에게는 내 판타지를 털어놓았다. 하지만 기껏 용감하게 고백해 놓고는 이후 몇 년 동안 그 고백을 부인하느라 바빴다. 털어놓을 때도 창피한 마음이 가시지 않아 결국엔 대수롭지 않은 것인 양 무마하면서 이야기를 끝냈다. 가장 고역스러운 경우는 내 판타지를 아는 파트너와 함께 영화를 보는데 배우가 토하는 장면이 나올 때다. 그때마다 나는 별 것 아닌 척한다. "오, 토하는 것 좀 봐. 난 저런 건 아무 느낌도 없어"라고 시치미를 떼거나 "우웨에에엑" 하고 넌더리를 내면서. 하지만 사실 구토는 내 모든 것이다. 영화에 토하는 장면이 나오면 가끔 정말로 흥분된다.

내 파트너 중에서 이 판타지를 실현해 보자고 제안한 사람은 없다. 나도 요구하지 않았다. 내가 사랑하는 사람들이 고역을 치르는 걸 보고 싶지는 않으니까. 이런저런 커뮤니티에서 구토가 동반되는 섹스를 같이할 파트너를 찾아본 적도 없다. 내 토사물 냄새가 섹시하게 느껴질 것 같지도 않을뿐더러 아무리 정성껏 임해 주는 파트너라도 도저히 따라올 수 없을 만큼 정교하게 구현된 대본이 내 안에 이미 있기 때문이다. 판타지를 실현하는 건 까다로운 작업이다. 서사가 한 군데만 틀어져도 엄청난 실망으로 치달을 수 있다.

어쩌면 내가 은밀한 성적 판타지를 갖고 있기 때문에 성생활이 더욱 난잡해졌는지도 모른다. 내 판타지를 능가해 줄 사람을 평생 찾아다녔다고나 할까. 아직 그런 사람은 만나 보지 못했다. 하지만 섹스라는 게 원래 그런 거 아닐까 싶다. 당신이 어떤 판타지를 갖고 있든 간에.

나는 앞으로도 영영 구토 판타지에서 벗어나지 못할 듯싶다. 하지만 머릿속에서 재생되는 영상들에도 불구하고 나는 아직까지 신성한 성적 이상을 간직하고 있다. 타인과 함께, 내 머릿속이 아니라 오로지 현재의 순간 속에서 일어나는 일들만으로 오르가즘을 느끼는 것, 그럼으로써 그 사람과 결합하는 것. 나는 이 이상을 달성하려 노력해 왔고, 구토 판타지가 없는 사람들과 섹스하면서 큰 기쁨을 맛보기도 했다. 그러나 구토 판타지만큼의 기쁨은 아니었다.

누구나 마음 한구석에는 남들에게 보여 줄 수 없는 어둡고 구석진 공간이 있는 법이다. 섹스는 무척 짜릿하다가도 다음 순간에는 뜨뜻미지근해지곤 한다. 섹스는 사랑으로 느껴지면서도 동시에 사랑이 아닐 수 있다. 섹스할 때는 완전히 내 것이 된 듯했던 사람이 결국엔 떠나 버리기도 한다. 우리는 타인을 소유할 수 없다. 타인이 죽지 않게 만들 수도 없다. 하지만 내 구토 판타지는 적어도 나만의 것이다. 그건 온전히 내 것이고, 진짜다.

문자 한 통은 너무 많고
문자 천 통은 너무 부족해

나는 사람에 취하는 짓을 끊으려 노력하고 있다. 이건 진짜 존나게 어렵다. 나는 로맨티스트면서 중독자니까. 에로스, 판타지, 자극을 갈망하는 사람이니까. 나는 그리움에 중독되어 있다. 하지만 그것 때문에 자꾸만 병이 난다. 그리움 병.

중독을 탐닉하느라 자꾸만 병치레를 하다 보면 점점 지치게 마련이다. 결국엔 '이런 식으론 안 돼. 도저히 못 해 먹겠어. 괜찮아지고 싶어'라고 생각하게 된다. 하지만 아무리 노력해도 진전이 보이질 않는다.

그리고 사람은 알코올이나 마약과 같은 방식으로 끊을 수 있는 게 아니다. 알코올중독자로서 내가 하지 말아야 할 일에는 분명한 경계선이 존재한다. 알코올한테 문자를 보낼 것도 아니니까. 마약상들한테 누드 사진을 받을 것도 아니고. 게다가 알코올과 마약이 미국에 만연하긴 해도 사람만큼 많지는 않다. 사람은 어디에나 있다. 섹시한 사람도 많다. 알코올과 마약을 자제하듯이 사람을 자제할 수는 없는 노릇이다.

나는 기본적으로 사람은 누구나 사랑을 할 자격이 있다고 생각한다. 하지만 나처럼 사람에 취하는 걸 끊으려 하는 경우는 사랑을 하고 말고의 문제가 아니다. 사람을 마약처럼 쓴다는 점이 문제다. 처음에는 나도 헷갈렸지만 이제는 그 두 가지가 분간이 좀 된다. 내가 잘 알지도 못하는 (아니면 만나 보지도 않은) 누군가에게 로맨틱한 망상이 들면 그건 나한테 위험 신호다. 경계경보나 마찬가지다. 일단 그런 상상적인 감정이 느껴지면 나는 그 사람과 관계를 끊는다.

이런 식으로 관계를 끊는 건 슬프다. 시적이지도, 음악적이지도 않다. 예술에서 말하는 값진 이별은 이런 경험이 아니다(적어도 내가 좋아하는 예술 작품들에서는 아니다). 첫눈에 반하는 사랑이란 게 진짜 있다고 믿고 싶지만, 나는 매일같이 첫눈에 사랑에 빠져 버린다. 첫눈이 아니라 첫 섹스팅만으로도. 아무리 많은 섹스팅으로도 내 그리움을 채울 수는 없을 것이다. 많이 취하면 취할수록 거기서 깰 때 느끼는 고통도 더 심해진다.

최근에 나는 가장 강력한 '인간 마약'들의 연락처를 폰에서 차단했다. 힘겨운 일이었다. 그중에서 특히 차단하기 힘든 사람이 한 명 있었다. 내게 늘 상냥하고 정중하게 대해 준 사람이었다.

이 사람과의 사이에는 진짜 사랑이 있었다. 우리 둘 다 서로를 사랑했지만 서로를 망쳐 버렸던 것 같다. 그래서 많이 고통스러웠다. 아무리 사랑하더라도, 아무리 멋진 사람이라해도, 일단 내게 인간 마약이 된 사람을 인간 마약이 아닌 사람으로 바꿀 수는 없다. 애초에 그 사람이 마약 같은 존재가 된 것은 바로 그런 거리감이, 그 외에도 둘 사이가 현실에서 절대로 이루어질 수 없게 하는 여러 이유가 작용했기 때문이다. 우리 둘 다 서로를 가질 수 없는 상태였던 것이다. 그래서 우리는 서로를 끊임없이 그리워하는, 거의 애절하기까지 한 관계를 이어 갔다. 키츠의 시 「그리스 항아리에 바치는 노래」를 아이폰으로 주고받는 것 같았다고 할까.

사실 우리 사이의 거리감과 불가능성(화려하지만 얼마 못 갔던 질탕한 현실 데이트 몇 차례도 포함해)이야말로 그 사람을 그토록 중독성 있게 만든 요인이었다. 나는 그 인간 마약을 무한정 얻고 싶었다. 그에게 문자를 받지 못하면, 약쟁이들 말마따나, '앓았다'. 그러다가 문자 하나만 받아도 괜찮아졌다. 하지만 괜찮은 건 잠시뿐이고, 내가 답문자를 보내고 나서 그의 문자를 기다릴 차례가 되면 다시 앓았다.

내가 무한히 그리고 전능하게 문자 대화를 할 수 있었다면 그 인간 마약을 끊을 필요도 없었을 것이다. 하지만 무한히 문자할 수 있는 사람은 세상에 없다. 그러니 매일이 취하다가 깨 버리는 일상의 반복이었다. 유일한 해결책은 그를 완전히 끊는 것밖에 없는 듯했다.

그를 끊으려고 여러 번 시도했다. 하지만 그때마다 '딱 한 번만 더'에 굴복하고 말았다. 내가 애써 굴복하지 않고 버티더라도 그가 나한테 문자를 보냈다. 그러면 나는 꼭 답문자를 했다. 그에게 '상처 주고' 싶지 않았으니까.

내가 정말로 그에게 상처를 줄까 봐 두려워서 그랬을까? 모르겠다. 내가 문자를 씹으면 그가 나를 어떻게 생각할까, 나를 멋진 사람이 아니라 '쌍년'으로 보진 않을까, 그게 두려웠는지도 모른다. 아니면 그저 약을 끊는 게 두려웠는지도.

결국엔 인간 마약의 문자가 주는 쾌감보다 그걸 기다리는 고통이 더 커졌다. 나는 마지막 작별 인사를 하고 그를 내 폰에서 차단해 버렸다.

그러자 그를 일시적으로 끊었을 때마다 겪었던 슬픔보다 훨씬 깊은 슬픔이 한동안 나를 사로잡았다. 나는 15년 전에 죽은 사람들 때문에 울었다. 어른이 되어야 한다는 사실 때문에 울었다(말하자면 당신이 집착하는 사람 그 자체는 아무 상관이 없는 것일 수도 있다. 자기 자신의 해묵은 고통과 관련된 문제일 뿐).

그러다 몇 주 전부터는 상당한 진척이 보였다. 그를 끊는 일이 전에 없이 잘 진행되고 있는 듯했다. 이제는 그가 꿈에 나오더라도 욕망과 아픔을 몰고 오지 않았다. 꿈속에서도 나는 우리가 서로에게 맞지 않는 사이임을 의식하고 있었다. 어느 날 꿈에서는 내가 헬리콥터를 타고 그의 아파트 상공으로 날아갔는데, 아름답게 지어진 아파트 건물 안에서 그가 나를 소리쳐 부르고 있었다. 옥상으로 착륙하라고, 그래서 자신에게로 와 달라고. 하지만 나는 가지 않았다. 내 잠재의식 속 그의 존재마저도 이미 훼손된 듯한 느낌이었다. 나는 그게 훼손되어서 기뻤다. 비로소 강인하고 자유로워진 것 같았다.

그런데 그때쯤 그 인간 마약이 내게 다시 연락해 왔다. 두 번. 내가 치유되었다는 걸 그 사람도 눈치 채곤 내게 잊히지 않으려고 그랬던 걸까? 아니면 자신이 나를 아직 잊지 않았다는 것을 알려 주고 싶었던 걸까? 잊히기를 원하는 사람은 아무도 없는 법이다.

우선 그는 내 페이스북 게시물 하나에 댓글을 달았다. 예전에는 그가 댓글을 남긴 걸 보면 흥분됐는데, 이번에는 그걸 보자마자 '좆됐네' 싶었다. 앞이 캄캄했다. '좋아요'를 눌러야 하나? '좋아요'를 누르지 않으면 무정해 보일 것이다. 하지만 '좋아요'를 누르면 그와 어떤 식으로든 접촉하지 않겠다는 내 다짐을 어기게 될뿐더러 그가 또 연락하도록 부추기는 결과를 낳을 수도 있었다. 나는 '좋아요'를 누르지 않았다. 기분이 산뜻했다.

며칠 뒤 그가 페이스북으로 메시지 몇 개를 보냈다. 난감했다. 나는 그냥 그 메시지들을 열어 보지 않고, 영원히 안 읽은 채로 놔둬야겠다고 결심했다.

이 글은 내가 그 메시지들을 열어 보지 않았다는 이야기를 하려고 쓰기 시작한 것이다. 하지만 나는 인간이고, 당연하게도 일이 그렇게 풀리진 않았다.

이틀 동안은 메시지를 무시하면서 잘 버텼다. 하지만 결국에는 충동의 구렁텅이에 빠져서, 그가 술에 취한 채 써 내려 간, 맞춤법이 엉망진창인 근사한 메시지들을 들춰 보고야 말았다.

그 널 괴롭히지 안흐려고 햇는대 엄청 힘드네 아직 널 사랑하나봐

그 난 여전히 니 똥같은 계정 들어가봐 냄색ㅏ 넘 좋아서…… 로멘틱한 뜻이야 미녀아 야수같은 ㄴ낌 잇자나

그 아 이거 왜 보내기 시작햇찌 벌서 후회되…… 그래도 말하고 싶었어 난 그니깐…… 아 말을 하면 할수록 실수엿다는 생각만 들지만…… 그래도 널 너무 사랑해…… 니 삶을 ㅅ라오해…… 나 지금 울고 있어…… 넌 최고ㄴ 인간이야…… 미안해 나 지금 마라케시에 잇서 모로코 도시에…… 술 너무 만히 먹었나봐

그때 나는 깨달았다. 이 사람 역시도 일종의 중독자일 가능성이 높다는 것을. 나랑 맞먹을 만큼 집착이 심한 사람이 정상인일 리가 없다.

그   아…… 내가 널 실망시켜 버렸네 내 여왕님 아 난 그냥 말허고 싶었어 너가 최고라고 난 너한테 증발해 버리고 싶다…… 대답 안해도돼…… 난 너뿐이야

그러고는 덧붙였다: "그냥 무시해 줘. 너를 귀찮게 하고 싶지 않아. 정말 미안해 :("

이 글은 내가 그 메시지들을 씹었다는 이야기를 하려고 쓰기 시작한 것이다. 하지만 나는 인간이고, 당연하게도 일이 그렇게 풀리진 않았다.

나   술 취한 상태에서 이런 식으로 말 쏟아붓지 말아 줘. 나는 아주 예민하고 감정이 있는, 살아 있는 인간이야. 나를 대상화하지 마(위선적인 말이라는 건 알아. 나도 너를 어느 정도 대상화했을 테니까).

나   나랑 다 끝나고 수천 킬로미터 떨어진 외국에 가 있으면서 나한테 사랑한다고 말하는 거, 너무 안이한 태도 아니니?

나   너희 집 문 앞에서도 나를 사랑할 수 있어?

나   못 할 거잖아.

나는 그가 그렇게 못 할 거라고 생각했다. 만약 그가 할 수 있다고 말하더라도 진심이 아닐 터였다. 나도 마찬가지였다.

그럼에도 나는 그가 말이라도 그렇게 해 주기를 바랐다. 피차 진짜로 할 수 있든 없든 간에.

그 내가 뭘 할 수 있을지 모르겠어 이건 아마 안 좋은 징조겠지 그래도 난 네가 너무 그리워.

나는 앞으로 두 번 다시는 그 어떤 방식으로도 연락하지 말라고 했다.

그런데 그 순간 내가 무슨 짓을 저질렀는지 실감했다. "두 번 다시는 그 어떤 방식으로도." 나는 단순히 마약 한 봉지를 변기에 흘려보내고 있는 게 아니었다. 그 사람을 내 삶에서 완전히 제거하고 있었다.

나 ㅎㅎㅎ 미안해 이런 식으로 끝낼 수밖에 없어서
나 안녕이라고 말해줘 ㅎㅎ

내가 왜 계속 ㅎㅎ거렸는지 모르겠다. 이때 나는 울고 있었다.

그 이제 영원히 꺼질게 나 차단해도 돼
그 나는 내가 술 먹고 주접떠는 놈들보다는 나은 인간인 줄 알았는데 이제 보니까 완전 쓰레기였네. 아 씨발 이건 또 뭔 소리야 닥칠게. 안녕

이건 최악의 엔딩이었다. 나는 그에게 다시 연락하고 싶

어졌다. "딱 한 마디만 더!"라면서, 완벽한 엔딩으로 우리 사이를 끝맺고 싶었다. 하지만 완벽한 엔딩이라는 건 있을 수 없다. 완벽한 엔딩은 로맨틱한 엔딩을 뜻하고, 그러므로 진정한 엔딩이 아니다. 완벽한 엔딩은 또 다른 갈망을 부추기기만 할 것이다. 그래서 나는 불완전한 엔딩을 그대로 두고 그 엔딩이 완벽하다고 나 자신을 속이고 있다.

그런데 이제는 또 병을 앓는 중이다. 내 뇌에는 구멍들이 나 있고, 나는 삶에서 도망쳐 그 안에 숨고 싶다. 그 구멍들에서는 우리 사이가 열반의 경지였다는 속삭임이 자꾸만 들려온다. 꼭 진실처럼 느껴진다. 나는 중독자고, 취한 상태가 진실이기를 바라는 사람이니까. 내가 그 구멍들을 메워 없앨 날이 오게 될지는 모르겠다. 하지만 그 안에 다시 들어가지는 않으려고 무진 애쓰고 있다.

여보세요, 911이죠?
시간이 안 멈춰져요

나는 시간을 멈출 수 없다. 그런데 로스앤젤레스는 이 사실을 알면서도 내가 멈춰 있기를 바란다.

내 영혼은 내가 멈춰 있기를 바라지 않는다. 내 영혼은 예쁜 외모를 위해 나 자신을 해치진 않기를 바라는 성격이다. 그러나 이러쿵저러쿵 참견하는 성격도 아니어서, 내 영혼의 의견을 들으려면 조용히 귀를 기울여야 한다. 솔직히 나는 내 영혼의 의견을 듣고 싶지 않다. 내가 이렇게 엉망진창 불완전한 인간일 수밖에 없는 게 애초에 내 영혼 때문이니까. 나는 인간이고 싶지 않다. 나이 먹는 것도, 죽는 것도 싫다. 그 모든 것에서 아무 영향도 받지 않으면 좋겠다. 시간과 죽음은 물리칠 수 없더라도 적어도 남들이 나를 보는 시선에서는 자유롭고 싶다. 비난받을 여지가 없는 사람으로 살고 싶다. 딱 하루만이라도.

남들의 비난 어린 시선에서 나를 구해 줄 피부과 의사가 있다. 얼굴이 꼭 자궁 속 태아처럼 생긴 사람이다. 나는 두 달 전 LA로 처음 이사 오자마자 피부과를 찾았다. 턱에 여드름이 자주 나는 편이라서 대비해 둘 필요가 있었기 때문이다.

태아처럼 생긴 그 의사는 여드름용 항생제를 처방해 준 뒤, 내 얼굴에서 자외선으로 손상된 부분들과 특히 이마에 잡힌 주름살 세 개를 지적하고는, 그 모든 걸 보톡스로 "곧장 치료할" 수 있다고 했다.

사실 몇 년 전부터 이마의 주름살이 신경 쓰였지만 보톡스를 할 생각은 한 번도 안 해 봤다. 보톡스를 해 본 사람은 주위에 아무도 없었다(적어도 내가 아는 한에서는). 의사한테서 보톡스 제안을 들었을 때 나는 '뭔 헛소리야' 싶은 기분이었다. LA에서 살려니 이사 온 지 일주일도 안 돼서 보톡스 추천을 받게 되는구나 싶어 우습기도 했다.

그 이후 두 달이 지나는 동안 어떤 심경 변화가 있었느냐고? 내가 오늘 보툴리눔 독소를 내 얼굴에 주입하기로 결정하고야 만 것은, 마음만 먹으면 주름살을 없앨 수 있다는 사실을 뻔히 알면서 주름살을 보고만 있었던 지난 두 달간의 시간이 빚어 낸 결과다. 해결책이 있다는 걸 알고 나니 주름살이 더 도드라져 보였다. 해결책은 나한테 자꾸 말을 걸었다. "뭐 하러 고생하고 있어?" "사람들을 속이면 되잖아." "너 자신을 속이면 되잖아." 내가 젊어 보이기 위해 최선을 다하지 않는 것이 나쁘거나 어리석거나 잘못된 짓인 듯이 느껴졌다. 단순히 미국의 미용 산업이 내게 이런 비난을 가하는 거라고 생각하진 않는다. 그보다는 나 자신이, 남들의 시선과 시간과 죽음에 대한 내 두려움이 나를 비난하는 것이리라. 음, 어쩌면 그냥 미국 미용 산업의 비난일 수도 있겠다. 뭐, 그렇다 치자. 하여튼 그 비난의 소리는 존나게 시끄럽다.

태아처럼 생긴 의사가 자기 아이폰 카메라로 내 얼굴 사진을 다양하게도 찍는다. 웃는 표정, 엄숙한 표정, 슬픈 표정 등을 지어 보라고 요구하면서. 그러곤 내가 얼굴을 잘 찡그리지 못한다는 점을 지적하면서 "이건 좋은 현상인 것 같군요"라고 말한다. 그에게는 말하지 않았지만, 내가 다른 사람 앞에서 얼굴을 못 찡그리는 이유는 남들의 시선을 지나치게 걱정하기 때문이다. 걱정이 너무나 심한 나머지 행복한 표정밖에 못 짓게 된 모양이다. 조건반사적인 미소다. 사람들을 속이고, 나 자신을 속이는 미소. 내가 보톡스를 맞으려는 이유도 똑같은 걱정 때문이다.

나는 의사에게 내 얼굴을 조언 리버스◊처럼 만들지 말라고, 자연스러워 보이게 해 달라고 말한다. 보톡스가 일으킬 수 있는 부작용들은 무엇인지, 회복기가 따로 필요한지 등에 대해 수없이 질문을 던진다. 내 얼굴이 잘못되면 어쩌나 하는 두려움은 어렸을 때 할머니 댁에서 포도 맛 사탕 한 상자를 다 먹어 치웠던 날로 거슬러 올라간다. 그날 밤 할머니는 보랏빛으로 물든 내 혀를 수건으로 한참 동안 닦아 주면서, 나중에 커서 혀가 보라색인 채로 결혼식장 통로를 걸어가게 되면 어떻게 할 거냐고 했다. 혀에 든 보라색 물이 영영 빠지지 않을 거라는 듯이.

의사는 '꼬마 보톡스'로 해 줄 테니 걱정 말라고 한다. 주름살 세 개에 한 방울씩만 넣어 줄 거라고. 그리고 회복 기간은 없지만 시술 후 세 시간 동안은 눕거나 엎드리지 말라고

◊ 미국의 코미디언이자 배우로, 지나치게 많은 성형 시술을 받은 것으로 알려져 있다.

한다. 환자 중 1%는 눈썹이 처져서 눈으로 내려앉는 부작용을 겪는다는 점도 알려 준다. 나는 내가 그 1% 중 한 명이 될 게 분명하다고 생각한다. 그래도 그냥 시술을 받기로 한다.

시술은 겨우 5분만에 끝난다. 주삿바늘로 이마를 몇 번 살짝 찌르는 게 다다. 별 것 아니다. 누가 지금 내 얼굴을 봐도 뭘 했는지조차 모를 거다. 그런데도 시술실에서 일어나 수납 데스크에서 돈을 내는 순간 나는 너무나 극심한 불안감에 사로잡혀서 데스크 위의 사탕 그릇에 고개를 처박고 기절할 것만 같다. 머릿속에서 나를 비난하는 목소리가 들린다. "넌 좆된 거야." 이건 내 신의 목소리가 아니다. 내 목소리다.

나는 '난 좆됐어'라는 생각을 자주 한다. 보톡스를 맞기 전에도 그랬다. 사실 애초에 보톡스를 맞게 된 것도 '난 좆됐어'라는 생각이 주는 압박 때문이었다. 그런데 이제는 내가 '보톡스 때문에' 좆됐다고 생각하는 것이다.

병원 밖으로 나오자마자 아이폰으로 구글에서 '보톡스 사망'을 검색해 본다. 내가 아는 사람 중 한 명이 보톡스를 맞았다고 시인했으므로 그녀에게 문자를 보내 본다. 그녀는 "진정해!!!"라고 답문자를 보낸다. 맨해튼 어퍼이스트사이드˚에서 자란 친구에게도 문자를 보내 보톡스 맞아 봤냐고 물어본다. 그녀는 해 본 적 없다고 한다. 새로운 세상에 들어선 기분이다. 이제 나는 보톡스 맞은 사람 중 한 명이 됐고, 보톡스 안 맞은 사람들의 세계로는 두 번 다시 돌아갈 수 없는 셈이다. 나는 자전거를 타고 해변 길을 따라 달린다. 사람들이 나를

˚ 뉴욕에서 가장 번화한 지역.

쳐다보는 게 분명하다. 태평양 너머로 해가 저물고, 내 얼굴엔 보톡스가 들어 있다. 나는 어느 가게 앞에 자전거를 세우고 안으로 들어가서 매장 안에 비치된 거울에 이마를 비춰 보며 '테스트'해 본다. 얼굴을 찡그려 보기도, 눈썹을 추켜올려 보기도 한다. 미친 사람 같은 표정이지만 내 이마는 멀쩡해 보인다. 근육이 잘만 움직인다. 어차피 보톡스의 효과가 나타나려면 사흘에서 두 주는 걸린다고 했으니 설령 내 이마가 석상처럼 굳어질 거라고 해도 지금으로서는 알 길이 없다. 나는 구글에서 검색을 좀 더 해 본다. 제니퍼 애니스턴이 보톡스를 안 맞는다고 한다. 나는 제니퍼 애니스턴보다 끔찍한 인간이다. 나는 대부분의 사람보다 끔찍하다.

이후 며칠 동안은 극소량의 독을 먹은 기분이다. 감기 기운과 비슷한 증상이 있고, 이마에는 접시를 하나 올려놓은 것 같다. 보톡스의 '톡스'가 '독소'toxin라는 뜻이라는 걸 새삼 깨닫는다. 이전까지는 별 생각도 안 했는데. 나는 다시 구글에서 '보톡스 사망'을 검색해 새로운 결과를 찾아본다. '보톡스 감기', '보톡스 무감각', '성형수술 실패'로도 검색해 본다. '나 왜 이래', '도대체', '나 자신을 사랑하는 법'도 검색해 본다.

이미 말했듯이 나는 영적인 초탈을 추구하는 인간이 아니다. 나는 인간적인 경험을 겪는 영적인 존재다. 그렇다. 나는 영혼이 내 안에 있다는 것을 안다. 나이가 들어 가면서 내 몸에 일어나는 자연적인 변화에 대처할, 더 나아가 그 변화를 축복하기까지 할 메커니즘이 내 안에 이미 들어 있을 것이다. 피부과 시술실이 아니라 무슨 여신 모임 같은 데 들어가야 하는 게 아닐까. 내가 처녀 시절을 벗어나 노파가 되기 전 단계

(중년? 장년?)로 들어서는 과정을, 음모를 덥수룩이 기른 마녀들 한 무리와 함께 치러 내고 있어야 하는 게 아닐까. 하지만 그 여신 모임 밖으로 나오고 나면 내 영혼은 나를 더 이상 보살펴 주지 않을 것 같다. 다른 모임, 이를테면 경박한 처녀들의 모임을 맞닥뜨린다면 그들과 나 자신을 비교하고 상처받지 않으리라는 보장이 없다.

내 영혼이 처음으로 나를 보살펴 주겠다고 말한 건 내가 환각제를 처음 시도했을 때였다. 그때 내가 먹은 건 환각 버섯이었다. 꿀을 곁들이는 대신 저칼로리 나초랑 같이 먹었다. '올레스트라'라고, 먹은 걸 설사로 다 싸게 만드는 화학물질이 있는데 그걸로 제조한 나초였다. 버섯을 먹기 전에 나는 갈색 머리를 밝은 금발로 탈색하느라 두피에 화상을 입기도 했다. 실내 선탠장에도 100번쯤 갔다. 미를 추구하는 과정과 진실을 추구하는 과정은 존나게 헷갈린다.

매사추세츠의 어느 허접한 공원에서 버섯을 먹었다. 그러자 공원이 낙원처럼 보였다. 환각이 시작되자 나는, 뭐라고 할까, 이런 기분이 되었다. '사람들은 왜 그냥 서로에게 친절해질 수 없는 걸까?' 하지만 이제 와 생각하면 그때 내 진심은 '나는 왜 나 자신에게 친절해지지 못하는 걸까?'였던 것 같다.

나는 진실을 깨우쳤다고 생각했지만, 나중에는 그 의미를 명확히 설명하기 어려웠다. 그 진실이 대체 뭐였을까? 아마도 나 자신이 무고하다는 진실이었던 것 같다. 공원의 나무들을 보니 땅 속 뿌리들이 땅 위 가지들과 정확히 대칭을 이루고 있었다. 나무들은 나를 미워하지 않았다. 그들은 내가 깊어지기를 바라고 있었다. 나는 두 번 다시 나를 해치지 않겠다고 다짐했다. 내 영혼이 미소를 지었다.

그러나 그 이후에도 나는 나 자신을 얼마나 많이 해쳤던가. 사람들 말로는 환각 버섯으로 겪는 첫 환각 체험은 자신이 죽을 때 겪을 정신적 변화를 보여 준다고 한다. 숨이 끊어지기 직전에 자기 영혼의 입장에서 자신을 바라보는 짧은 순간을 환각 버섯으로 미리 경험할 수 있다는 것이다. 그렇다면 임종 때 나는 나 자신을 해치며 살았던 걸 후회하게 될 것이다. 예뻐지려 하고 남들에게 인정받으려 하면서 살아온 내 경박한 삶을, 내가 이 세상에서 잘 지낸다는 환상을 얻으려고 정작 내 유일한 인생을 낭비해 왔던 행동들을 후회할 것이다.

인생을 제대로 살고 싶다면 지금 당장이라도 그런 행동들을 그만두면 된다. 살날은 아직 많이 남았으니까. 하지만 인생은 무섭다. 나는 그냥 인생을 제대로 살고 싶지 않은 건지도 모른다.

보톡스를 맞고 일주일이 흘렀다. 경과는 상당히 좋다. 감기 기운, 두통, 접시를 얹은 듯하던 감각은 다 사라졌다. 눈썹이 처지지도 않는다. 이마의 주름살 세 개는 감쪽같이 사라졌고, 그런데도 내 얼굴 근육은 모두 잘 움직여진다. 세상을 속이고 있는 기분이다. 이제 나는 이마에 주름살이 있는 여자들을 보면 보톡스에 대해 아직 몰라서 저렇게 놔두는 건지 궁금해진다. 아니면 보톡스를 알긴 하지만 자신에게 독을 주입하지 않겠다는 능동적 결정을 내린 것일까. 그렇다면 이들은 왜 독을 넣지 않을까? 그들과 나 사이의 차이점은 무엇일까? 어째서 나는 독을 넣을 마음이 들고 그들은 안 드는 걸까?

보톡스의 효력은 세 달만 유지된다. 효력이 다하면 아마

다시 보톡스를 맞을 것 같다. 아니, 그럴 것 같은 게 아니라 그럴 게 확실하다. 외모를 가꾸는 법을 하나 터득하고 나면 나는 그걸 평생의 습관으로 삼는다. 괜찮다는 기분을 얻으려고 그 방법에 의존하게 되는 것이다. 내 영혼은 내가 저에게 의존하기를 원하지만, 내 안 깊숙한 곳에 애매모호하게 존재하는 영혼의 조용한 목소리보다는 현실에서 손에 잡히는 무언가에 의존하는 편이 훨씬 쉽다. 나는 워낙 빛나는 것들에 사족을 못 쓴다. 보톡스는 내 외모에서 몇 살을 깎아 주었다. 확실히 뭔가를 속이는 데 성공하기는 한 것이다. 하지만 내 영혼에는 긍정적인 영향을 미치지 못한다. 여전히 나는 좆된 기분이다. 나는 완전하지 않다. 나는 인간이다.

내 상위 자아랑
메신저 대화하기

나   야

나   너 거기 있어?

나   공허한 기분이야 나 아무짝에도 쓸모없는 거 같아 :(

상위 자아   그렇겠지

상위 자아   넌 기분 더러울 때만 나한테 연락하자나

상위 자아   넌 날 진심으로 사랑하지 않는 거임

상위 자아   농담ㅎㅎ

나   나 어디가 잘못된 거 같아

나   나 되게 별로인 거 같아

상위 자아   야 아니야 왜그래

상위 자아   넌 괜찮아 ㅇㅇㅇㅇㅇㅇㅇ 한도 끝도 없이 괜찮은 애야

나   글쎄

나   식물 아기 나무 바다 동물 달이 전부 나 싫어하는 것 같아

나   걔네가 나 욕하는 느낌이야

나   걔들이 내 속을 꿰뚫어보고 내가 근본적으로 좆됐다는 걸 다 아
      는 거 같아

상위 자아   야 진정 좀 해 일단 가만히 좀 있어 보라고. 넌 이미 빛 속

에 있는데 너만 모르는 거야. 그 빛하고 섹스팅 함 해 봐. ㅇㅋ?
빛한테 누드 사진 보내

나 하지만 어둠이 내 매력인 거 같은데

나 내가 빛이랑 사랑에 빠져서 남들이 날 안 좋게 보면 어떡해? 빛
이랑 나랑 둘만 남게 되면?

상위 자아 빛이랑 단 둘이 있으면 존나 좋지 뭘

나 내가 빛에 중독되면?

상위 자아 야ㅑㅑㅑㅑㅑㅑ

상위 자아 넌 이미 온갖 것에 중독됐잖아

상위 자아 니가 중독돼 있는 게 지구상에 얼마나 많은진 알아?

나 아 존나게 많지;

상위 자아 다 읊어줘?

나 ㅋㅋㅋㅋㅋㅋ하지마

상위 자아 그럼 빛에 중독되는 건 좋은 중독일 수도 있겠네

상위 자아 넌 빛을 완전 사랑하게 될걸!! 여태까지 계속 그거 찾아
다녔던 거잖아 안그래?

나 그런가 ㅇㅇ 그러고 나면? 어떻게 되지?

상위 자아 중독 치료 센터에 들어가겠지 뭐

상위 자아 ㅋㅋㅋ 농담

상위 자아 글쎄 좀 자유로워지지 않을까?

나 난 자유가 싫어

나 무서워

나 내가 사라질까봐 무서워

나 그렇잖아. 내가 누군지를 알려면 내 바깥의 뭔가로 나를 판단
해야 하잖아? 근데 자유로워지면 그게 안 될 거 아냐. 엄청 막

막하고 한도 끝도 없는 기분이겠지. 난 무한이 진짜 무서워

상위 자아   어 그래 무한은 호러 영화같지

상위 자아   넌 무한을 무서워하는 나쁜년이네

나   난 살아 있는 것도 무서워하는 나쁜년이야

나   죽는 것도 무서워하는 나쁜년이고

나   요가 선생들이 맨날 이러잖아 "호흡에 집중하세요" 근데 죽을
때는 어차피 숨도 못 쉬잖아? 그니까 평생을 숨쉬는 데만 집중
한다면 결국은 좆된다는 소리지

나   내가 제일 무서워하는 건 질식하는 건가봐

나   어렸을 때 커다란 수박 맛 껌 씹다가 삼켜 버린 적 있거든. 침이
너무 많이 생기는 바람에 실수로…… 그러니까 숨이 안 쉬어지더
라고. 그때 진짜 질식할 뻔했던 거 같아. 기침도 안 나오고 말도
못하겠고 야 완전 무서워 뒈지겠더라니까??? 어찌어찌해서 숨
통이 트이긴 했어. 근데 그다음에 「나 홀로 집에」 보러 영화관 갔
을 때 영화 보는 내내 자꾸만 호흡 테스트? 같은 걸 하게 되더라
고. 내가 숨을 쉬나 못 쉬나 확인해 보는 거지

상위 자아   ㅇㅇ 알아 그때 나도 같이 있었자나

나   그럼 왜 안 도와줬는데?

상위 자아   숨 셔졌잖아

나   ㅇㅇ; 그치만

나   어두운 영화관 안에 있으니까 꼭 지옥에 떨어진 것 같았단 말야

나   그때부터 매일같이 숨이 쉬어지나 안 쉬어지나 테스트만 하면서
산 거 같아

상위 자아   근데 지금도 계속 숨 쉬잖아 미친년아;;;;

나   ㅇㅇ 하지만 언젠가는 숨이 정말로 멎을 테니까 그게 무섭다고

나는

나　그니까 뭔 말이냐면, 나는 내가 숨을 못 쉴 때 느끼게 될 공포가 제일 무서워

나　죽기 직전에 닥칠 순간 말이야

상위 자아　그래? 그럼 남은 평생 동안 그 걱정만 하면서 살든지

나　:(

상위 자아　진심으로 한 말임

상위 자아　너 사실 죽음에 대해 생각 안 하지?

상위 자아　생각은 하긴 하는데 니가 언젠가는 죽는다는 걸 '알지는' 못하는 듯

상위 자아　자기가 죽을 거라는 걸 정말로 아는 사람이라면 그딴 거에 강박감 갖진 않을 테니까

나　죽을 거라는 걸 정말로 '알면서' 공포에 질리지 않을 수가 있어?

상위 자아　글쎄

상위 자아　함 해 보든지

상위 자아　내 말은, 어차피 죽을 거면 지금 죽나 나중에 죽나 그게 그거라고

상위 자아　어쨌든 지금 네 방식으로는 못 견디겠다는 거잖아

나　응

상위 자아　우리가 확실히 아는 게 하나 있다면, 그건 니가 언젠간 반드시 죽을 거라는 거야

상위 자아　그니까 그딴 말도 안되는 짓거리는 이제 그만해도 돼

나　근데 난 말도 안되는 짓거리가 좋아

나　말도 안되는 짓을 하면 무지 안전해지는 느낌이야

나　어떤 건지 설명해 줄게. 얼마 전에 나 진짜 심하게 공황 발작이

왔었어. 자본주의와 내 미국적 생활방식 때문에 다른 존재들(인간도 동물도)이 고통받고 있구나, 내가 내 소신대로 살지 않고 있구나…… 이런 생각이 막 몰려오더라고. '한땐 채식주의자이기라도 했는데 이젠 그것도 안 하잖아. 나는 악한 인간이야. 완전 악해' 막 이렇게. 그런데 공황 발작으로 신경계에 온갖 화학물질이 분비돼서 그런지 다음 날에 마음이 너무 심란해지더라. 그래서 내가 뭐 했는지 알아? 나이키에 가서 물건을 잔뜩 사 버렸지(동물 보호 규정에 따라 제조된 것도 아니고, 노동 환경도 안 좋은 공장에서 만들었을 물건들 말야) 왜냐, '기분 전환'하려고. 그런 엿 같은 물건들 사들이면 가끔 기분이 나아지기도 하거든. 애초에 내가 멘붕한 게 그 짓거리 때문이었는데도(그러니까 그 멘붕은 위선일 뿐이었다는 뜻이지). 말도 안 되는 짓거리지만 어쨌든 기분은 어느 정도 나아졌어. 가랑이에 빵꾸난 레깅스를 4년이나 입고 다녔고, 스포츠 브라는 다 늘어져서 그냥 덜렁거리는 가슴 밑에 띠 하나 두른 꼴이었거든. 그래서 새 스포츠 브라랑 레깅스를 산 거야. 그랬더니 딱 2초 정도는 기분이 좋더라. 근데 생각해 보니까, 아오, 새 레깅스에다 받쳐 신을 양말이랑 운동화가 없잖아. 양말들은 낡아서 발가락 부분에 죄다 빵꾸났고, 운동화에도 똑같은 자리에 구멍이 있다고. 아예 발가락이 신발 밖으로 튀어나온다니까. 그 생각을 하고 나니까 이번에는 양말이랑 운동화에 대한 강박에 사로잡히기 시작했어. 그래도 그나마 다행이지. 실존적인 절망이나, 우주적 차원에서 내가 얼마나 끔찍한 존재인가 하는 고민으로 불안해하던 건 없어졌으니까. 이런 식이야. 이래서 내가 말도 안되는 짓거리에 집착하는 걸 좋아하나 봐.

상위 자아 스압이라 못 읽겠음;

상위 자아 농담 ㅋ

상위 자아 진지하게 말하면, 너는 네가 복합적인 인간인 걸 무서워하는 것 같네

상위 자아 왜 그렇게 맨날 이거 아니면 저거야? 아예 좋은 사람이거나 아니면 아예 나쁜 사람이거나, 왜 꼭 둘 중 하나여야 해? 네가 엄청 사랑스러우면서도 얼간이일 수도 있잖아. 끝내주게 멋있는 씹새끼일 수도 있고. 파괴적이면서 아름다운 사람일 수도 있고.

나 그런가

나 내가 선하면서 악해도 되는 건가?

상위 자아 야, 주위를 둘러봐. 세상 사람이 다 그래.

안녕, 내 가슴 속 공포랑 인사해

매력적인 정신 질환자들은 다 웰부트린을 복용하는 것 같다. 음, 매력적이진 않을 수도 있지만, 아무튼, 내 정신 질환자 친구들은 다 그런 것 같다.

내 친구 크리스는 웰부트린이 우리 같은 사람들에게 좋다고 했다. 그 약을 먹으면 죽음에 대한 생각을 하루에 열네 시간씩 하지 않고 세 시간씩만 하게 된다고. 웰부트린이 죽음을 멈춰 주지는 않지만 죽음에 대한 생각을 멈춰 주기는 한단다.

내 친구 로런은 심리 상담사인데 환자를 보는 동안 공황 발작을 일으킨다. 그래서 웰부트린을 먹는다. 한번은 진료 중에 공황이 너무 심하게 온 나머지, 환자가 종일 아무것도 못 먹었다고 털어놓자 그걸 구실 삼아 환자를 밖으로 데리고 나가서 샌드위치를 샀다. 로런은 환자에게 자신을 돌보는 일의 중요성을 가르쳐 주려고 그러는 척 둘러댔다. "끼니는 잘 챙기셔야죠"라고 조언도 하면서. 하지만 마음속으로는 '하느님 감사합니다'를 연발하고 있었다. 공황이 왔을 때 그녀는 당장 진료실을 뛰쳐나가지 않으면 정말로 죽을 것 같았단다.

그래, 웰부트린이 만병통치약은 아니다. 그 어떤 약도 환자의 특정한 공포와 괴벽을 완전히 없애 줄 수는 없다. 그래도 지금 내가 먹는 약보다는 웰부트린이 나을 것 같다. 내가 먹는 건 이펙사 XR이라는 약이다. 항우울제 계열 중에서는 거의 공룡 수준으로 오래된 것이다. 프로작에 비한다면야 최신 약물이지만, 그래도 나는 이걸 먹는 내가 구식이라는 기분이 든다.

나는 11년 동안 이펙사를 복용했다. 먹기 시작한 건 술을 끊기 한 해 전이었다. 그때는 술에 너무 절어 있어서 약 먹는 걸 수시로 잊어버렸고, 약을 먹었다 하면 술에 더 심하게 취했다. 당시 내가 처방받은 이펙사와 벤조디아제핀 계열 약물들, 그리고 처방받지 않고 먹고 있던 아편제들이 결합되니 그 부작용으로 온 동네에서 기절하고 다닐 지경이 되었다.

술을 끊고 나서부터는 내 범불안장애와 공황장애에 벤조디아제핀 약물들(아티반, 자낙스, 발륨 등)을 쓰지 않기로 했다. 이 계열의 약은 먹으면 기분이 너무 좋아지고 중독성이 강해서, 중독 성향이 없는 사람조차도 쉽사리 빠져들곤 한다. 나는 애써 잠재운 중독 기질을 다시 깨우고 싶지 않았다.

하지만 벤조디아제핀 처방을 아예 배제한 것은 아니다. 만약 불안증이 너무 심해져서 자살 시도까지 할 판이라면, 그때는 주치의한테 몇 알쯤 처방해 달라고 해서 난관을 헤쳐 나갈 생각이다. 나처럼 술에 안 취하면 불안장애에 시달리는 지인들 중에는 벤조디아제핀 계열 약물을 처방받아 잘만 복용하는 사람들도 있다. 나도 그들과 같은 선택을 하게 될 수도 있고, 그런다고 해도 내가 퇴보했다는 뜻은 아니다. 하지만 지금 당장은 벤조디아제핀을 멀리하고 싶다. 때로 병증이 심해지면 주치의가 벤조디아제핀을 권하기도 하지만 그래도 나는 부득부득 마다한다. 그 약을 갖고 있으면 내가 정말로 그걸 먹어야 할 만큼 공황 발작이 심각한지, 아니면 그냥 기분 좋아지고 싶어서 먹으려는 것인지 매번 자문하게 될 테니까. 나는 그걸 감당할 자신이 없다. 오히려 불안이 더 심해질 것 같다.

반면 이펙사는 내 금주 생활에 필수적인 기능을 해 주고 있다. 의사들은 내가 심리적 균형을 되찾는 시기에는 복용량을 최소한으로 줄이고, 공황 발작과 우울 증상이 반복되는 시기가 오면 복용량을 늘려 준다.

2년 전 내가 가슴 속에 (비유하자면) 박쥐들이 살고 있는 것 같다고 했더니 주치의가 이펙사를 증량해 줬다. 그리고 그 전에 한 친척의 죽음을 눈앞에서 목격했을 때, 그래서 죽음이 실재한다는 걸 직관적으로 실감하는 바람에 소위 '맛이 가 버렸을' 때도 의사는 이펙사를 증량해 줬다. 두 번 다 효과가 있었다. 덕분에 일이 더 잘됐고 외로움도 덜해졌다. 그 전에는 세상에서 나를 조금이라도 이해해 주는 사람은 (그나마) 알베르 카뮈와 장-폴 사르트르밖에 없다고 느꼈는데, 이펙사를 더 먹으니 그런 생각도 덜해지더라.

약을 오래 먹다 보면 내성이 생길 수도 있다고 한다. 최근에 여러 번 심각한 공황 발작이 와서 혹시 이제 더는 이펙사가 안 듣는 건가 의심스러웠다. 그래서 주치의에게 뭔가 더 새롭고 섹시한 약으로 바꿔 달라고 부탁했지만, 그녀는 우선 이펙사를 증량해 보자고 했다. 공룡이랑 좀 더 지내 보라는 것이다.

그래서 이펙사를 전보다 더욱 많이 먹기 시작했다. 이렇게까지 많은 양을 먹는 건 처음이다. 내게는 실망스러운 일이다. 그동안 나는 FDA에서 정한 최대 복용량까지는 한 번도 가 본 적 없다는 사실에 약간의 자부심을 느끼고 있었다. 아직까지는 더 심하게 미칠 여지가 남아 있는 기분이었다고 할까. 그런데 이제는 한계치까지 바싹 다가서고야 말았다. 내 상태가 악화되고 있는 걸까?

게다가 식은땀 문제도 있다. 이펙사의 부작용 때문에 나는 밤에 잘 때 식은땀을 흘린다. 지난 11년 내내 그랬지만 참으면서 살았다. 침대 시트가 망가지더라도, 나랑 같이 자는 파트너가 나를 안 좋게 보더라도 내 정신 건강이 우선이었기 때문이다. 그런데 복용량을 늘렸더니 밤마다 축축한 늪으로 변하던 침대가 이제는 숫제 호수가 되어 버렸다. 벌거벗고 자는데도 그렇다. 여기서 어떻게 더 벌거벗을 수 있겠는가?

나는 이런 고민들을 안고 몇 주 그렇게 지내 본다. 그러다 보니 확실히 결론이 선다. 이펙사는 내게 전혀 듣지 않는다. 내 몸은 약을 과용한 듯 부하가 느껴지는데 정작 약효는 나타나질 않는다. 필로폰을 너무 많이 해서 부작용에 시달리는 상태와도 비슷하다.

주치의와 나는 이펙사를 점차 감량하면서 그 대신 프로작을 추가하기로 한다. 몇 주에 걸쳐 이렇게 해 보니 병증이 매우 순조롭게 완화되어 간다. 공황 발작과 전체적인 불안감이 줄어든다. 나는 무척 신이 난다. 주치의는 금단증상이 있을 수 있다고 경고하지만 나는 말짱하기만 하다. '웃기네, 좆까라 그래' 뭐 이런 생각마저 든다. 금단증상이 전혀 없으니 내가 특별하고 대단해진 기분이다.

　그런데 마침내 이펙사를 완전히 끊자, 한 주가 채 지나기도 전에 깊은 불안의 수렁에 빠져든다. 엄청나게 깊은 수렁이다. 평소처럼 내가 죽어 간다는 두려움이 드는 정도가 아니고, 무슨 악마들과 한바탕 전투라도 치르는 느낌이다.

　생각해 보면 이펙사를 끊고 처음 며칠 동안에도 불길한 전조가 있었다. 주위 물건들이 자꾸만 시체 토막이라든지 여타 으스스한 존재들로 보이는 것이었다. 이불의 일부분이 사람 다리로 보이는가 하면, 검은색 여행 가방이 괴물로 보이기도 했다. 하지만 나는 상태가 정말로 최악으로 치닫기 전까지는 어떻게든 내 힘으로 감당할 수 있다고 생각하는 편이다. 환각의 정체를 깨달을 때마다 나는 웃어넘겼다. '나중에 이 얘기 트위터에 쓰면 재밌겠다' 같은 생각이나 하면서.

　그런데 이펙사를 끊은 지 나흘째 되는 날 새벽, 타지에서 묵고 있던 나는 영혼 안의 어둠(이렇게밖에 표현을 못 하겠다)을 느끼며 퍼뜩 잠에서 깬다. 내 영혼이 비명을 지르거나 영혼 안에서 무언가가 비명을 지르는 것 같다. '내가 누구지?' '내가 나쁜가?' '내 삶은 무의미한가?' '나는 무엇에 투자했지?' '왜 나는 숨을 못 쉬지?' '저 사람들은 대체 누구야?' 그리고 가장 무서운 의문, '세상에 바닥이라는 게 있나?' 모두 중요한 의문이긴 하지만, 새벽 세 시 반에 줄줄이 대답을 내놓아야 할 필요는 없는 질문들이다.

　나는 태아처럼 몸을 웅크리고 『공황을 쫓아내기』라는 전자책에서 본 '21초 카운트다운' 기법을 시도한다. 내 생각과 감정 들에게 지금부터 21초 줄 테니 딱 그 안으로만 한껏 날

뛰어 보라고 말하는 것이다. 그렇게 나는 21초를 세고 또 세다가 어느새 잠이 든다.

이후 며칠간의 진행 경과는 다음과 같다.

이펙사 끊은 지 5일째 낮

겁에 질린 채 잠에서 깬다. 온종일 겁이 난다. 겁이 난다는 것에 겁이 난다. 이러다 아예 맛이 가 버릴까 봐 겁이 난다. 내 구실을 못 하게 될까 봐 겁이 난다. 정신병동에 입원할까 봐 겁이 난다. 내가 안 괜찮을까 봐 겁이 난다. 삶이란 무엇인가, 내가 삶을 낭비하고 있나 하는 의문으로 겁이 난다. 내게 집이 없다는 생각에—내가 집이라고 부르는 곳에도 바닥은 없고 그 밑으로 하염없이 추락하고야 말 거라는 생각에 겁이 난다.

나는 이 공포를 트위터에 쓴다. 너무나 생생하고 즉각적인 감정을 불특정 다수와 공유하려는 내 행동이 부자연스럽게 느껴지지만, 내가 운영하는 '오늘 너무 슬픔' 계정은 애초에 그러려고 만든 것이다. 그러므로 나는 트윗을 올린다.

희한하다. '오늘 너무 슬픈' 와중에도 남들이 나를 어떻게 판단할지 겁이 난다니. 사람들은 정신 질환을 어느 정도까지 받아들여 주고 어느 정도부터 과하다고 여길까? 트위터의 누군가에게서 메시지가 온다. "내가 불안한 사람, 우울한 사람이라는 정체성을 안고 살아갈 수 있겠다, 싶으면 꼭 불안이나 우울이 내 뒤통수를 치더라고요." 그렇다. 내가 "요 녀석, 잡았다!" 하면 정신 질환은 "아니, 내가 널 잡았지!"라고 나오는 것이다.

5일째 밤

전날 밤보다 조금 낫다. 또 새벽 세 시 반에 공포에 휩싸여 잠에서 깨지만, 이제는 내가 왜 이러는지 안다. 뭉크의 「절규」가 형체 없는 감정으로 구현된 듯했던 막막함은 가셨다. 이건 이펙사의 금단증상이 분명하다. 나는 그 속에서 무작정 허우적거리지 않고 나 자신을 타이른다. '이 느낌은 금단증상으로 일어나는 것뿐이야. 속지 말지.' 니는 내가 머무는 호텔 방의 욕실로 들어가서 요가를 시작한다. 요가를 하는 건 몇 년 만에 처음이다. 나는 마음속으로 되뇐다. '요가를 더 해야 돼.' '요가 좀 해 볼까?' '요가 게임이나 다시 해 보자.' 내 심오한 실존적 형편없음에 빠져 있는 대신 나 자신을 훈계하고 있으니 그래도 기분이 낫다. 거의 뿌듯하기까지 하다. 여전히 겁은 나지만, 거울 앞에서 꼴사나운 나무 자세를 취하고 있는 나를 보자니 '넌 정말 강한 사람이구나!'라는 생각도 든다.

6일째

온종일 LSD에 취한 기분이다. 그것도 저질 LSD에. 벽에 메릴린 먼로 그림이 걸려 있는 식당에서 점심을 먹는데 그림 속 메릴린이 깔깔 웃어 댄다. 징그럽고 무시무시해 보인다. 그녀가 이렇게 말하는 것 같다. "하하하하하하하, 저들이 내 시체를 파는 걸 봐! 아메리칸 드림도 팔고, 바캉스에 대한 꿈도 파는 걸 보라고! 저들은 어떤 꿈이든 다 팔지. 네가 삶에 대해 너무 많은 의문을 품지 못하도록 말이야!" '저들'이 정확히 누구를 뜻하는 건지 모르겠다. 정부? 아니면 우리 모두가 속해 있는, 저마다 자기 것을 얻어 내기 위해 눈치 게임을 벌이며 굴려 가는 기계 장치? 그렇게 애써 봤자 결국엔 이렇게 여피족 스타일 식당에서 밥이나 먹으면서, 겉으로는 멀쩡한 척 사레 들리지 않으려고 안간힘을 쓰지만 속으로는 환각에 시달리며 진저리를 치는 슬픈 여자가 되어 버리는 것이다.

그러다 환각이 내가 좋아하는 종류의 내용으로 바뀐다. 나는 차를 몰고 도시를 벗어나 사막 지대로 접어든다. 바위투성이 사막을 거닐어 본다. 그러자 고작 몇 분쯤이지만 이제 다 괜찮아질 거라는 느낌이 든다. 우주는 활짝 열린 곳이고 나를 재단하지 않을 테니 나는 괜찮다는 느낌. 내가 거침없고 생기 넘치는 존재가 된 기분. 나는 사막의 돌멩이 몇 개를 챙겨서 그곳을 떠난다. 하지만 내 경험상 이런 '영적 기념품'은 챙겨 가져간 뒤에는 본래의 마력이 사라지게 마련이라, 그냥 마음속으로만 내 경험을 간직하는 편이 나았을 것이다.

게다가 나는 LSD 환각 체험과 비슷한 지금의 상황을 마음껏 즐기기가 힘들다. 내가 환각제를 하던 시절 느꼈던 공포가 자꾸만 되살아나기 때문이다. '이 느낌이 안 없어지면 어쩌지?' '내가 앞으로도 영원히 이러면 어떡하지?' 나는 항상 어떤 느낌이 영원히 계속될까 봐 두려워한다.

7일째

간밤에는 잘 잤지만 오늘 하루는 끔찍하다. 나는 침대에 누운 채 스탠드업 코미디를 보려고 노력하면서 질식하고 있다. 무엇보다도 주된 감정은 피로감이다. 이 문제와 싸우는 게, 내가 죽어 가고 있지 않다고 나 자신을 다잡는 게 이제는 진력이 난다. 친구 하나가 조언하기를, 상태가 영 이상하면 그냥 '내가 지금 아파서 이래, 그래도 나아질 거야'라고 되뇌라고 한다. 나는 이 괴상한 혼잣말을 계속 되풀이하고 있다. 그저 내가 아직 살아 있고 숨을 쉬고 있다는 걸 확인하기 위해. 이 엿같은 나날에 언젠가는 해피엔딩이 있기를 바랄 뿐이다.

8일째

무섭다. 무섭기만 할 뿐 아니라 체내에서 공포에 대응하는 온갖 화학물질이 분비되고 있다. 숫제 솨 하고 쏟아져 나온다. 신체가 화학적으로 공포 반응을 일으키고 있으니 내가 정말로 죽어 가고 있거나 완전히 맛이 가고 있는 걸로만 느껴진다. 그렇게 생각하지 않기가 극도로 힘들다. 아니, 불가능하다. 나는 내가 느끼고 있는 감각들을 객관적으로 확인할 수 있는 증거를 찾고 있다. 내 몸은 "위험해!!!" "끝장이야!!!"라고 외쳐 댄다. 외롭고 화나고 무섭다. 머릿속에서는 이런 생각이 맴돈다. '내가 약을 잘못 바꿔서 완전히 좆된 거면 어쩌지? 영영 괜찮아지지 못하면 어쩌지?'

9일째

공황에 휩싸여 잠에서 깬다. 온몸이 땀투성이에 악취가 풍긴다. 나는 욕실로 뛰쳐 들어가 몸을 씻은 다음 다시 잔다. 내가 영영 잊지 못할 어떤 사람이 꿈에 나온다. 꿈속에서 그는 고무젖꼭지를 입에 물고 나한테 오럴을 해 준다. 나는 엄청 빨리 절정에 이른다.

　나는 '어쩌지?'라는 의문들을 '뭐 어때'라는 대답으로 분산시키려 해 본다.

내가 약을 잘못 먹고 있는 거면 어쩌지?

뭐 어때. 그럼 주치의랑 상의해서 맞는 약을 찾아내면 되지.

영원히 자고 싶어지면, 그래서 다시 못 깨어나면 어쩌지?

그래, 그럼 남은 평생 자게 되겠네. 이미 살면서 많은 걸 했잖아. 그만하면 네가 할 일은 충분히 한 걸 수도 있어.

속이 울렁거리는 증상이 영영 안 없어지면 어쩌지?

아하. 그럼 바닥에 다 토해 버려야지 뭐. 그냥 계속 토해. 괜찮아.

나는 절박하다. 그래서 뉴에이지 상점에서 '평온을 가져다준다'는 푸른 크리스털을 산다. 나는 내가 캘리포니아에 산다는 사실을 알기 위한 수단으로 브래지어 안에 크리스털을 넣어 가지고 다닌다. 운전하는 도중에 브래지어 안에 손을 넣어서 크리스털이 그 자리에 있는지 확인해 본다. 그러자 옆 차 안의 남자가 내 쪽을 건너다본다. 내가 자위를 하고 있다고 생각하나 보다. 좋겠다.

10일째

주치의에게 전화해서 불안 증세가 심각하다고 말한다. 그녀는 지금 단계에서 나한테 이펙사 금단증상이 일어날 리가 없다고 한다. 그러면 혹시 프로작을 너무 많이 먹어서 생기는 문제일까? 주치의는 일단 프로작을 줄여 보라고 한다.

친구가 타로 카드 점을 봐 준다. 내가 괜찮아질 거라고 한다. 그런데 그녀가 카드 점괘를 해석해 주는 동안 나는 공황 발작을 일으킨다. 그녀가 가리켜 보이는 '힘'이라는 이름의 카드에는 사자를 길들이는 여자 그림이 그려져 있고, '바보'라는 이름의 카드에는 벼랑 끝에 떨어지지 않고 서서 춤을 추는 남자가 그려져 있다. 나는 내가 사자를 길들이는 게 아니라 사자한테 공격당하는 기분이 든다. 그리고 내가 벼랑에서 떨어질 것만 같다.

11일째

주치의를 성가시게 하고 싶진 않지만 그래도 다시 전화해 본다. 그녀는 내가 프로작을 오히려 너무 적게 먹어서 그런 것 같다면서 양을 늘려 보라고 한다.

한 또라이 친구는 내 이야기를 듣더니 불안장애 환자가 프로작을 먹으면 안 된다며, 프로작 복용을 멈추지 않으면 내가 '돌아 버릴' 거라고 경고한다. 그러고는 내가 캘리포니아에 있으니 그냥 현지에서 나는 '싱싱한 녹색 채소 주스'로 해결해 보란다. 그녀는 워낙 헛소리나 뜬소문을 주워섬기는 타입이다. 약에 대해 아는 거라고는 자기 언니가 제약 회사 영업부에서 일한다는 사실뿐이다. 나는 그녀의 의학적 조언을 한번 따라 볼까 싶어진다.

다른 사람들도 내게 조언해 준다. "이펙사로 돌아가면 안 돼. 잘 버텨 봐. 몇 달이 걸릴 수도 있겠지만 그래도 넌 할 수 있어. 널 믿어!" 나는 나를 못 믿는다. 전혀. 남들은 다 내가 괜찮아질 거라는데 나 혼자만 못 믿고 있다.

12일째

망할 놈의 이펙사, 그냥 다시 먹어 버릴란다.

13일째

망할 놈의 이펙사, 절대 안 먹는다.

14일째

고속도로에서 차를 몰다가 똥이 마려워진다. 그런데 차를 세울 곳이 아무 데도 없다. 열흘 만에 처음으로 불안보다 더 강력한 감각이 나를 사로잡는다. 똥 눠야 한다는 감각을 느낄 수 있어서 감격스럽지만, 정작 똥을 눌 곳이 없다. 그래, 바로 이거다. 이제야 나 자신을 되찾은 느낌이다. 하지만 똥을 누고 나니 불안이 고스란히 되돌아온다.

나는 업무 관련으로 미팅하러 나간다. 상대방 남자가 스포츠 이야기를 한다. 본론으로 들어가기도 전에 모든 종목의 스포츠를 읊는다. 자기는 농구도, 축구도, 야구도, 하키도 한단다. 심지어 골프도 한단다. 나는 머리가 터져 버릴 것 같아서 무섭다. 거의 유체 이탈 상태다. 그런데 미팅 자체보다도 더 무서운 건 미팅이 끝나고 난 뒤의 기분이다. 보통 나는 불안한 상황에 놓이면 그 상황에서 벗어나자마자 안도감을 느끼는데, 이번에는 그렇게 일시적인 안정조차 없다. 골프남은 이미 떠나고 없는데, 나는 꿈틀거리는 자욱한 회색 구름에 파묻혀 있다.

15일째

망할 놈의 이펙사, 그냥 먹고 만다.

네 판타지에서 절대로 못 벗어나는 건
잘돼 가고 있어

가짜 사랑이 진짜 사랑보다 나을까? 진짜 사랑은 책임감, 타협, 이타심, 현재에 집중하기, 뭐 그따위 너절한 것들로 이루어진다. 반면 가짜 사랑은 마법, 흥분, 거짓 희망, 열병, 그리고 타인이 당신을 당신 자신에게서 구해 줄 거라는 설렘에 취하는 경험을 불러온다.

물론 당신을 당신에게서 구해 줄 수 있는 사람은 아무도 없다. 하지만 그런 현실쯤이야 쉽게 무시할 수 있다. 당신이 품은 낭만적 관념, 유년 시절의 상처, 과도한 판타지 세계를 타인에게 덮어씌우기만 하면 된다. 당신보다 심리적 수완이 부족한 사람일수록 좋다. 당신이 망상을 쏟아부을 대상이 기본적인 대처 능력 면에서 당신보다 못한 사람이어야 가짜 사랑을 즐기기에 더 좋다는 뜻이다.

로맨틱한 망상의 유형을 나눠 보면, 우선은 실제로 존재하는 사람에게 심취하는 경우가 있다. 당신의 삶에 실재하는 사람 한 명에게 당신의 판타지를 몽땅 덮어씌우고, 그 사람이 거기에 부응하도록 유도하는 방식이다. 이렇게 하면 당신은 살아 숨 쉬는 진짜 인간을 데려다가 당신의 내면에 있는 충족 불가능한 구멍에 억지로 쑤셔 넣으려 드는 셈이다. 사실 그 사람은 물론이고 세상 누구도 당신 내면의 구멍에 들어맞을 수 없다. 그럼에도 당신은 그 사람이 당신을 채워 줄 거라고 믿는다. 당신이 상상 속에서 찾아 헤매던 완벽한 연인의 자질들을 그 사람이 모두 갖췄으니까. 그 사람이 모든 자질을 갖췄다는 걸 어떻게 알 수 있느냐고? 그야 당신이 그 사람에게 부여하면 된다.

또 다른 유형의 로맨틱한 망상은 현실에 존재하지 않는 사람과 가짜 사랑에 빠지는 것이다. 막연한 이미지를 토대로 당신이 창조해 낸 마법의 홀로그램 인간을 사랑하는 셈이다. 그 이미지란 죽은 사람, 온라인에서만 본 사람, 유명인, 만화 캐릭터 등으로, 실생활에서 물리적으로는 한 번도 만나 본 적이 없는 사람이어야 한다. 이런 경우 마법의 홀로그램 인간이 당신을 마주 사랑해 준다면 당신 역시도 마법이 될 수 있다는 희망이 생겨난다. 그리움이 곧 희망이다. 그것이 당신을 살게 한다.

예전에 나는 트위터상의 한 아바타와 2년 넘게 뜨거운 정사를 나눈 적이 있다. 그 아바타는 어둡고 음울한 성격으로, 전형적인 오메가 메일[◊]이었다. 그는 똑똑하고 독기 어린 반항아 스타일로 트윗을 썼다. 오늘날의 일렉트로닉 음악계에 대한 경멸과 허무주의 철학을 나란히 나열하는가 하면, 자기 자지 이야기도 했다. 나는 그 사람처럼 신비롭고 허깨비 같은 존재가 되고 싶었다. 신비롭고 허깨비 같은 자지를 갖고 싶었

◊ 알파 메일의 반대말로 집단 내에서 서열이 가장 낮고 연약한 남성을 의미한다.

다. 내 몸에 나만의 자지를 달 수 없다면 그 아바타의 자지를 내 것으로 삼기라도 하고 싶었다. 내가 그 독기 어린 반항아가 될 수 없다면 선량하고 천진한 마녀라도 돼서 그림자 자지를 손에 넣고 싶었다.

그래서 나는 그 사람을 은근히 암시하는 내용의 트윗들을 써 올렸다. 내 마법 같은 트윗들(과 내 보지)을 이용해, 그 아바타의 어둠을 뚫고 들어갈 수 있는 사람은 오직 나뿐이라는 판타지를 펼쳐 보였다. 이윽고 그는 나를 맞팔해 주었고, 나는 그가 나를 사랑하게 됐다고 확신했다. 이제 그가 쓰는 트윗들은 모두 나를 가리키는 게 분명해 보였다. 한 트윗에서는 코첼라 뮤직 페스티벌과 자기 자지에 대해, 그리고 나에 대해 이야기했다. 또 한 트윗에서는 뭔가 니체적인 철학과 자기 자지에 대해, 그리고 나에 대해 이야기했다. 그가 내 트윗 하나에 마음을 찍었을 때 나는 심령술사에게 연락해 조언을 구했다. "우리 궁합 어때요?" 심령술사는 심리 상담을 받아 보라고 권했다. 그 아바타가 내 트윗 두 개에 연달아 마음을 찍었을 때 나는 섹스하는 기분이었다.

마침내 그 아바타 이면의 실제 인간을 볼 일이 생겼다. 당시 내가 살고 있던 뉴욕에 그가 디제잉을 하러 온 것이다. 나는 턴테이블을 돌리는 그의 손을 지켜보며 최면에 빠져들었다. 클럽은 어두웠고 나는 너무나 흥분되었다. 저 손이 바로 내가 사랑하는 아바타의 손이라니!

그런데 막상 디제잉이 끝난 뒤 그를 만나 보니 아바타 이면의 인간은 그냥 평범했다. 금발이었고, 딱히 그늘진 인상도 아니었으며, 전형적인 중서부 지방 출신 남자였다. 나는 아바타 이면의 인간과 바 앞에 나란히 앉아 트위터에 대한 이야기를 나눴다. 그는 거나하게 취하도록 술을 마셨다. 돼지고기 볶음밥도 먹었다. 나를 사로잡았던 마법은 깨져 버렸다.

다음 날 트위터에서 그 아바타는 특유의 섹시한 투로 또다시 내게 말을 걸어 왔다. "내 좆, 내 좆 다 씹해 버려 내 좆." 아바타 이면에는 보통 남자가 있을 뿐이라고 해도, 나는 그 어느 때보다도 그의 아바타를 원했다.

나는 아바타 이면의 남자에게 충동적으로 문자메시지를 보냈다. 지극히 명확하게 "네 머리카락 한 타래만 잘라서 보내 줘"라고 썼다. 그러자 아바타 이면의 남자는 당황했다. 대화는 끊어졌다. 그는 더 이상 내 트윗에 마음을 찍지 않았다. 머리카락도 보내지 않았다. 알고 보니 그에게는 여자 친구도 있었다. 이제 나는 내 머릿속 판타지 세계를 안전하게 즐길 수 없게 되었다. 그곳은 고통스러운 장소가 되었다.

판타지 속의 사람을 내 의지로 단념하려면 어떻게 해야 하는지 모르겠다. 나는 그저 고통에 시달리다가 지칠 대로 지쳐서 "이젠 됐어, 유령에게 집착하는 건 관둘래"라며 나자빠지는 법밖엔 모른다.

하지만 한 사람에 대한 판타지에서 벗어나기란—판타지 속 사람에 대한 판타지라면 더더욱—힘들다. 나는 너무나도 많은 사람에게 로맨틱한 망상을 품은 나머지 '사람에 대한 판타지를 벗어나기' 종목의 선수급이 됐다. 내가 선수로 훈련 과정에서 시도했던 기술들을 여기에 소개하겠다. 이 중에는 내게 도움이 된 기술도 있고 아무 효과 없었던 기술도 있다.

<1> 그 사람의 트위터, 페이스북, 텀블러, 인스타그램을 1초 간격으로 체크하면서 '조사' 작업하기. 그 와중에도 '좋아요'나 '마음에 들어요'를 한 번도 누르지 않았다는 걸 자랑스러워하기

무슨 짓을 하는 건가? 때려치워라. 지금 당장 브라우저의 모든 탭을 닫아라. 도무지 멈출 수 없을 것 같다면 30일 동안이라도 그 사람의 SNS 계정을 보지 마라. 아니면 일주일이라도. 날짜를 정해야 한다.

당분간은 금단증상이 나타날 것이다. 당신이 그 사람의 사진을 볼 때마다 치솟던 도파민도, 그 사람의 셀카에 같이 찍힌 수수께끼의 인물을 볼 때마다 분출되던 아드레날린도 없어질 테니까. 당신은 그 사람과 연결될 수 있는 마지막 수단이라고 생각했던 것들을 제거하고 있는 것이다.

하지만 그 사람의 멋진 트윗을 볼 때마다 당신을 괴롭혔던 감정적인 숙취도 없어진다(참고로, 사실 그 트윗들은 그렇게까지 멋지지 않다. 당신이 그렇게 생각하고 싶은 것뿐이다). 그러다 보면 곧 굉장히 자유로워진 기분이 들 것이다.

당신이 자기 자신을 정말로 사랑한다면 그 사람의 모든 SNS 계정을 언팔로우하고 차단할 것이다. 하지만 자기 자신을 사랑하는 사람이라면 애초에 이 에세이를 읽을 것 같지도 않다. 너무 부담 갖지 말고 천천히 시도해 보길 바란다.

<2> 친구들과 이야기할 때 그 사람을 가리키는 별명을 정해 놓고('헤로인'이나 '팬케이크 엉덩이'나 '텔레토비' 등등), 그 사람을 언급할 때는 그 별명만 쓰기

좋다. 이 방법은 당신 머릿속에 있는 그 사람의 이미지를 재

구성하는 데 큰 도움이 된다. 어쩌면 당신은 그 사람의 기존 이미지를 포기하기 싫을 수도 있을 것이다. 그 이미지는 당신의 머릿속에 아름다운 장소로 자리 잡았고, 고통스럽더라도 자꾸만 들르고 싶은 곳이니까. 그런데 따지고 보면 신나게 웃는 것 역시 아름답지 않은가? 강력히 추천하건대 그 사람에게 '쥐좆'이라는 이름을 붙여 보라. 그러면 그 뱀파이어를 쥐좆 같은 십자가에다 못 박아 버릴 수 있을 것이다.

\<3\> 그 사람의 이름을 쓴 종이쪽지를 촛불에 태워 없앤다든지 하는 이런저런 '마법의 작별 의식' 치르기

음. 이러면 해방감이 들 수는 있다. 끽해야 한 10초쯤? 30달러짜리 양초로 한 사람의 기억을 영원히 지워 버린다고 생각하면 짜릿하긴 하다. 하지만 그런 식으로 그 사람에 대한 판타지를 깡그리 단념하고 두 번 다시 돌이키지 않을 수 있다는 생각은 아무래도 비현실적이다. 게다가 그 촛불 의식이 효과가 없으면 당신은 마법을 믿지 못하게 될 것이다. 나는 마법에 대한 믿음을 잃지 않는 게 중요하다고 생각한다.

\<4\> 그 사람과 '마지막으로 딱 한 번만' 섹스하기

마지막이라는 건 없다.

\<5\> 판타지 속 사람과 섹스한 직후 허탈감을 피하기 위해 다른 사람(들)과 섹스함으로써 감정적 고양 상태를 유지하기

이건 강력하고도 기만적인 방법이 될 수 있다. 당신만의 섹스 제국을 다스리는 군부 독재자가 되는 것 같다고나 할까. 하지만 문제는 당신이 그들과의 섹스 경험을 비교하게 될 거라는 점이다. 둘째 사람과의 섹스는 대체로 판타지 속 사람과의 섹스보다야 못할 테고, 그러면 슬픈 기분만 들 것이다.

그래도 드물게나마 이 기술이 정말로 잘 먹히는 경우가 있긴 있다. 당신이 섹스한 둘째 사람이 판타지 속 사람만큼이나 섹시하고 근사할 경우(적어도 당신에게는 그렇게 보일 경우). 하지만 이때 주의할 사항은 둘째 사람에게도 집착하게 되어 버리는 역효과가 발생할 수 있다는 점이다. 판타지 속 사람 두 명(심지어는 세 명)에게서 오지 않는 문자를 기다리는 것만큼 괴로운 일도 없다.

< 6 > 당신이 좋아하지도 않는 사람과 사귀고, 그 사람과 섹스할 때 판타지 속 사람과 섹스하는 중이라고 상상하기

연애 전문가들의 말에 따르면 섹스할 때 상대방이 아닌 다른 사람을 상상하는 것은 자연스럽고 정상적인 일이라고 한다. 하지만 아무 감정도 없던 사람을 상상하는 것과 전 애인을 상대로 머릿속에서 『폭풍의 언덕』을 찍는 것은 전혀 다른 문제다. 나는 그러다가 섹스 도중에 울기나 했다. 황홀해서 운 건 당연히 아니었다.

< 7 > 친구로 지내기

당신에게 친구는 이미 충분히 많다.

그 사람과 정말로 그냥 친구로 지내고 싶은가? 짝사랑하는 상대와 친구로 지내는 것만큼 괴로운 일도 없다. 아니, 사실 그보다 더욱 괴로운 건 짝사랑하는 상대와 친구로 지내면서 섹스까지 하는 경우다. 하지만 섹스 없이 그냥 친구로만 지내도 괴롭긴 마찬가지다.

판타지 속 사람과 친구가 되어도 괜찮은 때가 오(기나 한다)면 그 사람에게서 문자가 왔을 때 설레기보다는 따분하고 성가실 것이다. 당신의 진짜 친구들이 보낸 문자가 그렇듯이.

<8> 폰 연락처에 저장된 그 사람의 이름을 '연락 금지'나 '안 돼'나 변기 모양 이모지로 바꾸기

나는 학습이 매우 더딘 사람이고, 누가 시키는 대로 하는 걸 싫어한다. 심지어 나 자신이 시킨 일이더라도. 내게 보내는 경고를 폰에 남겨 봤자 나쁜 결정을 내리는 순간에는 개의치 않게 되더라. 나는 '안 돼'라는 이름의 사람과 몇 시간 동안 섹스팅을 한 적도 있다. 변기 모양 이모지한테 사랑 고백을 한 적도 있다.

하지만 당신이라면 가능할지도 모른다. 한번 시도해 보길 바란다. 경찰차 모양 이모지를 써 보는 것도 좋겠다.

<9> 그 사람의 별자리로 점을 쳐 보고 요즘 어떻게 사는지, 언젠가는 내게 돌아올지 알아보기

안 된다. 하지 마라. 그리고 당신의 별자리 운세에서 연애운을 확인하는 짓도 당분간 그만둬라. 인터넷에서 '양자리 유혹하는 법'이나 '양자리 남자에게 사랑받으려면'으로 검색하는 짓도 멈춰라. 분명히 말해 두건대 양자리 남자들이랑은 아예 상종을 말아야 한다고 본다. 양자리 여자들은 괜찮다.

< 10 > 심령술사 찾아가기

그 심령술사가 어떤 사람인지, 어떤 말을 해 주는지에 따라
다르다. 만약 심령술사가 당신의 판타지 속 사람이 '소울메이
트'라고 한다면 당신은 좆된 거다.

< 11 > 친구 중에서 가장 미친 애한테 연락해 걔의 연애 고민을 들어주기

완전 추천한다! 가장 미친 친구를 한 명 골라서 요즘은 어떤
얼간이한테 빠져 있느냐고 물어보라. 걔가 그 얼간이를 백마
탄 기사로 포장하는 꼴을 지켜보라. 걔가 그 사람의 실체를
보지 못하는 상태를 관찰하라. 그 사람의 실체를 봐 버리면
집착할 대상이 사라지니까 그러는 거다.

　걔 이야기를 듣고 나면 안심이 될 것이다. 당신의 처지가
아무리 엿 같아도 걔만큼 미치지는 않았으니까. 하지만 당신
이 판타지 속 사람을 단념하지 않으면 그렇게 미칠 수도 있다
는 경각심을 가져야 한다.

< 12 > 만트라 외우기

만트라는 숱하게 나를 구해 주었다. 당신이 나처럼 정신이 과
민한 사람이라면 판타지 속 사람에 대한 집념을 끊임없이 분
산시키기가 엄청 힘들 것이다. 그러려면 당신의 주의를 언제
든지 돌릴 수 있는 생각거리가 늘 준비되어 있어야 한다. 만
트라가 거기에 딱이다. 당신이 무심코 그 사람에 대한 생각에
빠져들었다는 것을 깨닫는 순간─이미 몇 시간이나 생각한
뒤라고 해도─즉시 만트라를 외워 보라.

　어떤 만트라가 좋은지는 사람마다 다 다르다. 긍정적인

격려의 내용이 담긴 만트라를 좋아하는 사람도 있다. 하지만 나는 그런 문구를 외우면 루저가 된 기분만 든다. 그보다는 뭔가 괴이하고 몽환적이고 환각적인 문구나 기도문이 더 좋다. 내가 '소중'하고 '온전'하고 '사랑받는' 존재라는 자기암시를 걸려고 애쓰는 사람이기보다는 우주 카우보이가 된 것처럼 느끼게 해 주니까.

<13> 심리 상담

내가 느끼기에 심리 상담은 별 도움이 안 되는 것 같다. 하지만 이건 내가 평생 심리 상담을 받아 왔음에도 완벽한 인간이나 '정상인'이 되지 않았기 때문에 드는 생각일 뿐이다. 늘 '이게 뭔 한심한 짓거리람' 싶은 것이다.

그런데 한편으로는 심리 상담을 받지 않는다는 건 상상도 되지 않는다. 나는 앞으로도 완벽하게 온전한 사람이 될 수는 없을 것이다. 하지만 4분의 3 정도 온전한 사람이 되려고 시도해 볼 순 있다. 4분의 3이라니, 그것만도 어딘가.

최종 평가: 심리 상담은 한심하고 성가시지만, 효과는 충분히 있으니 해 봐야 한다. 꼭 전문가의 도움을 받아 보라.

<14> 그 사람이 아닌 새로운 사람에 대한 판타지에 집착하기

하지 말 것. 하지만 당연하게도 당신은 이 짓을 하게 될 것이다. 나도 그렇고.

친구들을 가까이,
불안은 더욱 가까이

이상한 일을 겪었다. 어떤 사람이 내 공황 발작이 여전하다니 유감이라며, 어서 쾌차하면 좋겠다고 말해 준 것이다.

마치 신체적인 질병을 대하듯 내 정신 질환에 연민을 표하는 말을 들으니 기분이 묘했다. 물론 내 공황장애가 병이라는 건 나도 안다. 나는 그 병 때문에 약(SSRI, 선택적 세로토닌 재흡수 억제제)을 먹는다. 병원도 다닌다. 한 달에 한 번씩 정신과에 가고, 일주일에 한 번씩 심리 상담을 받는다. 만성 통증에 시달리는 사람과 마찬가지로 나도 내 삶의 모든 영역을 생리적인 불안의 관점으로 바라본다. 질식하는 감각, 현기증, 이인증[○]에 이르기까지, 내 신경계 전체와 부신副腎이 작용해 각종 신체 증상을 일으킨다. 그러니까 이 개고생은 과학적으로 진짜란 뜻이다.

하지만 공황장애가 순전한 신체적 질환이 아닌 심리적 차원으로 분류되어서 그런지, 나는 나 자신에게 연민을 느끼기가 어렵다. 만약 순전히 신체적인 질환이었더라면 내게 더 친

○ 자기 자신에게서 분리된 듯 느끼는, 자기 지각과 현실감에 이상이 생긴 상태.

절하게 대할 수 있었을 것이다. 자기애를 좀 품을 수도 있었을 테고.

자기애는커녕 내 머릿속에는 '너는 좆됐어'라고 녹음된 테이프가 재생되고 있다. 심지어 나는 '그딴 건 다 네 상상일 뿐이야'라거나 '네가 지어내는 거야' 같은 정신 질환에 대한 고루한 편견들까지도 믿어 버리곤 한다.

글쎄, 설령 그게 다 내 상상이라고 해도 뭐가 달라지나? 그래도 고통스럽긴 마찬가지 아닌가. 나는 연민과 자기애를 받을 자격이 없단 말인가? 이 질문 앞에서 내 머리는 '당연히 있지'라고 대답하지만, 내 마음은 '자격 같은 소리 하네. 야, 정신 차려'라고 다그친다.

'자기애'라는 단어를 쓰는 것조차 한심하게 느껴진다. 자기애라는 개념은 현대 미국 문화가 만들어 낸, '건강한 케일 주스 다이어트법'만큼이나 말도 안 되는 개소리 아닌가? "자기 자신을 안아 주세요. 당신은 사랑받을 자격이 있어요." 과연 그런가?

나는 내 상태에 수치심을 느낀다. 그래서 내 부족함을 지나치게 보상하려 들고, 성취욕도 너무 심하고, 약한 모습은 절대로 내보이지 않는 경향이 있다. 완전히 건강한 사람들과 똑같은 몫을 해내야 한다고, 내가 안 괜찮다는 걸 남들에게 들켜서는 안 된다고 나 자신을 다그치는 것이다. 나는 아파도 휴가를 내지 않는다. 내 상태가 두렵고, 그것이 내 삶에 미치는 영향이 두렵다. '나는 어딘가 굉장히 잘못됐어'라고 생각하면서도 또 한편으로는 '나 자신이 잘못됐다고 생각하다니, 나란 인간은 대체 왜 이래?'라고 생각한다. 두 생각 모두 신경계에는 좋지 않다.

음, 지금 당장만 해도 나는 이 글이 당신에게 재미없을까 봐 두렵다. 지금 나는 평소에 쓰던 가면을 벗고 있다. '내 상태가 좆되긴 했지만 그래도 통제할 수는 있다'는 표정을 짓는 가면. 그 가면은 당신에게 이렇게 말해 왔다. "걱정 마세요. 그래도 나는 충분히 나를 추스를 수 있는걸요. 이렇게 불안을 넘어서서 여러분을 웃겨 줄 정도는 되죠. 나는 괜찮아요."

최근에 한 여성 독자가 말하기를 내 글이 '징징거리는 계집애' 같지 않아서 마음에 든다고 했다. 그녀는 내 유머러스한 가면이 좋았던 모양이다. 하지만 지금 나는 공황 발작에 하도 시달려서 징징거리는 계집애가 되지 않기가 힘들다. 그렇다면 어디까지 징징거리는 여자애가 되어 볼지를 나 스스로 정하고 싶다! 정 내 글이 당신의 흥미를 떨어트릴 거라면 흥미를 떨어트리는 방식은 내가 통제하고 싶은 거다. 당신을 지루하게 하는 인격을 창조해 선보이고 싶다. 진짜 나 자신이, 나의 연약하고 인간적인 면모가 내 통제 밖으로 새어 나가는 바람에 당신이 도망치는 상황은 원치 않는다. 나는 절박해지고 싶지 않다.

만약 내가 정말로 안 괜찮다는 걸 당신이 알게 되면 어떡할 건가? 내가 지금도 엄청나게 고통스러워하고 있으며 진짜로 공포에 질려 있다는 걸 당신이 안다면? 내게서 도망칠 건가? 나는 그 결과를 알고 싶지 않다. 그래서 내 연약함을 유머로 또는 고리타분한 지혜로 감추는 것이다.

그 사람이 내 병에 대해 친절한 위로의 말을 건넸을 때도 나는 딱 그런 식으로 반응했다. "오, 뭘요. 전화위복이라는 말도 있잖아요. 불운이 행운으로 바뀌기도 한다더니, 제 공황장애 덕분에 '오늘 너무 슬픔'도 나올 수 있었던걸요."

이 말은 어느 정도 사실이다. 죽을 것 같은 정신적이고 감정적인 고통을 겪지 않았다면 '오늘 너무 슬픔'은 존재하지도 않았을 것이다. 그리고 나는 '오늘 너무 슬픔'이 존재해서 좋다. 하지만 누가 내게 연민을 표할 때는 그저 인간 대 인간으로 고맙다고 인사하면 될 텐데, 내가 그러기를 두려워한다는 건 슬픈 일이다. 타인에게서 동정을 받으면 내가 약한 사람이 될 것만 같고, 나는 약해지는 게 너무나 무섭기 때문이다.

그리고 나는 사람들이 나를 어떻게 생각하는지도 무섭다. 남들 눈에 내가 무너져 가는 걸로 보이지 않으면 좋겠다. 내가 나 때문에 겁에 질리는 것까지는 괜찮지만, 당신이 나 때문에 겁에 질린다면 문제가 더욱 심각해지기 때문이다. 당신이 겁에 질리지 않을 정도까지만 무너지려면 어떻게 해야 하는지 나는 정말로 모른다. 그리고 알고 싶지도 않다.

그런데 한편으로는 알고 싶기도 하다. 이제껏 오랜 세월 내 겉모습을 유지하면서 매일을 살아 왔더니 이제는 정말 뒈지도록 피곤하다. 확 무너져 버릴 수라도 있다면 얼마나 마음 편할까. 우주가 나를 돌봐 주고 있으니 그냥 다 놔 버려도 괜찮다는 믿음이 내게 있으면 좋겠다. 설령 우주가 나를 돌봐 준다는 믿음이 없다고 해도―실제로도 없다―어쨌든 다 포기해 버리면 속 시원할 것 같다. 나는 포기하는 걸 가장 두려워하면서도 가장 원하고 있는 모양이다.

예를 들면 회의 자리에서 벌떡 일어나 이렇게 말해 버리고 싶다. "저기, 죄송한데요, 저 이거 못하겠어요. 지금 '우리

브랜드'에 대해 이야기할 수는 있지만, 저는 틀림없이 죽어 가고 있다고요. 여러분도 마찬가지죠. 우리 모두가 죽어요. 그런데, 음, 저는 지금 당장 죽어 가고 있는 것 같아요. 목이 막히고 가슴이 조여 오고 있어요. 그러니 가야겠어요. 여기서 죽고 싶진 않거든요."

나와 협업하는 창작자에게도 이렇게 말하고 싶다. "저기요, 당신이 스토리 전개에 대해 의논하고 싶어 하는 건 알겠는데요, 사실 지금 나는 넋이 몸 밖으로 나가 있어서 곤란해요. 내 머릿속에서 당신은 내 적이라는 거, 알고 있었어요? 당신은 나한테 적이 됐어요. 당신 때문에 내가 이놈의 스타벅스에 꼼짝없이 갇혀 있으니까."

친구한테는 이렇게 말해 보고 싶다. "다른 누구보다도 네 옆에 있으면 나는 유독 공황 발작이 잦아져. 너랑 같이 있으면 편안해야 할 텐데 실은 그렇지가 않고, 편안해야 할 사람 옆에서 못 편안해한다는 사실 때문에 수치심이 더 심해져. 그래서 불안도 심해지고. 그러니까 너랑은 앞으로 평생 문자만 주고받으면서 우정을 유지해야 할 것 같아. 고마워."

애인에게는 이렇게 말해 보고 싶다. "네 곁에 있을 때 일어나는 공황 발작은 여느 때보다 더 고통스러워. 너는 내게 친밀한 사람이어야 하니까. 공황 발작을 겪는 와중에 너한테 친밀감을 느껴야 한다는 압박감이 나를 너무나, 극도로 외롭게 해."

내가 이런 말들을 하지 않는 게 잘하는 일일지도 모른다. 계속해서 나 자신을 밀어붙여 집 밖으로 나가고, 유능하고 협조적이고 편안한 사회적 자아의 가면을 쓰고 다니는 게 잘하는 일일지도 모른다. 하지만 만약 내가 사람들에게 내 상황을 정확히 말한다면 어떻게 될까? 남들이 나를 어떻게 생각할지 보다 내 마음의 평화를 더 중요시한다면? 그러면 직업도 잃고, 친구도 잃고, 사랑도 잃게 될까? 나라는 존재가 아예 사라져 버릴까?

언젠가 무척 존경하는 여성 음악가의 인터뷰를 읽은 적이 있다. 그녀는 정신 질환을 앓고 있다고 알려진 사람이다. 오랜 세월 빼어난 재능을 발휘했지만 기행도 보여 주었고, 공개적인 자리에서 발작을 일으킨 적도 몇 번 있다. 그녀는 광기와 재능을 둘 다 가진 사람이다.

인터뷰어는 그녀에게 평소 일상에 대해 물었다. "아침에 일어나서 식사 준비를 하시나요? 달걀 프라이를 만든다든가요." 그러자 그녀는 그를 차갑게 쳐다보며 대답했다. "나는 달걀을 안 먹어요."

그 순간 나는 그녀에게 묻고 싶은, 물어볼 가치가 있는 단하나의 질문이 무엇인지 깨달았다. "재능이란 게 대단히 민감한 정신과 근본적으로 연관되는 것이라면, 그리고 그런 정신 때문에 당신이 고통받아야 한다면, 그럼에도 재능 있는 사람이 될 가치가 있는 걸까요?"

그녀가 대답을 할 수 있을지 없을지 모르겠다. 어쩌면 고통에서 해방되고는 싶지만 재능을 놓치긴 싫다고 할 수도 있다. 둘 중 하나만 선택하고 싶지 않다고 할 수도 있다. 나는 그래도 괜찮다고 생각한다. 당신에게 닥친 불운에 고마워하지 않아도 괜찮다고. 당신이 얻은 행운이 그저 행운이기만을 바란대도 괜찮다고.

그러게 크니시는
먹지 말라고 했잖아
폴리아모리와 병에 관한 고찰

지금까지 나는 내 남편의 병에 대해 이야기하지 않았다. 그의 병은 내 병이 아니고, 따라서 내가 쓸 수 있는 이야기가 아니라고 생각했기 때문이다. 하지만 그 병은 우리 관계에 끼어 있는 제삼자 같은 존재다. 나는 지난 11년 동안 그 병과 사귀어 왔다. 그러니 그의 병은 아마 내 이야기이기도 할 것이다.

남편은 내 글에 자신이 소재로 쓰이지 않으면 좋겠다고 말한 적이 있다. 하지만 그렇다고 해서 내 글을 검열할 생각은 없다며 "네 예술에 필요하다면야 뭐든지 마음대로 해"라고 했다.

시는 예술이다.

에세이도 예술일까?

나는 그와 그의 병에 대한 산문을 써도 괜찮겠느냐고 물어보았다.

그는 이렇게 대답했다. "괜찮아. 내 고추를 엄청 크게 묘사해 주기만 한다면."

또한 자신이 이 에세이에서 약간의 독립성을 지키고 거리를 둘 수 있도록 '론 제러미'°라는 가명으로 표기해 달라고 부탁했다.

론 제러미는 우리가 처음 만났을 때부터 가족처럼 느껴졌다고 한다. 나는 교외에서 자란 유대인이고, 그는 퀸스 지역의 가톨릭 집안에서 자란 이탈리아계 미국인이다. 하지만 나는 그를 보자마자 본질적으로 동류라는 감이 와서 그가 유대인처럼 보였다(내가 보통 유대인들에게 느끼는 감정을 느꼈다는 뜻이다). 아니, 내가 만난 그 어떤 유대인 남자보다도 더 유대인스러워 보였던 것 같기도 하다(중요한 사람으로 보였다는 뜻이다). 그는 그중 누구보다도 다정하고 재밌고 신경이 예민하고 수다스러웠다. 그리고 그 남자들 전부를 합쳐도 못 따라갈 만큼 많은 책을 읽었다. 자칭 '언어의 수호자'라나. 강하고 성실한 사람이었다.

내가 론 제러미에게 처음으로 한 말은 "닥쳐요, 이건 내 게임이니까"였다. 그때 나는 늘 그랬듯 대낮부터 취한 채 매주 가는 이스트빌리지의 파티에서 술 게임을 벌이고 있었다. 그 파티의 이름은 '글쓰기가 어려운 술꾼 모임'이었다. 론 제러미는 친구의 친구를 따라 여자를 만나러 그곳에 왔다가 나를 만났다.

론 제러미는 나를 보자마자 자기가 꿈에 그리던, 성적으로 자유분방한 유대인 여자라는 걸 알아차렸다고 한다. 만난 지 20분 만에 우리는 즉석 사진 부스 안에서 서로의 몸을 더듬었다. 하지만 키스하기 전에 나는 다음 날에 진짜 데이트를

◊ 70년대 이후 왕성하게 활동하며 대중적인 인기를 모아 온 미국의 포르노 배우 이름.

해야 한다는 조건을 걸었다.

다음 날 오후 우리는 세컨드 애비뉴 델리라는 유대인 식당에 갔다. 당시에는 그 식당이 아직 세컨드 애비뉴에 있었다(지금은 다른 데로 이전했고 원래 자리에는 은행이 들어섰다). 론 제러미는 맛초 볼 수프[◊]를 먹었는데, 나는 그게 정통 유대식 음식은 아니라고 알려 주었다. 내가 고른 메뉴는 게필테 피시[◒]였다.

식사를 마친 뒤 우리는 똥 싸는 비둘기들에게 둘러싸인 벤치에 앉아 키스를 나눴다. 그와 함께 있으니 안전한 기분이 들면서도 짜릿했다. 음악과 책에 대한 그의 취향은 나무랄 데 없었고, 불합리한 일에 대해서는 매우 고상한 태도를 견지했다. 그는 자기 말마따나 '힙스터 옷'을 입지 않았다. 게다가 나보다 나이가 열 살 많았다. 남녀 사이에 나이 차이가 이 정도면 정신 연령 차원에서는 동갑이라는 뜻이다.

론 제러미는 열흘 동안 파리에 다녀올 예정이라며 돌아오면 같이 공연이라도 보러 가자고 했다. 요즘 우리 부부가 우스갯소리로 하는 얘긴데, 그때 그는 그 약속을 이용해 내 "보지를 출입 통제 구역으로 지정했던" 셈이다. 우리는 떨어져 있는 동안 날마다 이메일을 주고받았다.

론 제러미는 파리의 페르라셰즈 공동묘지에서 내 성이 새겨져 있는 묘비를 발견하고 그걸 사진으로 찍어 두었다. 귀국했을 때 그는 그 사진을 액자에 넣어 내게 선물로 주었다. 우

◊ 맛초는 이스트를 넣지 않고 만드는 유대식 전통 빵으로, 맛초를 갈아서 경단처럼 만들어 수프에 담가 먹는 요리법이 대중적으로 알려져 있다.

◒ 으깬 송어나 잉어 살에 달걀, 양파, 빵가루 등을 넣어 만든 유대식 어묵.

리는 밖에서 술을 실컷 마신 다음 그의 아파트에 갔다. 그 아파트는 스튜이버선트 타운이라는, 이스트빌리지에 조성된 일종의 중산층 주택 단지에 있었다. 그 동네로 걸어 들어가면서 나는 겁에 질렸다. 스튜이버선트 타운은 외관이 아우슈비츠 같은 구석이 있었고, 죄다 똑같이 생긴 붉은 벽돌 건물이 늘어서 있었다. 나는 나중에 무슨 일이라도 생기면 그곳을 어떻게 빠져나갈 수 있을지 걱정되었다. 그러자 론 제러미는 B 애비뉴를 통한 탈출 경로를 알려 주었고, 덕분에 좀 안심이 됐다. 게다가 그의 집 내부는 보자마자 마음에 쏙 들었다. 온통 갈색 빛깔과 벨벳으로 꾸며진, 70년대풍 레트로 감성이 배어나는 인테리어였다. 내가 좋아하는 할머니 댁과 비슷한 느낌이었다.

론 제러미와 내 사이는 늘 모녀지간 같은 구석이 있었다. 만약 전생에 우리가 만났다면 그는 분명 내 할머니나 엄마였을 것이다. 나는 딱히 파더 콤플렉스가 있는 사람은 아니다. 내가 열 살 연상을 만난 데 어떤 심리적인 동기가 있다면 차라리 마더 콤플렉스 탓이라고 해야 할 것이다.

그날 밤 론 제러미와 나는 그의 갈색 침대에 같이 누워서 노닥거렸다. 섹스는 하지 않았다. 우리가 성적으로 정확히 뭘 했는지는 기억나지 않는다. 다만 주근깨로 덮여 있던 그의 등이 기억난다. 그의 곁에서는 편안히 잠들 수 있었던 것도. 아침에 일어나 베이글을 같이 먹었던 것도. 우리 관계는 그런 식이었다. 질펀한 섹스보다는 베이글 같은 것이었다.

론 제러미가 아픈 모습을 처음 본 건 그와 사귄 지 1년쯤 됐을 때였다. 뉴올리언스로 함께 여행을 가기 직전, 그는 열이 높게 치솟으면서 선열腺熱 비슷한 증상들을 보였다. 땀이 나고, 목이 붓고, 굉장히 피곤해하고 기력이 떨어졌으며, 멀미 기운도 있었고 체온 조절이 제대로 되지 않았다. 그런데도 그는 상태가 별로 심각하지 않은 척 나와 여행을 떠났다. 뉴올리언스에서 나는 그가 다 나은 줄로만 알았다. 그는 머팔레타 샌드위치◊와 딸기 다이키리 칵테일◊로 애써 버티면서 아픈 걸 숨겼다. 나중에야 알았지만 시작한 지 얼마 안 된 연애를 망치고 싶지 않아서 그랬다고 한다.

론 제러미는 전에도 병 때문에 연애가 틀어진 적이 있었다. 예전에 니나라는 여자와 사귀었을 때 이상한 열병에 걸려서 몇 달 동안 몸져누웠다고 한다. 그렇게 긴 병치레의 스트레스(우울감, 반복되는 아픔, 무력함 등등)란 아무나 견딜 수 있는 게 아니다. 니나는 견디지 못했다.

당시 론 제러미는 온갖 질병 검사를 받아 봤다. HIV, 암, 간염, 당뇨, 루푸스, 다발성 경화증 등등. 하지만 아무것도 발견되지 않았다. 몇 달간의 검사 끝에 의사들이 찾아낸 것이라고는 간 효소 수치가 약간 높다는 점뿐이었다. 론 제러미는 자신의 병을 수수께끼의 간 질환이라고 불렀다. 그러다 병이 저절로 나았고, 그는 병에 대해 그냥 잊고 지냈다. 그러다가 나를 만났다.

뉴올리언스 여행을 다녀온 뒤의 겨울에 론 제러미의 병이 또 도졌다. 이번에는 오래 앓았다. 그는 세 달 동안 집에 틀어

◊ 머팔레타는 참깨를 넣어 만든 시칠리아식 빵으로, 뉴올리언스의 이탈리아계 이민자들이 이 빵으로 샌드위치를 만들어 먹으면서 지역 대표 음식이 되었다.
◊ 럼주에 과일 주스와 설탕을 섞어 만든 칵테일.

박혀 거의 침대에서만 지냈다.

나는 그를 낫게 하려고 수프를 끓여 주었다. 옛 유대인 조상님들의 지혜를 본받아 닭고기 수프를 만들었다. 간호사로서 나는 형편없었지만 수프는 제대로였다. 뼈와 허브로 육수도 냈다. 하지만 아무 효과도 없었다.

그는 겁에 질렸다. 나도 어쩔 줄 몰랐다. 나는 아픈 사람을 살뜰히 보살피는 집안에서 자라지 않았다. 우리 집에서는 토하거나 열이 있지 않는 이상은 벌떡 일어나 학교에 가야 했다. 론 제러미의 열은 올랐다 가라앉았다 했다. 그건 그나마 뚜렷하게 알 수 있는 증상이었고, 나머지 증상들은—침대에서 거실로 걸어갈 수도 없을 만큼 기력이 없는 것도, 머릿속에 안개가 낀 듯하다는 그의 설명도—내겐 굉장히 모호하게 느껴졌다. 그는 심지어 글조차 읽지 못했다.

그러던 어느 봄날, 파자마 차림으로 몇 달을 보낸 끝에 론 제러미의 건강이 나아졌다. 우리는 그가 앞으로 다시는 아프지 않을 것처럼 굴었다. 같이 코니아일랜드에 가서 롤러코스터를 탔다. 갑갑한 집 안을 벗어나 일식당에서 스시를 먹었다. '니팅 팩토리' 클럽에서 PJ 하비 공연도 보고, 톰킨스 스퀘어 공원에서 산책도 하고, 파티도 몇 번 갔다. 그러다가 그가 또 앓아누웠다.

이 패턴은 이후로도 몇 년 동안 계속 되풀이되었다. 론 제러미는 꽤 오랫동안, 어쩔 땐 아홉 달까지도 내리 건강하게 지냈다. 그 기간에는 우리 둘 다 수수께끼의 병에 대해 잊어버렸다. 그냥 외면했다. 우리는 인터넷에서 원인 모를 건강 문제의 해답을 절박하게 찾고 있는 사람들의 커뮤니티에 자주 들어가곤 했지만, 론 제러미가 괜찮을 때는 그 사람들을 인터넷에 남겨 두고 떠나 버렸다. 병을 과거의 그림자로 치부하고 싶었던 것이다. 자칫 잘못 건드리거나 너무 가까이 다가갔다가는 병에게 다시 덜미를 잡힐 것 같았다. 그래서 우리는 모른 척했다.

그러다가 결국엔 병이 또 도졌다. 론 제러미는 "또 그 구덩이에 빠졌다"고 표현했다. 그때마다 그는 몸져누웠고, 그대로 침대에서 몇 달쯤 앓았다. 침대에서 일어나 다시 움직일 수 있게 되기까지 세 달은 걸렸다.

그가 아플 때는 두 번 다시 낫지 못할 것처럼 느껴졌다. 나는 두 세계를 떠도는 것 같았다. 자유롭고 햇살이 비치는 바깥세상, 어둡고 텁텁하며 공포와 절망이 가득한 아파트 안 세상.

나는 어렸을 때부터 병원에서는 뭐든 고칠 수 있다고 믿으며 자랐다. 문제가 있으면 거기에 대한 진단이 있을 거고, 그러면 치료법도 있을 거라고. 론 제러미가 아플 때마다 우리는 병원에 갔지만, 아무리 검사해 봐도 결과는 모두 음성이었다. 우리는 어떤 견해라도 믿을 준비가 되어 있었지만 의사들은 우리에게 아무 견해도 제시하지 않았다.

"이건 하나뿐인 내 인생이잖아." 론 제러미가 말했다. "대체 무슨 일이 일어나고 있는 거지?"

그때 우리는 한 면역학자를 찾아가 기존과 다른 종류의 혈액 검사를 받아 보았다. 그녀가 말하기를 간 효소 수치가 높은 것은 병의 원인이 아니라 증상이라고 했다. 그녀가 내린 진단은 CFIDS/ME라는, 각종 만성 신경 면역 질환을 포괄적으로 지칭하는 개념이었다. 론 제러미의 경우엔 바이러스 부하가 크고, 탐지자 역할을 하는 세포들은 지나치게 왕성하며, 무엇보다도 유해한 세포를 죽이는 살생 세포가 심각하게 부족한 것이 문제라고 했다. 그의 몸은 보통 사람들처럼 감염과 맞서 싸울 수 없었다. 면역 체계가 망가져 있었던 것이다.

내가 이해하기로 인간의 면역 체계에는 세 종류의 세포가 있다. 우선 병을 찾아내는 탐지 세포가 있다. 그리고 몸에 병이 침입했다는 소식을 알리는 전령 세포가 있다. 마지막으로 그 소식을 받고 병을 물리쳐 주는 살생 세포가 있다. HIV에 감염되면 전령 세포들이 망가진다. 론 제러미의 경우 전령 세포들은 괜찮았다. 하지만 탐지 세포들이 노이로제에 걸린 듯 온갖 것을 뒤지고 다니면서 예전에 걸렸던 병이나 감기의 흔적들까지도 일일이 물고 늘어진 것이다. 마치 신경질적인 유대인 엄마들처럼. 그런데 그 신경질적인 유대인 엄마들이 메시지를 쏟아 내도 정작 그걸 전달받을 상대가 없었다. 살생 세포들이 있어야 할 자리에 없거나, 있더라도 살생을 안 했던 것이다.

어쩌면 론 제러미의 살생 세포들은 잔소리 듣는 게 지긋지긋해서 떠나 버렸는지도 모른다. 아니면 론 제러미의 신경질적인 유대인 엄마들이 허공에다 대고 소리치는 기분이라서 그렇게까지 잔소리를 늘어놓게 되었는지도 모른다. 결과적으로 그들은 자기끼리만 말하고 있었다.

그 면역학자의 이름은 수였다. 수는 80년대부터 다양한 유형의 만성 신경 면역 질환을 다루었다. 만성 라임병, 엡스타인-바 바이러스 등등. 그녀는 내가 그의 병에 전염될 위험은 없다고, 성적 접촉으로 옮을 수 있는 병은 아니라고 했다. 그리고 치료제는 아직까지 발견되지 않았다고도.

수는 다양한 방식의 처치법을 시도해 보겠다고 적극적으로 응해 주었다. 그녀가 다른 환자들에게서 일정한 효과를 보았던 방법들 그리고 나와 론 제러미가 인터넷 커뮤니티를 통해 알게 된 방법들을 동원해서. 우리는 수를 '심드렁쟁이'라는 별명으로 불렀다. 어떤 처치를 해 줄 때도 별 기대 없이 심드렁한 태도였기 때문이다. 하지만 나중에는 그녀의 회의주의에 고마워하게 되었다.

누군가가 절박한 처지에 있는 불치병 환자를 치료해 줄 수 있다고 하면 환자는 그 말을 믿게 된다. 수는 결코 자신이 론 제러미를 치료할 수 있다고 장담하지 않았다. 그런데 장담하는 의사들이 있었다. 어떤 의사들은 좋은 의도로 그렇게 말했지만 일이 말처럼 잘 풀리진 않았다. 또 어떤 의사들은 자신의 치료법을 부풀려 선전하고, 거창한 약속을 늘어놓고, 자기 자신의 목소리에 취하곤 했다.

이후 여러 해 동안 론 제러미는 치료법을 찾는 데 수천 달러를 쏟아부었다. 그는 극도로 독성이 높은 양약에서부터 동양의 전통 의술과 히피스러운 초자연적 치료법까지 섭렵했다. 아목시실린, 발사이트, 발트렉스, 넥사비르, 프로비질 등의 약물도 먹었다. 인체 성장 호르몬, 비타민 B12, Gc-MAF$^◊$를 내가 직접 주사로 투여해 주기도 했다.

HIV 환자는 아니지만 HIV 약물 두 가지(비리어드와 이센

◊ 단백질에서 유도된 대식세포.

트레스)도 동시에 복용해 보았다. 그의 면역 체계 한 부분에 이상이 있으니, 다른 부분에 작용하는 약물을 써 보면 효과가 있을지도 모른다는 가설에서 시도한 일이었다. 효과는 없었다.

테스토스테론 패치도 붙여 보았고, 프레드니손이라는 약, 녹차 추출물, 세인트 존스 워트라는 허브, 어유, 철분 보충제, 인삼도 먹었다.

루 박사라는 중국 의학자와 함께 고된 치료 과정을 거치기도 했다. 여섯 달에 걸쳐 일주일에 세 번씩 침을 맞았고 다양한 약초를 복용했다.

H 박사가 제안한 연어와 샐러드 식이요법, J 박사가 제안한 구석기 다이어트,◊ 글루텐 끊기, 유제품 끊기, 설탕 끊기, 그 외에도 여러 종류의 식품을 끊어 보는 식이요법을 시도했다.

E 박사를 통해 혈관에 단백질을 주입해 보기도 했다.

비타민 정맥주사를 맞았고, 코엔자임 Q-10, 프로바이오틱스, 무슨 버섯으로 만든 알약도 먹었다.

커피 관장도 해 봤다. 론 제러미는 욕실 바닥에 엎드린 채 엉덩이를 추켜세우고 나는 관장 주머니와 튜브를 통해 그의 항문으로 커피 한 주전자를 부어 넣는 방식이었다.

불교의 마음 챙김법과 명상법을 시도했고, 마음 챙김 명상법도 시도했다.

심리학자와 정신과 의사 들을 만나보고, 정신과 약물인

◊ 구석기 시대 인류의 식습관을 따라 곡류를 제외한 육류, 채소, 과일류로만 식단을 짜는 다이어트법.

이펙사와 렉사프로를 복용했다.

이때쯤 우리는 맨해튼에서 브루클린으로 이사 갔다.

기생충 요법이라는 것도 해 봤다. 우리는 론 제러미의 친구가 눈 대변을 터퍼웨어에 받아 와서 욕실에 놔두고 그 안에다 기생충을 길렀다. 그런 다음 그것들을 그의 피부에 연고처럼 발랐다. 그는 약간의 환각 체험을 했던 것 같다. 하지만 건강은 나아지지 않았다.

2008년은 특히 힘들었다. 론 제러미는 일곱 달을 내리 집에서 앓았고 우리는 결혼식을 앞두고 있었다. 미드타운의 앤티크 귀금속점에 주문한 반지를 찾으러 갔을 때, 택시를 타고 나를 만나러 온 그는 온몸이 불덩이가 되어 땀에 젖은 채 덜덜 떨고 있었다.

아무리 사랑하더라도 이런 병을 앓는 사람과 결혼한다는 건 쉬운 결정이 아니다. 나는 론 제러미의 병이 얼마나 심각한지 부모님께 내내 숨기고 있었다. 엄마와 같이 웨딩드레스를 맞추러 갔다가 도저히 못 하겠다는 생각이 들었던 게 기억난다. 탈의실에서 소리 없이 울고 있으니 엄마가 들어가도 되겠느냐고 물었던 것도.

론 제러미의 상태에 대해 엄마에게 솔직하게 털어놓은 건 이때였다. 그러자 엄마 아빠 모두 결혼을 다시 생각해 보라고 했다. 두 분은 론 제러미를 늘 좋아하셨지만, 그와의 결혼 서약이 내 인생을 어디로 데려갈지는 다른 문제였다. 부모님은 겁에 질렸다. 나는 내가 어떤 인생으로 걸어 들어가고 있는지 알았을까? 알고는 있었다. 하지만 몰랐다.

또 다른 어른들, 특히 내가 멘토로 생각하던 어른 한 분은 내게 두려움에 떠밀려서 결정을 내리지는 말라고 조언했다. 결국 나는 론 제러미와 결혼하기로 했다. 다른 건강한 남자를 만나는 것보다는 병든 론 제러미와 사는 편이 낫다고 판단했던 것이다.

결혼 상대가 어떤 사람인지 알고 결혼하는 사람이 과연 있을까? 사람은 변한다. 우리가 배우자로 선택한 사람이 10년 뒤에도 똑같은 사람일지는 알 수 없는 일이다. 그때 가서 그 사람이 어떻게 될지는 아무도 모른다. 당신은 10년 뒤의 자신이 지금과 같은 사람일 거라 생각하는가? 건강, 신체, 재정, 관심사, 정신 건강 등 모든 면에서?

당시 론 제러미와 나는 그의 병이 진행성인 줄 몰랐다. 우리는 그의 경우가 이례적이고, 심지어는 운이 좋은 편이라고 생각했다. 이런 종류의 병에 걸리면 1년 내내 침대 생활만 해야 하는 경우도 많으니까. 그런데 결혼하고 몇 년 살다 보니 병이 도지는 빈도가 점점 늘어 가 지금은 아프지 않은 날이 없을 정도에 이르렀다. 잠시나마 건강한 생활을 즐길 수 있었던 나날마저도 사라진 것이다. 그래도 이제는 컨디션이 가장 안 좋을 때라도 침대에서 부엌까지 걸어갈 수는 있다(그의 상태가 나아져서라기보다는 그저 요령이 붙은 것일 수도 있지만). 하지만 컨디션이 가장 좋을 때라도 밖에서는 겨우 몇 블록만 걸으면 도중에 멈춰 서서 쉬지 않고는 못 견딘다. 그는 앉을 만한 벤치나 짚을 만한 벽을 찾고, 동선을 짜면서 다닌다. 이제 그는 아프다 말다 하는 게 아니라 덜 아픈 상태와 더 아픈 상태를 오락가락하며 지낸다.

론 제러미의 병에서 내게 무엇보다도 슬픈 부분은, 머리가 멍해지는 증상 때문에 그가 그토록 좋아하던 것들을—훌륭한 소설 작품을 읽는 것도, 글을 쓰는 것도—못 하는 모습을 지켜보는 일이다. 책은 좀 읽긴 하지만 예전처럼 열성적으로 다독하지는 못한다. 글은 사실상 안 쓴다.

그의 병이 계속 악화되기만 할 줄 알았더라면 내 결정이 달라졌을까. 결혼할 당시 나는 병이 내 삶에 얼마나 많은 영향을 끼칠지 미처 몰랐다. 환자에게 더 알맞은 기후에서 살기 위해 국토를 횡단해 수천 킬로미터 너머 로스앤젤레스까지 이사 오게 될 줄도 몰랐다. 내가 얼마나 많은 일을 동반자의 도움 없이 혼자서 처리하게 될지도 몰랐다.

병과 함께하는 세월이 얼마나 길고 고될지, 때로는 얼마나 단조롭고 절망적으로 느껴질지도 몰랐다. 병이 우리 결혼 생활에서 또 다른 식구처럼 되리라는 걸—우리가 서로 떨어져 있을 때도 병은 항상 곁에 있는 존재가 되리라는 걸 몰랐다. 론 제러미는 내게 밖에서 친구들을 만나라고, 내 인생을 살라고 늘 격려해 주지만, 막상 내가 그렇게 하면 병은 내게 집에 있어야 한다고 말한다. 집에 가기 싫을 때도 있다. 병이, 그리고 병으로 인한 우울이 집 안을 가득 채우고 있으니까. 론 제러미가 우울하지 않을 때도 병은 그 자체로 늘 피부에 와닿는 우울로 자리하고 있다.

결혼식을 올리기 몇 달 전부터 론 제러미는 히드로코르티손 처치를 받았다. 우리가 써 본 갖가지 방법 중에서 효과가 있었던 건 그것뿐이다. 히드로코르티손은 장기간 투약할 게 아니라 비상용으로 쓰는 반창고에 가깝지만, 그래도 덕분에 2008년 가을과 2009년의 많은 시간을 그는 건강한 사람처럼 살았다. 우리는 여행을 다녔다. 스페인으로, 로마로. 바르셀로나의 중세 건물 안뜰에서 그를 향해 깡충깡충 뛰어가며 "이것 봐! 우린 아직 애들이야!"라고 말한 게 기억난다. 그때도 우리는 그의 병이 다 나은 것처럼 굴었다. 하지만 히드로코르티손의 효력은 멈춰 버렸고, 이후로 지금까지 론 제러미는 낫지 않고 있다.

환자와 함께 살려면 내가 가장 두려워하는 것들과 부대끼며 지낼 수밖에 없다. 그중 하나는 차분히 정신을 차리고 있는 것이다. 론 제러미가 극도로 무력할 때 곁을 차분히 지켜 주려면 우선 나부터가 내 곁을 차분히 지켜야 한다. 또 내가 두려워하는 것은 지루함, 절망, 그리고 살아 있어도 죽은 것 같은 감각이다. 만성 질환의 문제점은 진짜 존나게 지루하다는 것이다. 환자도 우울해지고, 옆에 있는 당신도 우울해진다. 운이 좋으면 함께 블랙 유머를 익힐 수는 있겠지만.

론 제러미와 내가 나누는 블랙 유머는 자살에 대한 농담이다. 우리는 그걸 자살의 기적이라 부른다. 론 제러미가 자살하고 싶어 할 때—그의 입장이 되면 누구나 그럴 것이다—나는 우리 가족 중에서 자살할 사람은 한 명뿐이어야 한다고, 그리고 미안하지만 그 한 명은 바로 나라고 말한다.

론 제러미는 병을 앓는 게 수치스럽다고 이야기한다. 나는 그가 왜 수치심을 느끼는지 이해가 안 돼서 늘 당혹스럽다. 병은 그가 자초한 일이 아니지 않은가. 그의 잘못이 아니다. 하지만 문제는 나 역시 수치심을 느낀다는 것이다. 때로는 내가 환자 남편을 둔 것이 내 가치를 보여 주는 척도인 것만 같다. 그래, 나 따위는 당연히 아픈 남편을 얻어도 싸지, 감히 건강한 사람과 결혼할 주제가 못 되지, 이런 식으로.

가끔 친구들의 남자 친구나 남편을 보면 그들이 해내는 일이 경탄스럽다. 그들은 아기를 안고 다닐 수 있다. 계획을 짤 수도 있고, 계획을 취소하지도 않는다. 하지만 나는 그 남자들 중 누구도 원하지 않는다. 여전히 나는 론 제러미를 원한다.

병의 정체가 모호하다는 점도 내게 수치심을 주곤 한다. 사람들은 그의 병이 어떤 건지 파악하고 싶어 한다. 그런데 '유명'하지도 않고 규정하기도 쉽지 않은 병이다 보니 나는 온갖 해괴한 질문을 맞닥뜨리게 된다.

여느 병이라면 구구절절 설명할 필요가 없었을 것이다. 사람들이 "정말 안타깝네요" 한 마디만 하고 넘어가 줬을 테니까. 설명 없이도 재깍 알아들었을 테니까. 하지만 우리에게는 사람들이 어디까지나 좋은 의도로, 자신이 의사라도 되는 양 의견을 밝힌다. "침은 맞아 봤어요? 저도 맨날 피곤해서 침 한번 맞아 볼까 하는데." "셀리악병일 수도 있어요." "칸디다 아니에요?" "녹즙은 마시고 있어요?" "그냥 우울증 때문에 그런 것 아니에요?" "저번에 NPR 방송에 그런 이야기가 나오던데." "PBS 방송에서 들었는데……."

만약 론 제러미가 암에 걸렸다면 글루텐 프리 식단으로 치료하라는 말을 들을 일은 없었을 것이다. 가끔 나는 사람들이 그의 병이 진짜라고 믿어 주기는 하는지 궁금하다. 내가 바깥 활동을 하면서 그가 함께하지 않을 때가 너무 많으니, 내가 남편을 상상으로 꾸며 낸 것이라고들 생각하는 건 아닐까.

재수 없는 소리지만 나는 유명한 병에 걸린 배우자를 둔 사람이 부럽다. 론 제러미의 병을 위해서는 후원용 고무 팔찌가 제작되지 않는다(그렇다고 그 못생긴 걸 차고 싶다는 뜻은 아니다). 환우와 함께하는 걷기 대회도 없다. 모금 행사도 없다. 론 제러미도 자신이 차라리 HIV 환자였다면 나았을 것 같다고 말한 적이 있다. 적어도 효과가 있는 치료법들이 있지 않은가.

나는 내 존재가 론 제러미의 병으로 규정되지 않길 바란다. 사람들이 나를 만날 때 남편 건강은 좀 어떠냐고 물어보지 않으면 좋겠다. 나는 남들에게도, 나 자신에게도 힘들지 않은 척한다. 동정받고 싶지 않으니까. 행복하고 싶고, 좋은 삶을 살고 싶으니까. 나는 슬프지 않고 싶다. 아니, 내가 슬퍼하고 싶은 것들에 대해서만 슬프고 싶다. 하지만 인생은 그런 식으로 굴러가는 게 아닌 모양이다.

어쩔 때는 엄청난 절망감에 휩싸이는데 이유가 생각이 안 나기도 한다. 병과 슬픔을 연결 짓는 법을 잊어버리는 것이다. 그래서 내가 왜 슬픈 걸까 생각하다 보면, 이 슬픔이 걷잡을 수 없는 슬픔이고 영영 떠나지 않을 것 같아서 덜컥 겁이 난다. 앞날이 없는 것만 같다.

보통 내 나이대의 기혼자들에 비해 나는 병에 대해 훨씬 많이, 예민하게 지각하며 사는 것 같다. 병 때문에 죽음, 현실, 어둠과 일상적으로 부대끼며 지낸다. 죽음에 대한 생각을 많이 한다. 론 제러미가 언젠가 죽게 되리라는 생각. 사실 그는 어떤 면에서는 이미 죽은 셈이라는 생각. 그리고 나 역시 연약한 사람이고, 언젠가는 죽을 테고, 우주의 시간으로 따지면 이미 죽은 셈이라고 생각하게 된다.

나는 병의 단조로움과 어둠을 피해 경쾌한 것 안에 숨고 싶다. 뭔가 경박하고 젊은 것. 젊은 기분을 느끼고 싶다. 론 제러미와 나 사이의 열 살이라는 나이 차가 병 때문에 더욱 힘겹게 다가오기 때문이다. 게다가 병은 내 삶의 시간 역시 흘러가고 있다는 사실을 자꾸만 의식시킨다. 나는 허영심이 많다. 늙는 게 무섭다.

연애한 지 5년 됐을 때 결혼을 앞두고 우리는 폴리아모리 방식의 관계를 시도하기로 결정했다. 그런 결정을 내린 것이 단순히 그의 병 때문은 아니었지만, 나는 그 영향도 없잖아 있었다고 생각한다. 사람이 맨날 아프다 보면 안 아픈 시간들을 악착같이 붙잡아서 최대한 즙을 짜내고 싶어지는 법이다. 그리고 배우자가 아프면 경박한 즐거움을 누리고 싶어진다.

론 제러미가 리오에서 결혼을 앞둔 친구의 총각 파티에 가기로 했을 때의 일이었다. 그가 리오에 클럽 같은 개념의 성매매 업소들이 있다고 이야기하길래, 나는 그런 데 한번 가보는 게 어떻겠냐고 넌지시 권했다. "당신이 그런 경험을 하더라도 나는 정말 괜찮을 것 같아." 나는 진심이었다. 그리고 정말로 괜찮다는 것을 알게 되었다.

하지만 나는 묻고 싶은 게 있었다. 만약 론 제러미가 리오에 간다면, 그리고 리오에 아예 눌러앉게 된다면, 나는 어떻게 되나?

그때부터 우리는 폴리아모리를 시작했다. 스와핑을 하진 않았다. 전혀. 우리는 각자의 성생활을 독립적으로 유지했다. 그리고 지켜야 할 규칙도 있었다. 다만 각자에게 주어진 규칙의 내용은 서로 달랐다.

론 제러미에게 내가 요구한 규칙은 나 아닌 누군가와 섹스할 가능성이 생기면 사전에 나와 합의해야 한다는 것이었다. 리오 건 같은 경우는 '유만가', 즉 유료 만남 가능성이라고 지칭하기로 했다. 또한 사후에는 그가 겪은 일 전부를 내게 이야기해 줘야 했다. 그렇게 해서 나는 통제권을 쥔 기분을 얻을 수 있었다. 아무것도 모르는 채 집에 방치된 아내가 되는 건 내가 가장 두려워하는 사태였다. 나는 로커 룸에서 동료와 신의를 다지는 하키 선수 같은 입장에 서고 싶었다(우리는 로커 룸이 아니라 부엌에서 신의를 다지고 있었지만).

나아가 론 제러미의 혼외 섹스는 국외에서만 가능한 것으로 제한했다. 딱 한 번 예외가 있었다. 뉴욕에서 있었던 아주 특별한 경우였는데, 이때만큼은 그가 미국 안에서 상대방과 관계를 나눌 수 있도록 허용해 주었다. 하지만 만나는 횟수를 두 차례로 제한하는 조건을 걸었다. 그가 그 여자와 연애까지 하는 것은 원치 않았기 때문이다. 두 번까지 만나고 나면 관계가 정리가 됐든 안 됐든 거기서 끝내야 한다고 했다. 론 제러미는 관계를 정리했다.

내게 주어진 규칙은 달랐다. 나는 내가 원하는 누구하고든(우리 부부 모두와 아는 친구는 제외하고), 어디서든(우리 부부의 집은 제외하고), 무엇이든 내 마음대로 할 수 있었다. 론 제러미는 그런 것에 대해 알고 싶어 하지도 않았다. 나는 내 인생을 내가 선택한 방식대로 살 수 있었고, 내가 선택한 누구하고든 섹스할 수 있었다. 하지만 그 이야기를 론 제러미에게 시시콜콜 떠들면 안 된다는 조건이 붙었다. 남자의 심리에 대해 그에게 조언을 구하려고 해서도 안 됐다(남자 애인의 마음을 도무지 종잡을 수 없을 때 문제에 대한 해답을 알고 있을 법한 남편을 바로 옆에 두고도 물어보지 않기란 쉽지 않다). 론 제러미와 같이 쓰는 컴퓨터에 자지 사진 같은 걸 남겨 둬도 안됐다(아이쿠). 모든 걸 나 혼자서만 간직하고 처리해야 했다.

마지막으로 우리 둘 다 지켜야 할 규칙이 있었다. 항상 안전한 섹스를 할 것, 그리고 우리의 사랑을 지킬 것. 사랑을 지킨다는 게 구체적으로 무슨 뜻인지는 정해 두지 않았다. 다만 나는 이런 뜻이었다고 생각한다. "다른 사람과 사랑에 빠지지 마. 나를 떠나지 마."

그렇게 우리 관계를 폴리아모리로 합의했지만, 나는 첫 두 해 동안은 다른 사람과의 관계를 시도하지 않았다. 감정적으로 감당할 엄두가 나지 않았기 때문이다. 나는 중독자의 머리와 열여섯 살 소녀의 마음을 가진 사람이다. 20대 초반, 론 제러미를 만나기 전까지 나는 걸핏하면 사랑에 빠지고, 사랑으로 끙끙 앓고, 사랑에 목을 매면서 살았다. 그 시절을 생각하면 새로운 사람을 만났을 때 그 사람에게 목매지 않을 자신이 없었다. 자칫하면 감정에 휩쓸릴 것 같았다.

하지만 결혼하고 나서부터는 내가 그걸 감당할 자신이 있고 없고는 문제가 아니게 되었다. 결혼식을 올리고 바로 다음 날부터 나는 우울해졌다. 론 제러미와 결혼해서 우울한 게 아니었다. 누군가의 아내가 된다는 게 우울했다. 이제 나는 다 끝났다는 생각이 자꾸만 들었다.

나는 로맨틱 코미디를 보지 않는다. 결혼이 해피엔딩이라는 환상은 내게 없었다. 결혼한다고 해서 영화가 끝나는 게 아니라는 걸 나는 잘 알았고, 결혼을 행복한 엔딩으로 꿈꿔본 적도 없다. 하지만 그게 다였다. 결혼을 꿈꿔 본 적이 한 번도 없다는 것. 나는 실망하기보다는 혼란스러웠다. '아내'가 된다는 게 대체 무슨 뜻이지? 그 단어는 내게 너무나 징그럽고, 고루하고, 한계에 갇힌 느낌을 주었다. 아내가 되고 싶지 않았다. 그래서 나는 다른 관계를 시작했다.

패턴은 대체로 비슷했다. 우선은 나보다 어린 남자가 내게 접근하거나, 내가 나보다 어린 남자에게 접근했다(나는 연하가 좋았다. 연상 남자는 이미 내 옆에 있으니까). 그러면 나는 내가 연애 가능한 상태라고, 또는 그에게 관심이 있다고 알려 주었다. 이 과정에서 내 의사를 조심스럽게 에둘러 표현할 필요가 없었다. 이미 남편이 있으니 새로운 남자에게 거절당하더라도 상관없다는 자신감이 있었기 때문이다. 만약 면전에서 거절당한다 해도 세상 모든 남자에게 거절당한 기분에 사로잡히지는 않을 터였다. 나를 받쳐 주는 안전망이 있으니까. 게다가 남자들은 섹스를 정말로 좋아해서, 내가 제안했을 때 거절하는 남자는 여태껏 한 명도 없었다.

그런데 좀 하다 보니 문제가 생겼다. 섹스가 별로였거나 상대방에게서 매력을 못 느끼면 넌더리가 났고 좀 슬퍼지기까지 했다. '내가 지금 이 짓을 왜 하고 있나' 싶고. 하지만 정작 섹스가 즐거웠고 상대방이 정말로 섹시하고 지적이라면, 그래서 내가 그 사람의 특성들을 천재적이고 근사한 무언가로 부풀려 생각할 정도가 되면, 그를 일시적인 섹스 파트너로 가볍게 넘기지 못하게 되었다. 감정에 휩쓸려 버리는 것이다.

내가 처음으로 혼외 섹스를 한 상대는 헌터라는 남자였

다. 헌터는 내가 누군가에게 누드 사진을 보낼 때 내 얼굴이 드러나지 않도록 찍어야 한다고 일러 주었다. 무척 친절한 조언이었다. 나는 어느 연말연시 파티에서 헌터를 만났는데, 그때는 게이인 줄 알았다. 그가 바니스 뉴욕 백화점에서 일한다고 했고 자기 자지가 얼마나 큰지 떠벌렸기 때문이다. 그런데 여자한테 오럴해 주는 솜씨도 진짜 좋다고 말하길래 나는 속으로 "와, 안녕? 반가워"라고 생각했다.

우리는 한 달 동안 함께 어울리며 길거리에서 서로를 더듬었고, 그의 아파트에서 두 번 섹스했다. 그의 자지는 크고 휘어 있었다. 그리고 장담했던 대로 오럴을 진짜 잘했다. 하지만 내가 긴장이 충분히 풀리지 않아서 오르가즘에 이르지는 못했다.

나는 헌터에게 집착하면서 그의 문자를 기다리게 되었다. 그가 천재적인 예술가 청년이라는 식의 망상도 품었다(헌터는 가끔 옥상에서 기괴한 영상물을 만들곤 했다). 하지만 그는 사실 머리를 알록달록하게 염색하기를 좋아하는 IT 업계 쪽 청년에 가까웠다. 어느 날 밤 그에게 만나자고 연락했더니 미안하다고, 지금은 혼자 비디오게임을 하는 중이라 안 된다고 했다. 그때 나는 그와의 관계가 내게 감정적으로 위험하다는 사실을 깨달았다.

그다음에는 창작 수업에서 만난 폴이라는 남자가 있었다. 폴도 처음 봤을 때는 게이인 줄 알았다. 그래서 어느 날 밤 지하철 플랫폼에서 남자 친구가 있느냐고 물었더니, 폴은 질겁하면서 자신이 헤테로섹슈얼이라고 밝혔다. 다음 날부터 그는 끈덕지게 나를 쫓아다녔고 내 페이스북 담벼락에 "헤테로가 뭔지 보여 줄게"라는 글을 남기기도 했다. 우리는 길거리에서 서로를 더듬었다(나는 게이처럼 보이는 남자애랑 길에서 애무하는 걸 좋아한다). 하지만 그는 한 번도 나랑 섹스하려고 하진 않았다.

폴과 나는 몇 달간 드문드문 문자 연락을 주고받았다. 그는 별안간 잠적하기 일쑤였다. 그때마다 나는 그에게 집착했다. 결국 그 문제를 따져 물었더니 폴은 아무래도 유부녀와 만나기는 어렵겠다고 이야기했다. 그가 정말로 게이였는지, 고지식한 헤테로였는지, 아니면 그냥 도덕적인 사람이었는지는 모르겠다. 어쨌든 나랑은 안될 사이였다.

그다음에는 브랜든이 있었다. 오토바이를 타고 다니는 롱아일랜드 출신 청년. 나는 중년 여자와 연하남을 맺어 주는 cougarlife.com이라는 사이트에서 그를 만났다. 그때 나는 겨우 서른 살이었지만 아마도 병 때문에 실제보다 늙은 기분이 들었던 것 같다. 브랜든과 나는 그의 오토바이를 같이 타고 달렸다. 그의 밴 안에서 섹스도 했다. 롱아일랜드에 가서 그와 함께 살고, 그가 자동차 수리점에서 일하는 동안 집안일을 하면 어떨까 하는 상상에 빠져들기도 했다. 브랜든이 원한 건 그런 게 아니었을 테지만.

애덤이라는 남자도 있었다. 매력적이긴 했다. 하지만 그는 찰스 부코스키를 좋아했다. 곤란한 취향이었다.

톰은 나한테 동정을 줬다. 그가 내 질을 찢다시피 하길래, 나는 다음 여자에게 더 부드럽게 해 주려면 어떻게 해야 하는지 조언을 건넸다.

네이선은 내가 정말로 좋아한 남자였다. 발기가 도통 되지 않았지만. 네이선은 나랑 하면서 한 번도 완전히 발기한 적이 없었는데, 어째서인지 사정은 15초 만에 할 수 있었다.

매슈는 네이선을 잊기 위해 만나기 시작한 남자였다. 나는 매슈랑 길거리에서 서로를 더듬었다. 그리고 매슈에게 반해 버렸다.

벤이라는 남자는 근사하고 외모도 곱상한, 진짜 게이였다. 우리는 몇 시간 동안 키스를 했고, 실존주의라든가 그가 좋아하는 캘리포니아 남자애에 대한 이야기를 나눴다.

이 모든 관계 속에서 나는 10대가 된 기분이었다. 흥분, 실연의 아픔, 강박적인 심리 분석, 밀고 당기는 게임 사이에서 획획 휘둘리는 나날이 이어졌다. 원래 내가 원한 것은 남편도 두고 동시에 어린 남자 첩들도 거느리는 거였다. 온전히 나에게 헌신하고 언제든 내가 부르기만 하면 달려와 주는 애첩들을. 별로 공정한 발상은 아니다. 아니지, 그런 걸 바라는 마음 자체가 공정하지 못할 거야 전혀 없다. 뭘 바라든 내 마음이니까. 하지만 유부녀를 좋아하는 젊은 남자들이란 여자가 부르면 언제든 달려와 주는 부류의 남자는 못 되는 모양이다.

그 남자들과의 경험으로 우리 부부 관계가 위태로워진 적은 없다. 오히려 더 뜨거워지기만 했다.

누군가와 장기적인 관계를 나누다 보면 상대방을 제대로 보지 못하게 되곤 한다. 상대방이 하나의 독립체로 보이지가 않는 것이다. 하나의 가능성으로 보였던 사람이 언젠가부터는 내 소유물로 보인다. 혹은 그 사람이 사라질 가능성을 보지 못하게 된다고 해야 할까. 사람과 사람 사이에는 간극이 있고, 두 사람이 서로를 만나려면 그 간극을 넘어야 한다. 저 사람이 나를 사랑하는지, 문자를 보내 줄지, 나를 좋아하는 게 맞는지 등의 의심으로 가득 찬 간극을. 우리는 그 간극 안에서 섹스하거나, 그 간극 너머로 섹스한다. 그런데 장기적인 관계에 접어들면 우리는 우리가 소유한 것처럼 느껴지는 새로운 공동 공간에서 섹스하게 된다. 아니, 어쩌면 그 공동 공간 자체가 우리 사이에 있던 바로 그 간극인데, 그 안에 들어가서 섹스하고 있으니 간극이 더 이상 보이지 않는 것인지도 모른다.

그런데 폴리아모리를 실천하자 나는 남편과 섹스하는 것도, 내게 남편이 있다는 것도 내가 선택한 일임을 계속해서 상기하게 되었다. 내가 만난 새로운 남자들이 나와 별개의 개인이듯 내 남편도 마찬가지였다. 그 남자들 하나하나를 새로운 시선으로 보면서 론 제러미도 매번 새로운 눈으로 볼 수 있었다.

게다가 론 제러미가 다른 여자와 섹스할 때, 나는 그 여자의 입장에서 그가 어떻게 보일지 상상하게 되었다. 다른 여자가 그를 욕망한다고 생각하면 기분이 좋았다. 그러자 나도 더욱 그에 대한 욕망을 느꼈다.

우리 부부 관계에 위협을 끼칠 뻔했던 혼외 관계를 꼽자면 드미트리우스와의 연애가 유일할 것이다. 그는 내 마지막 애인이었다. 다른 연애들과 달리 드미트리우스와 나는 단시간에 불붙은 사이가 아니었다. 우리는 각각 미 대륙의 양쪽 끝에 떨어져 살았고, 1년에 걸쳐 섹스팅과 로맨틱한 이메일을 주고받다가 가끔씩 뉴욕의 호텔에서 만나 정사를 나눴다. 우리의 의사소통에도, 섹스에도, 유대감에도 모두 영적인 교감이 있었다. 그와의 유대감이 너무나 강하고 그에 대한 생각이 너무나 나를 압도적으로 사로잡았던 나머지, 급기야는 내 결혼 생활의 본질에 의문을 품게 되었다.

나는 드미트리우스와 론 제러미를 구분 지으려고 안간힘을 썼다. 세 달에 한 번 꼴로 보는 사람과 매일같이 얼굴을 맞대고 사는 사람을 비교하기는 힘들다. 사실상 알지도 못하는 사람을 11년 동안 함께한 사람과 같은 선상에 놓고 비교하기는 힘들다. 드물게 보는 사람일수록 더 좋아 보이는 법이다. 그 사람의 결점까지 볼 틈이 없으니까. 그 사람은 자신의 가장 좋은 면모만을 보여 줄 테니까.

드미트리우스의 경우가 그랬다. 나는 그와 함께 만든 공상의 비누 거품 안에서 그의 경이로운 면모만을 보았다. 그러다 드미트리우스가 떠나면 그 부재 속에서 그를 더더욱 경이로운 존재로 상상하게 되었다. 드미트리우스에게 느끼는 감정을 왜 론 제러미와의 관계에서는 느낄 수 없는지 의문스러웠다. 론 제러미에 대한 사랑은 어째서 드미트리우스와의 새로운 로맨스만큼 짜릿하고 자극적이지 않을까? 머리로는 이해할 수 있었다. 하지만 마음은 의문에서 헤어나지 못했다.

설령 내가 독신이었더라도 드미트리우스에 대한 열망을 정리하기는 쉽지 않았을 것 같다. 그건 모든 걸 집어삼키는 열망이었다. 내 삶은 왜, 그 어떤 것도, 드미트리우스와의 관계처럼 반짝반짝 빛나지 않는지 회의감마저 들었다.

그래서 나는 내 사생활을 남편에게 비밀로 유지하겠다는 규칙을 깨고 모든 걸 털어놓았다. 다른 사람을 사랑하게 됐다고. 론 제러미의 표현에 따르자면 "내 정부를 삶에 끌어들였다"고. 우리는 5년간의 폴리아모리 생활을 끝내고 모노가미로 돌아가기로 결정했다. 그러지 않고서는 드미트리우스와 헤어질 자신이 없었다. 바람피우면 안 된다는 규정이라도 없다면 뭐 하러 그와 헤어지겠는가?

이렇게 모노가미로 돌아오고 나서 폴리아모리 결혼 생활에 대해 터놓고 이야기하니 마음이 편하다. 폴리아모리 생활을 하던 당시에 헤테로 여자 친구들에게 이 이야기를 하면 그들은 내가 미쳤거나, 너무 이상적이거나, 진짜 감정을 부정하고 있다고 여겼다. 어떤 친구들은 위협감을 느꼈을지도 모른다. 남편이 말 못할 욕망을 갖고 있을까 봐. 아니면 자기 자신도 말 못할 욕망을 갖고 있을까 봐. '원래 그런 거'라고 생각했던 기존의 상태가 꼭 그러지 않아도 되는 것으로 바뀔까 봐.

사람들은 어차피 늘 외도를 한다. 폴리아모리는 모노가미를 대체할 성공적인 방편이 될 수 있다. 폴리아모리를 한다고 해서 모든 문이 활짝 열리고 모든 게 흩어져 날아가고 무규칙 상태가 펼쳐지는 게 아니다. 무슨 주지육림을 벌일 필요는 없다. 1970년대 크루즈 유람선의 난교 파티나 오리건에서 대마를 키우는 히피 공동체 같은 데 들어갈 필요도 없다. 나 같은 사람들도 폴리아모리를 시도한다.

물론 게이들은 이해해 주었다. 게이 친구들은 내가 폴리아모리 관계를 꾸린다는 걸 자랑스러워했다. 내가 '프랑스'적이라는 둥, '진보적'이라는 둥, 헤테로섹슈얼 세계를 밝히는 등대라는 둥. 나와 론 제러미가 모노가미로 돌아가기로 했다고 친구들에게 밝히자 헤테로 친구들은 "축하해!"라고 반응한 반면, 게이 친구들은 실망하는 눈치였다.

론 제러미와 내가 앞으로도 쭉 모노가미 부부로 살 성싶지는 않다. 우리 관계는 계속해서 진화한다. 모노가미와 폴리아모리 사이의 선택을 의논할 일이 몇 번이고 생길 것이다. 여러 요인이 있겠지만 그의 건강 문제가 하나의 요인이 될 것이다.

그렇다. 폴리아모리는 나 같은 상황에서 위안과 방어기제로 작용할 수 있다. 론 제러미의 병 때문에 나는 영영 친구들과 같은 방식의 결혼 생활을 꾸려 갈 수 없으니까. 친구 부부들의 일상을 보면, 음 그래, 난 저렇겐 못 사는구나, 싶은 생각이 든다. 부부가 같이 피트니스 센터에 다니고, 장도 같이 보고, 모든 걸 함께하는 삶. 그렇다고 해서 내가 꼭 그들처럼 살고 싶은 것은 아니다. 다만 또 다른 방식의 삶을 가질 수 있다는 생각이 위로가 된다는 것이다. 그리고 나와 론 제러미처럼 전통적인 결혼 제도를 불편해하는 사람들이 있을 것이다. 그런 사람들은 서로를 남편과 아내보다는 단순히 사랑하는 사람으로 보는 게 나을 수도 있다.

로스앤젤레스로 옮겨 온 것은 론 제러미와 내게 좋은 선택이었다. 환자가 지내기에는 뉴욕보다 로스앤젤레스가 편하다. 아픈 사람이 도시 내를 이동하기가 한결 수월하고, 길을 걸을 때도 인파에 떠밀릴 일이 없다. 원래는 이곳 날씨가 그의 건강에 도움이 될까 해서 이사 온 것이지만. 로스앤젤레스의 햇빛이 병을 치료해 주지는 못했어도 그는 뉴욕에서보다 삶을 더 많이 누리고 있다.

최근에 우리는 유대인 식당에 갔다. 론 제러미는 엄청나게 많은 양의 음식을 시켰다. 그중에는 크니시°도 있었는데,

내가 시키지 말라고 한 메뉴였다. 다음 날 그가 요즘 살이 찐다고 불평하길래 "그러게 크니시는 먹지 말라고 했잖아"라고 했더니, 그는 결혼 생활에 대한 에세이에서 그 말을 제목으로 쓰면 딱 좋겠다고 했다.

나는 부엌으로 들어가서 론 제러미와 키스한다. 입을 벌리고, 남편이 아닌 남자에게 키스하듯이. 아니, 남편에게 키스하고는 있지만 '남편'과 '아내'라는 단어가 우리 사이에서는 무언가 다른 것을 의미한다고, 나 자신의 두려움 속에서 인지하는 의미와는 다른 뜻이라고 생각하면서.

지금 이 순간, 남편에게 키스할 때는 앞으로도 영원히 입을 벌리고 하겠다고 다짐한다. 지금 이 순간 그의 모습을 이대로 정지시키고 싶다. 짙은 눈썹, 자다 일어나 섹시하게 헝클어진 머리카락, 잠기운이 묻은 눈. 하지만 우리는 사랑하는 사람을 우리가 보는 모습 그대로 정지시킬 수 없다. 아무리 간절히 원하더라도. 나중에 나는 다시 입을 닫고 남편에게 키스하게 될 것이다. 심지어 마음까지 닫고 키스할 날도 있을 것이다.

나는 우리의 사랑을 위해 기도한다. 내가 언젠가 닫힌 마음으로 키스하더라도 내 마음이 다시 열릴 수 있기를. 남편에게 욕망을 느낄 때면 내가 남편을 욕망할 수 있다는 사실이 다행스럽다. 결혼 생활에서 서로를 늘 새로운 눈으로 볼 수 있다면 그 이상 무엇을 바라겠는가? 사랑하는 사람은 우리 눈에 아예 안 보이게 되기 십상이다.

◊ 감자, 쇠고기 등에 밀가루 반죽을 입혀 튀긴 유대 요리.

불안 아래에는 슬픔이 있네, 하지만 누가 거기까지 내려가겠어

내 범불안장애는 어렸을 때부터 쭉 있었고, 공황장애는 나중에 생겼다. 그런데 불안의 기저에 우울이 있다는 것은 오랜 세월이 지나고서야 깨달았다. 불안과 우울은 동전의 양면이다. 나는 내가 우울한 줄 미처 몰랐는데, 사실 내 안에는 슬픔, 실망, 절망감, 공허감의 바다가 늘 있었다. 불안은 그 우울에 대응하기 위한 기제였던 것 같다. 불안이 고조시키는 감각들이 비록 무시무시하긴 하지만, 나로서는 그 아래의 우울을 맞닥뜨리는 것보다는 불안해하는 편이 차라리 나았던 것이다.

어릴 적부터 나는 여느 아이들에 비해 극단적으로 무서운 생각을 많이 하는 편이었다. 부모님이 편찮으시면 암에 걸린 거라고 생각했다. 내 눈에 뭐가 들어가면 각막이 긁혀서 평생 안 나을 거라고 생각했다. 수학여행 도중에 발목을 삐었을 때는 꼼짝없이 발을 절단해야 하는 줄 알았다. 나는 죽어 가고 있고 내가 사랑하는 사람들도 모두 죽어 가고 있다고 생각했다. 그건 물론 사실이지만, 죽음이 내 생각처럼 그렇게 빨리 닥쳐오진 않았다.

내게 불안장애가 생긴 특별한 계기는 없다. 불안은 그저 항상 내 주위를 떠돌며 어딘가 내려앉을 데를 찾고 있었다. 아주 사소한 사건도 불안이라는 양분을 빨아들여 무시무시한 생각으로 자라날 수 있었고, 그런 사건들을 토대로 내 공포는 더욱 생생하게 구체화되었다. 불안장애가 있는 사람에게는 평범한 일상보다 드라마틱한 상황이 어떤 의미에서는 더 편안하게 느껴진다. 드라마틱한 상황에서는 세상이 내 불안에 맞장구쳐 주니까. 그런 상황이 벌어지지 않으면 평범한 일상을 드라마틱하게 바꾸게 된다.

내 불안이 한 가지 대상에 초점을 맞추기 시작한 것은 열두 살 때 불에 관한 악몽을 꾼 이후였다. 우리 집에 불이 나서 가족들이 불타고, 그들을 구할 사람은 나밖에 없는 꿈이었다. 나는 그 꿈을 자꾸만 반복해서 꾸다가 이윽고 같은 내용의 백일몽과 환상도 보게 되었다. 그래서 나는 엄마를 졸라서 비상용 사다리를 내 방에 두기로 하고, 사다리 조립하는 법을 배워 식구 모두가 2층 창문으로 탈출할 계획을 짰다. 유리창을 깰 때 창문에다 집어던질 가구도 미리 정해 두었다. 내 환각이 현실이 될 수도 있으니 대비해 둬야 했다.

내 불안이 홍수, 허리케인, 지진 등 수많은 자연재해를 제쳐 두고 왜 하필 화재를 선택했는지는 잘 모르겠다. 시적인 관점에서 보면 불은 열정, 섹슈얼리티, 파괴와 재생을 상징한다. 당시 나는 자위를 자주 하고 남자애들한테 끌리기도 하는 등 성적인 감각에 눈을 뜨고 있었는데, 그런 내 욕망이 가족을 파괴할 거라는 느낌이 들었는지도 모른다. 내 욕망이 스스로 수치스러워서 그런 두려움이 생겼을 수 있다. 그리고 시적이지 않은 관점에서 보자면 불은 워낙 불안이 자리 잡기 쉬운 장소다. 시각적으로 생생하면서도 고통스러운 죽음을 초래하니까.

열세 살부터는 불안의 대상이 홀로코스트로 옮겨 갔다. 유대인인 나는 아주 어린 나이부터 홀로코스트의 이미지들을 절대로 잊지 못하도록 깊이 주입당하며 자랐다. 내가 다니던 유대인 학교에서 어느 날 교장 선생님이 우리를 강당에 불러 모으더니 불을 모두 끄고는 유리병들을 바닥에 내리쳐 깨부쉈다. 크리스탈나흐트 사건◊을 '실감나게 인지시킨다'는 명목에서였다. 어느 단체 여행을 갔을 때는 선배들이 우리를 오두막에 가둬 놓고는 그곳이 아우슈비츠라며 거기서 절대로 못 나올 거라고 했다. 시오니스트였던 조부모님은 유럽에서 일어나는 네오나치 운동을 경고하곤 했다. 그리고 엄마의 집 청소를 도와주러 오던 타냐라는 아주머니는 KKK단을 다룬 텔레비전 시사 프로그램에 대해 이야기하기를 즐겼다. 아주머니는 홀로코스트가 얼마든지 다시 일어날 수 있다고 했다. 바로 이곳에서 일어날 수도 있다고, 일어나고야 말 거라고.

나는 게슈타포가 우리 집에 쳐들어오는 환상에 사로잡혔다. 환상 속에서 우리 가족은 서로 찢어져서 엄마 아빠는 수용소로 향하는 기차로 끌려갔고, 나와 여동생은 또 다른 기차의 침상에 꼭 맞붙어 누워 있었다. 동생은 빼빼 마른 채 죽어 가고 있었다.

타냐 아주머니는 또다시 홀로코스트가 벌어지면 나를 숨

◊ 1938년 11월 9일 나치 대원들이 독일 전역의 유대인 상점을 약탈하고 유대교 사원에 방화를 일으킨 사건.

겨 주겠다고 했다. 고마운 말이었다. 하지만 그때 내가 피하고 싶었던 건 나 자신이었다. 당시 나는 이차성징이 늦어지는 것 때문에 굉장히 불행했다. 젖살이 안 빠지고, 가슴도 전혀 안 나오고, 생리 주기는 들쑥날쑥했다. 그뿐 아니라 나는 학교로부터도, 학교의 친구들 무리로부터도 숨고 싶었다. 여름방학 동안 친구들이 내가 찌질해 보인다는 이유로 나랑 놀지 않기로 정해 버렸기 때문이다. 불안 증세와 친구들의 따돌림은 서로를 먹고 먹으면서 더욱 크게 자라났다. 그 애들에게 말을 걸 때면 미움받을까 봐 두려워 말끝에서 괴상한 웃음을 터뜨리곤 했고, 그러면 아이들은 더더욱 나를 무시하기 일쑤였다.

친구들 무리에서 따돌림당하면서 무엇보다도 괴로웠던 것은 내 단짝 친구도 같이 잃어버렸다는 점이었다. 그 전해까지만 해도 우리는 같이 잘 놀았고 친구네 아빠의 『플레이보이』 잡지를 들춰 보는 데 재미를 붙였다. 우리는 한방에서 그 잡지들을 보며 자위하곤 했다. 서로를 만져 준 건 아니었다. 그 애는 침대에서, 나는 바닥의 침낭에서 각자 했다. 우리가 경험했던 건 성적인 교감이 아니라 일종의 인간적 유대감이었다. '나는 이걸 해. 너도 이걸 하지. 난 괜찮아. 그러니까 너도 괜찮은 거야.' 친구는 심지어 내게 자기 브래지어를 하나 빌려주기도 했다. 그걸 입고 자위하면 더 섹시한 기분이 들었기 때문이다. 그때 나는 아직 브래지어가 없었다.

그런데 이제 걔는 그 짓이 역겹다고 했다. 내가 역겹다고. 걔는 자위를 그만뒀다. 대마초를 피우기 시작했고 새 단짝 친구도 사귀었다. 나는 자위를 그만두지 않았다. 하지만 나 혼자 남은 기분이었다.

고립감 속에서 나는 이상한 예감을 느꼈다. 바트 미츠바 성인식◊ 때까지만 잘 참으면 그 이후에는 홀로코스트도 막을 수 있고 동시에 친구들도 모두 되찾으리라는 예감이었다. 기묘하게도 내 예감은 들어맞았다.

나는 8학년 늦가을에 바트 미츠바를 치렀다. 그러자 별안간 모든 여자애가 나보고 '너무 멋있다'며 다시 나를 좋아해 주었다. 남들에게 '멋있어' 보이는 사람이 되려면 외부 홍보가 필요한 경우가 있다. 미국식 바트 미츠바가 딱 그런 종류의 홍보 행사다. 내가 선택한 노래(뮤지컬 「헤어」에 나오는 '렛 더 선샤인 인')가 장내에 흘러나오는 가운데 입장해 행진했다. 가족들이 내게 갈채를 보냈고 손님들의 기립 박수가 쏟아졌다. 고마운 사람들을 기리기 위한 촛불 의식 때 나는 친구들을 위한 촛불도 붙여서 그 애들에게 '경의'를 표해 주었다. 그때쯤 걔들은 나를 따돌린 걸 미안해하고 있었을 것이다. 내가 특별한 존재라는 환상도, 사춘기의 우정도 그렇게 되살아났다.

홀로코스트에 희생될 위험에서 안전하다는 환상도 되살아났다. 그런 파티를 치른 내게 무슨 끔찍한 일이 일어날 수 있겠는가? 영화 「쉰들러 리스트」는 여전히 볼 엄두를 못 냈지만, 그래도 환각 증세는 잦아들었다. 바트 미츠바 예식은 아이에서 여자가 되는 의미라고 한다. 내게는 그저 다시 괜찮아진다는 의미였다.

고등학교 때부터는 불안을 섭식장애로 풀었다. 나는 거식

◊ 유대교에서 바트 미츠바는 성년으로 인정받은 여자를 뜻하며, 여자들은 열두 살이 되면 바트 미츠바가 되었음을 기념하는 성인식을 치른다.

중을 앓으면서 칼로리를 계산하고 머릿속으로 분주하게 수를 헤아리는 데 집착했는데, 이 습관은 내 두려움을 집중시키기에 딱 알맞은 대상이었다. 그러다 열일곱 살부터는 약물과 술에 맛을 들였다. 그건 내게 진짜 해결책으로 다가왔다.

약물과 술은 내 인생에서 만난 것 중 최고였다. 난생 처음으로 내가 지구상에 있어도 괜찮고 나 자신이 완전히 편안하다는 느낌이 들었다. 대마초는 내 뇌를 놀이터로, 탐험할 만한 새로운 땅으로 만들어 주었다. 독주, 맥주, 와인은 내가 늘 찾아 헤매던 평화를 주었다. 환각제를 통해서는 다른 인간 존재들과 연결됨으로써 "여기 뭐가 어떻게 돼 가는 거야?"라는 질문을 드디어 입 밖으로 던질 수 있었다. 엑스터시는 타인들을 모름에도 불구하고 타인들과 결합되는 경험을 제공했다. 암페타민은 내 몸을 깡마르게 유지해 주고 슬픔이 내게 범접할 수 없도록 쫓아내 주었다. 벤조디아제핀과 아편제는 내가 세상에 휘둘리지 않게 지켜 주었다.

술과 약물은 내게 새로운 단짝 친구가 되어 주었다. 그 친구들은 나를 내 생각에서 지켜 줄 수 있었다. 세상은 외롭거나 무섭거나 가혹한 곳이 아니라 황홀한 곳이 되었다. 친구들만 곁에 있으면 아무도 나를 건드릴 수 없었다. 그런데 불안은 끝끝내 약물과 술을 피해 내게 들어오는 길을 찾아내고야 말았다. 아니면 내 편에서 환각제와 대마초를 하다가 슬슬 눈치채게 된 것인지도 모른다. 이곳에서 뭐가 어떻게 돼 가고 있는지 모를 뿐 아니라, 행복은커녕 오히려 암울한 일이 벌어지고 있을지도 모른다는 것을. 그때 나는 처음으로 공황 발작을 겪었다.

공황 발작을 처음 일으킨 것은 스물한 살 때 임신중절을 한 직후였다. 나는 사회적으로나 정치적으로나 매우 자유주의적인 집안에서 자랐다. 중절에 대한 수치심이나 편견 같은 건 전혀 없었다. 그래서 생리 예정일을 이틀쯤 넘겼을 때 내가 임신했다는 사실을 알고는 아무렇지도 않게 가족계획연맹◊에 전화를 걸었다.

나는 최대한 빨리 그걸 내 몸에서 떼어 내고 싶었다. 나를 임신시킨 남자애는 대마초를 즐겨 피우고, 티셔츠 소매를 찢어서 젖꼭지가 다 보이는 탱크톱으로 만들어 입고 다니는 녀석이었다. 나는 그의 애를 가질 생각이 없었다. 내가 중절 수술을 하던 날 그는 LSD를 하고 싶은데 그래도 되냐고 묻기나 했다.

내 친구 애나가 가족계획연맹까지 차로 데려다주었던 것이 기억난다. 내가 무서워하지 않았던 것도 기억난다. 상담 제의를 거절했던 것도. 상담 같은 걸 받아서 뭐 하나 싶었다. 그리고 산부인과 수술대쯤으로 보이는 물건 위에 누웠던 게 기억난다. 의사의 귀고리가 예쁘다고 칭찬했던 것도, 메인주에 대해 이야기를 나눴던 것도. 그리고 무슨 약을 투여받고 의식이 꺼져 들었던 것도 기억난다.

정신을 차려 보니 열다섯 명 정도의 여자들이 모여 있는 방 안에 있었던 게 기억난다. 어떤 여자들은 울고 있었고, 어떤 여자들은 토하고 있었다. 속이 메슥거리고 욕지기가 났던 것도 기억난다. 하지만 무엇보다도 강하게 기억나는 것은 메

◊ 생식과 출산에 관한 의료 서비스를 제공하는 비영리기구.

슥거림과 욕지기에 내가 느꼈던 두려움이다.

애나와 같이 차에 탔던 게 기억난다. 나 자신이 연약해질 수 있게 놔두었던 건 그때가 처음이었던 것 같다. 기숙사에서는 아무에게도 내게 무슨 일이 있었는지 말하고 싶지 않았던 게 기억난다. 그날 밤 친구들은 다 놀러 나가고 나 혼자 남아 대마초를 피우고 술을 마셨던 것도 기억난다. 그러다가 불현듯 내가 지옥에 떨어지는 환각을 보았다. 그 공포가 어디에서 나왔는지 알 길이 없었다. 나는 지옥을 믿지도 않았다. 하지만 공포는 거기에 있었다. 지성이 아니라 어딘가 다른 데서 나오고 있었다. 그때 내가 보았던 어둠이 기억난다. 내가 어떤 선을 넘어섰으며 다시는 그 뒤로 돌아갈 수 없다는 기분이 들었던 것도 기억난다.

몇 주 뒤에 나는 나를 임신시켰던 애랑 걔 엄마와 함께 저녁을 먹으러 갔다. 걔네 엄마가 이야기하던 게 기억난다. 내가 음식을 입에 넣던 것도 기억난다. 그런데 별안간 음식이 삼켜지지 않았다. 음식을 삼키면 질식할 것 같아서 무서웠다. 뭐가 어떻게 된 건지 알 수가 없었다. 음식 삼키는 법을 까먹은 걸까? 먹던 걸 냅킨에 뱉어 내야 할지, 어떻게든 삼켜 봐야 할지 망설여졌다. 그런데 삼킬 수가 없었을 뿐만 아니라 급기야는 숨 쉬는 법도 기억나지 않았다. 이게 내가 겪은 첫 공황 발작이다.

이후 몇 년 동안 공황 발작은 점점 더 잦아졌다. 증상은 현기증, 아드레날린 급증, 질식, 빈맥 등이었고, 무엇보다 끔찍한 건 사람들이 플라스틱 모형으로 보이는 초현실적인 환각이었다. 나는 이 사태를 어떻게든 다스려 보려고 술을 점점 더 많이 마셨다. 그게 공황 발작인 줄도 몰랐다. 내가 알았던 건 다만 매일 아침 잠에서 깨고 10분 뒤면 죽어 가는 느낌이 든다는 것이었다. 나는 나 자신을 타일렀다. '어제도 죽어 가는 것 같았지. 하지만 죽지 않았잖아. 그러니까 오늘도, 죽어 가는 것 같은 느낌이 들어도 죽진 않을 거야.' 하지만 이성으로는 공황 발작을 이길 수 없었다.

　나중에야 알게 되었지만 그 증상은 내 안에 처리되지 않고 남아 있던 불안과 아침마다 일어나는 알코올 금단증상이 혼합된 결과였다. 나는 그걸 일시적으로라도 진정시키려고 술을 더 먹었고 그 술이 다음 날 또 금단증상을 불러왔다. 정신과에서는 공황 발작 진단을 내리고 벤조디아제핀을 처방해 주었다. 그러자 나는 벤조디아제핀과 알코올 모두에 의존하게 되었다. 매일 밤 의식을 잃었다. 낯선 침대에서 깨어났다. 보드카 때문에 혈관이 너무 얇아져서 다리가 멍투성이가 되었다. 술이나 약을 먹지 않고는 아무것도 할 수 없었다. 맨정신으로 다른 사람과 커피를 마시러 가는 건 상상도 할 수 없는 일이었다. 나는 약이나 술로 맛이 가 있거나 아니면 죽어 가는 기분에 시달리거나 둘 중 하나였다.

　알코올이나 약물에 중독됐을 때 특히 슬픈 것은 내게 너무나 아름답고 성스러워 보였던 것이 흉측하게 변해 버린다는 점이다. 내 목숨을 구해 주고 세상을 황홀하고 살 만한 곳으로 만들어 주었던 것이 나를 공격하는 것이다. 알코올과 약물은 너무나 완벽하게 작동했지만 어느 시점부터는 더 이상 듣지 않았다. 나는 그 아름다운 세상으로, 괜찮은 상태로 돌아가려고 안간힘을 쓰고 또 썼다.

내가 언젠가는 풀어야 할 매듭을 단단히 조이고 있다는 건 알고 있었다. 내가 점점 더 시궁창에 빠져들고 있다는 걸 알고는 있었다. 하지만 만약 당신이 내 입장이었다면, 나와 같은 압도적인 감정에 시달렸다면, 당신도 술을 마실 수밖에 없었을 것이다. 나 같은 상황이 되면 누구나 맛이 갈 수밖에 없다. 술을 마시지 않는다는 선택지는 내게 불가능했다.

술을 끊은 건 스물다섯 살 때였다. 나는 요가를 시작했다. 그때는 몰랐지만 내게 요가를 가르쳤던 리사 선생님과 야스민 선생님은 술을 끊은 지 30년쯤 된 사람들이었다. 나는 매일 숙취에 절어서 수업에 갔다. 선생님들은 내 땀구멍에서 새어 나오는 술 냄새를 맡으면서도 부드럽게 내 몸을 구부려 자세를 잡아 주곤 했다. 그러던 어느 날 선생님 한 분이 내게 중요한 말을 했다. "술을 마시지 않아도 괜찮잖아요." 내 반응은 이랬다. "그러게요. 그렇네요." 바로 그거였다. 그 한마디 덕분에 나는 새로운 단계로 나아갔다.

그로부터 몇 달 뒤 나는 힘든 주말을 보냈다. 대단한 일이 있었던 건 아니다. 그냥 스물다섯 살짜리 알코올 및 약물중독자가 통상적으로 보내는 종류의 주말을 보냈다. 절대로 다시는 섹스하지 않으리라고 맹세한 사람의 침대에서 잠을 깼고, 내게 어디 있냐고 묻는 남자 친구에게 거짓말을 했고, 절대로 다시는 섹스하지 않으리라고 맹세한 사람을 끌고 약국에 간 다음, 처방약 조제 창구 앞에 줄지어 기다리는 사람들 사이에서 땀을 뻘뻘 흘리며 이제부터는 맥주만 마시겠다고 결심했다. 그리고 오전 열한 시에 맥주를 마셨다. 저녁에는 독주를 마시기 시작했다. 밤에는 또 맛이 갔다. 새벽 세 시에 택시를 타고 집에 갈 때 내 손에는 암스텔 라이트 맥주 한 병이 들려 있었다. 차마 그걸 두고 내릴 수 없었다. 그 귀중한 음료를 낭비하는 걸 신께서 금지하셨기 때문이다. 그게 내 마지막 술이 되리라는 걸 그때는 몰랐다.

다음 날 아침 다시 요가 수업에 나갔다. 그때 내게 정확히 무슨 일이 일어났는지 모르겠다. 머릿속에서 요가 선생님의 목소리가 들렸다. 그녀는 아무 말도 하지 않았는데 목소리가 들렸다. "술을 마시지 않아도 괜찮다"던 그녀의 말이 떠올랐다. 중독자로 사는 동안 내겐 수많은 별명이 따라붙었다. 술꾼, 폭음녀, 꽐라녀 등등. 하지만 술을 마시지 않아도 괜찮다니, 그런 말은 아무도 해 준 적이 없었다. 내 안에서 무언가가 딸깍하고 풀어지는 듯했다. 정말로 술을 안 마셔도 되는 건 아닐까, 하루만 안 마셔 보면 어떨까 하는 생각이 들었다.

요가가 끝난 뒤 사람들과 같이 브런치를 먹으러 갔다. 술은 안 마셨다. 미친 짓이었다. 나는 언제 어디서든, 심지어 음주가 금지된 구역에서도 술을 마셨다. 그런데 음주가 허가된 브런치 식당에서 어떻게 술을 마시지 않을 수 있었을까? 그건 내게 일어난 첫 번째 기적이었다. 다음 날에도 나는 술을 먹지 않았다. 그다음 날에도.

물론 모든 중독을 끊은 건 아니었다. 약은 여전히 먹었다. 처방받은 약도, 처방받지 않은 약도. 한동안 멀리했던 대마초도 다시 피웠다. 뉴욕주 북부에서 난롯불 앞에 앉아 모르핀에 취해 해롱거리면서 '술 안 마시고 사니까 진짜 좋다'고 생각했던 게 기억난다.

그러던 어느 날 내가 살던 동네인 이스트빌리지에서 집으로 걸어가던 길에 어떤 사람들을 만났다. 어느 교회 앞에 한 무리의 사람들이 담배를 피우며 서 있었다. 대부분 게이 남자였다. 때는 화요일 밤 여덟 시 삼십 분이었고, 나는 그들이 예배에 가려는 건 아니리라고 짐작할 수 있었다.

나는 그 남자들한테 뭐 하는 사람들이냐고 물었다. 물어볼 생각이 왜 들었는지는 모르겠다. 그게 두 번째 기적이었다.

남자들은 자기들이 누구인지 대답했다. 세 번째 기적은 내가 그들을 따라 교회로 들어간 것이었다.

그날부터 지금까지 나는 술도, 약물도 하지 않았다.

그 사람들이 정확히 누구인지는 여기에 적지 않겠다. 나는 그들의 대변인이 아니니까. 다만 그들 덕분에 술을 끊었고 지금까지도 금주를 지키고 있다고만 말하겠다. 당신이 사는 마을이나 도시에도 아마 그들이 있을 것이다. 어쩌면 당신도 이미 그들을 알고 있을지 모르겠다. 도저히 모르겠다면, 그리고 정말로 알고 싶다면 sosadtoday29@gmail.com으로 내게 이메일을 보내 물어보라. 일대일로 알려 주겠다.

술을 끊으니 아침마다 일어나던 금단증상이 사라졌다. 잠에서 깨고 20분 동안 죽어 가는 느낌에 시달리던 것도 그쳤다. 그래도 불안은 이따금씩 불쑥 튀어나왔다. 세상이 지나치게 선명해 보였으니까. 어떤 감정이 북받쳐 오르면 내가 미쳐 가고 있다고 생각했다. 그때까지 내 감정의 맥락을 파악할 기준은 오로지 약물밖에 없었는데, 더 이상 약이나 술을 섭취하는 패턴의 변화로 내 감정 변화를 설명할 수 없게 되자 내가 회까닥 돌고 있거나 아니면 죽어 가느라 그렇다고 생각하게 된 것이다.

지금도 나는 내 감정들이 매우 무섭고 그것들이 나를 죽이지 않을 거라고 확신하기가 어렵다. 공황 발작은 예전처럼 매일같이 일어나지는 않는다. 하지만 주기적으로 찾아온다. 괜찮을 때는 몇 달쯤 별 문제 없이 잘 지내고, 그럴 때는 공황이 다시는 안 올 것처럼 느껴진다. 그러다 어느 날 갑자기 엄청난 공황이 들이닥치는데, 그러고 나면 나는 겁을 먹고 그 겁이 또다시 공황을 불러오면서 일련의 주기가 이어진다.

　　그리고 이젠 혼자 있을 때는 공황 발작이 잘 일어나지 않는다. 사람들과 같이 있을 때만 문제가 생긴다. 내 안에서 무슨 일이 일어나고 있는지 사람들이 알아보고 흠잡을까 봐 두려워서. 내가 온전하지 못할 뿐 아니라 괜찮지도 못하다는 사실을 들킬까 봐 두려워서. 내가 정말로 안 괜찮다는 걸 남들이 다 알아챌 것만 같아서. 하지만 내가 만나는 대부분의 사람은 내가 속으로 몸부림치는 걸 눈치채지 못한다. 내가 겉으로는 미소 짓고 있으니까. 괜찮아 보이려고 온갖 수단과 방법을 동원해 곡예를 펼치고 있으니까. 육체적으로, 감정적으로, 정신적으로, 영적으로, 실존적으로. 그러면서 속으로는 질식하고 있는 것이다.

　　결혼식 전날 밤에도 이런 공황 발작이 일어났다. 거의 환각적인 체험이었다. 부모님·시부모님과 함께 저녁 식사를 하는 자리에서였는데, 부모님이 늦어져서 우리끼리 먼저 이야기를 나누고 있었다. 시어머니가 후추에 대해 무언가 이야기했다. 나는 정신이 나가 있었다. 어떻게 저 아줌마가 한가하게 후추 이야기나 하고 있는지 도저히 이해가 되지 않았다. 나는 우리 모두가 진짜라는 게, 저마다 몸 위에 천을 걸치고는 어떤 물체 주위에 둘러앉아 있다는 게, 그러면서 왜 그래야 하는지 이유도 모른다는 게 너무나 기괴하다는 생각을 멈출 수가 없었다.

그러다 부모님이 마침내 도착했는데 두 분을 보자마자 울음이 터져 나왔다. 부모님의 얼굴을 보니 그때껏 한 번도 느껴 본 적 없는 안도감이 밀려드는 것이었다. 나는 어른들께 양해를 구하고 화장실에 가서 하염없이 흐느껴 울었다. 이제와 생각해 보면 그때 나는 인생의 한 단계를 떠나 새로운 단계에 접어드는 데서 비애를 느꼈던 것 같다. 부모님 집에서 독립한 지 이미 10년도 지난 시점이었지만, 한 명의 여자에서 누군가의 아내가 된다는 건 무언가 원초적이고 근본적인 변화였다. 그 변화는 나 자신보다도 더 컸다.

울고 나니 기분이 나아졌다. 그제야 나는 식탁으로 돌아가 인간으로서 기능한다는 것이 무슨 의미인지 혼란스러워하지 않고 인간답게 기능할 수 있었다. 내 불안의 기저에 거대한 슬픔이 있었다는 사실을 처음으로 인지한 것도 바로 그때였던 것 같다. 그 슬픔을 억누를 때면 나는 그저 존재하는 것 자체가 두려워서 몸서리를 쳤다. 나 자신과 싸움을 벌였다. 하지만 일단 눈물을 쏟고 나면 기분이 나아졌다.

그로부터 몇 년 뒤 유난히 고통스러운 공황 발작 기간이 찾아왔다. 공황은 몇 달간 계속되었고 도무지 잦아들 기미가 안 보였다. 나는 이대로 영영 제정신을 잃게 될까 봐 겁이 났다. 일하려고 책상 앞에 앉아 있으면 숫제 몸이 덜덜 떨렸고, 평소에 쓰던 응급 처치를 시도해도──내가 의지하는 전자책에서 봐 둔 발작 대처 요령을 따라해 본다든가, 주치의에게 약을 늘려 달라고 요청한다든가—아무 소용이 없었다.

그러자 친구 하나가 아는 주술사가 있다면서 한번 찾아가보라고 권했다. 뉴욕에 주술사라니, 말만 들어도 미친 소리 같았다. 게다가 돈도 많이 들었다. 하지만 나는 절박한 처지였다. 그리고 친구는 그 주술사에게 도움을 받아 오랜 세월 자기 안에 맺혀 있던 것을 풀고 있다고 했는데, 그 이야기에 믿음이 갔다. "너도 치유될 수 있어. 나는 내가 앞으로 조금씩 나아지거나 내 문제들이 약간 고쳐질 수는 있어도 가장 깊숙한 곳에 맺혀 있는 응어리만큼은 절대로 안 풀릴 줄 알았어. 그런데 진짜 최악의 문제도 치유할 수 있지 뭐야. 영원히 떨쳐버리는 거야."

주술사를 만나러 가면서 가장 무서웠던 점은 여러 시간 동안 낯선 사람과 일대일로 긴밀하게 교류해야 한다는 거였다. 이때쯤 나는 불안이 너무 심해서 상대방이 누구든 간에 내가 어떤 상태인지 알 만큼 가까이 다가올 수 있는 거리에서 일대일로 만나는 일 자체가 무서웠다. 주술사가 나를 재단할까 봐 무서웠다. 그럼에도 나는 끝끝내 로워이스트사이드에 위치한 그녀의 작은 사무실에 도착했다. 거기엔 각종 원석과 크리스털이 가득했고, 고양이도 한 마리 있었다. 고양이 덕분에 안심이 됐다. 그나마 내가 붙잡을 수 있는 무언가였으니까.

주술사는 아일랜드인이었다. 그녀는 내게 육체적으로 어디가 어떻게 불편한지 물었다. 나는 지금 당장 내 갈비뼈부터 목 부위까지가 폭발할 것 같은 기분이라고 말했다. 심장마비 같은 감각은 아니었다. 그보다는 가슴속에 상실감이 꽉 차올라 풍선처럼 부푼 느낌이었다. 내가 무엇을 상실했는지는 알 수 없었지만.

그러자 주술사가 말했다. "그 증상은 불안 같지는 않은데요. 우울인 것 같군요."

그녀는 불을 끄고 무슨 기도문을 외우고는 대천사 몇 명과 대화를 나눴다. 그런 다음 내게 눈을 감고 대천사들에게 말을 걸어 보라고 했다. 나는 이게 뭐 하는 짓인가 싶었지만, 돈을 많이 냈으니까 어쨌든 시키는 대로 했다.

나는 미카엘 대천사를 택했다. 미카엘에 대해 아는 바는 전혀 없었다. 그때나 지금이나 나는 미카엘에게 별다른 애착이 없다. 그냥 그때 내 머릿속에 떠오른 이름이 그 이름이었을 뿐이다.

주술사는 미카엘이 내 몸에 들어가도 되겠느냐고 물었다. 나는 "뭐, 그러든지요"라는 식으로 대꾸했다. 주술사는 내게 미카엘을 따라가 보라고, 그리고 무엇이 보이는지 알려 달라고 했다. 또한 다른 육신 또는 존재가 나를 소유하거나 내 안에 자리 잡는 데 거부감이 든다면, 그런 거부감은 마음 한편에 제쳐 두라고 했다. 우리 모두의 안에는 다른 육신이나 존재가 깃들어 있다고, 사람은 누구나 자신이 소유한 것도 아니고 자기 영혼도 아닌 것들을 품고 있게 마련이라고. 그중에는 우리가 다른 사람들에게서 가져온 것, 이를테면 어디선가 배운 지식이 있을 거라고 했다. 그리고 저주도 섞여 있다고 했다. 예컨대 부모가 아이에게 윽박지를 때마다 그 아이에게 저주가 깃드는 셈이라나.

주술사와 미카엘과 나는 내 흉골 안에서 박쥐 한 마리, 쥐두 마리, 그리고 방패 모양의 무언가를 찾아냈다. 주술사는 미카엘에게 천국으로 가는 배를 마련해 달라고, 그것들을 배에 태워 내 밖으로 내보내 달라고 부탁했다.

박쥐와 쥐들은 쉽게 떠났다. 녀석들은 자기가 내 안에 있는 줄도 몰랐다. 그리고 방패 모양의 무언가는 내 친가 쪽에서 전해 내려온 존재였다. 그 존재는 신랄한 조롱기로 가득했고, 자신이 나를 지켜 주려고 그 자리에 있는 거라고 믿고 있었다. 내 흉곽 안에는 스노 글로브처럼 생긴 무언가가 있었는데, 그게 내 '영혼의 구슬'이었고 방패 모양의 존재는 그걸 지키려 애쓰고 있었다. 문제는 방패 모양의 존재가 내가 상처받지 않게 보호해 주기는 하지만 동시에 빛도 들어오지 못하게 막고 있다는 점이었다.

주술사는 방패 모양의 존재에게 방패의 언어로 말을 걸었다. 그 언어는 영어였다. 주술사는 그 존재가 머물 집은 내가 아니라고, 이제 내 안에서 떠나도 좋다고 알렸다. 그러자 방패 모양의 존재는 울면서 내 몸을 떠났다.

주술사는 이제 내 안이 텅 비었다고 말했다. 하지만 내 중심부는 계속 비어 있지 않을 거라고, 나 자신으로 다시 채우게 될 거라고 했다.

주술이 끝나고 나올 때 나는 비로소 숨통이 트이는 기분이었다. 하지만 그 기분이 오래가지는 않았다. 내가 본 박쥐, 쥐, 방패가 진짜였는지 아닌지는 모른다. 다만 그것들이 원형적인 상징이었다고는 생각한다. 그때 나는 비몽사몽간의 최면 상태였고, 그래서 의심을 거두고 그런 형상들을 볼 수 있었던 것이리라. 그런데 만약 주술사 말대로 우리가 외부에서 가져온 관념이나 고통이 우리 안에 실재한다면, 그녀는 주술을 행하는 과정에서 무언가를 빠뜨린 모양이다. 내 안에는 여전히 그런 것들이 드글드글한 느낌이니까.

내가 주술사에게서 얻은 것 한 가지는 내 감정을 우울이라고 표현할 수 있는 능력이었다. 그 전까지는 한 번도 그렇게 생각해 본 적이 없었다. 주치의와 상담할 때 주술사를 만난 이야기를 하면서 "저한테 우울이 있다고 하더라니까요"라고 하자 주치의는 "오 그럼요, 당연히 우울이 있죠"라고 반응했다. 나는 "음, 그 얘기를 진작 해 주셨으면 좋았을 텐데요"라고 반문했다. 아마도 주치의는 그제껏 우리가 나눴던 불안에 대한 이야기가 우울도 의미한다는 걸 내가 알고 있다고 생각했던 듯하다.

나는 여전히 힘들었다. 일할 때는 특히 그랬다. 하지만 약간 도움이 되는 대처법을 개발해 냈다. @sosadtoday라는 트위터 계정을 만들고 내가 죽어 가는 것처럼 느껴질 때마다 익명의 트윗을 써 올렸다. 심연에다 대고 트윗하는 셈이었다. 팔로우는 딱 세 명만 했다. 트위터라는 괴상한 공간에서 내가 흠모하는, 그러나 내 개인 계정으로는 팔로우하지 않는 사람들이었다. 대처법은 이게 다였다.

내가 느끼는 감정을 그렇게 우주로 전송하는 일은 단순히 일기를 쓰는 것과는 다른 효과를 불러일으켰다. 안도감이었다. 전송 버튼을 누르는 순간 분비되는 도파민 덕분이었는지도 모르지만, 내 안에 있던 것들이 조금씩 움직이면서 밖으로 빠져나가는 느낌이 들었다. 그러면서 팔로워 수가 급속도로 늘어 갔고, 계정의 규모가 점점 커져 갔다.

그러다 진짜 희한한 일이 일어났다. 나를 온통 뒤덮었던 불안과 우울이 걷히기 시작한 것이다. 그 대신 내 일상에는 트윗의 소재로 삼을 만한 슬픔이 늘 도사리고 있다는 것을 깨달았다. 그 전까지 나는 삶이 그토록 슬프다는 걸 한 번도 인정해 본 적이 없었다. 내가 슬프다고 시인하면 그 슬픔이 진짜가 되어 버린다고 생각했기 때문인 것 같다. 그러면 루저가 되는 기분이었다. 세상에 슬프고 싶은 사람이 누가 있겠는가? 하지만 오랜 시간 인정하지 않고 억눌러 왔던 그 모든 슬픔이, 내가 붙여 둔 반창고를 비집고 올라오고 있었다. 슬픔은 그동안 불안과 우울을 통해 밖으로 빠져나오려 비명을 질러대고 있었던 것이다.

갈수록 팔로워가 불어나는 @sosadtoday 계정에 내 감정들을 퍼 올리다 보니 루저가 아니라 그 정반대 존재가 되는 기분이 들었다. 나는 인기를 얻고 있었다. 더구나 내 진실을 통해서. 나는 그동안 너무나 비루하다고만 생각했던 내 예민한 감정들을 사람들 앞에 떳떳이 내보이고 즐길 수 있게 되었다. 끊임없이 인정받고 싶어 하는 욕구, 실망감, 나 자신이 징그럽고 뚱뚱하고 못생겼다는 기분 등등. 그리고 '우리는 왜 여기 있을까?' '그게 무슨 의미가 있지?' 같은 근본적인 의문들도. 내가 솔직해질수록 더욱 많은 사람이 공감했다. 이제 보니 어마어마하게 많은 사람이 삶과 죽음을 두려워하고, 그 두려움을 덮으려 무언가를 시도했다가 실패해 실망하고, 그래서 어쩔 수 없이 근원적인 슬픔으로 회귀하며 살아가고 있었다.

이 주제에 대해 어떤 트위터 계정들은 내가 보기엔 멍청하기 그지없는 말을 해 댄다. "우울하거나 슬프면 그냥 자리에서 일어나 춤을 추세요." 우울한 사람에게 이딴 미친 개소리를 하면 안 된다. 내가 경험한 바로는 차라리 자리에 앉아 나를 이해해 주는 사람들과 서로의 경험을 공유하는 편이 훨씬 도움이 되었다. 내가 효과를 본 방법은 내 곤경을 통해 나 자신을 웃기고, 인터넷의 은총을 빌려 다른 사람들도 웃게 하는 것이었다.

우리가 살아 있는 경험, 그 존재성이란, 미래에 닥칠 죽음의 비존재성과 연관되기 때문에, 혹은 연관되지 않기 때문에, 혹은 연관이 있으면서도 없기 때문에 때로는 우리에게 너무나 아프게 다가오는 것 같다. 어쩔 때는 살아 있는 게 너무나 아파서 죽고 싶어진다. 나는 죽는 게 무섭고 슬픈데, 그것이 바로 내가 겪는 아픔의 일부다.

어째서 우리는 이 진실을 두루 살피고 인정하지 못할까? 그럴 여력이 없기 때문일 것이다. 우리가 두렵거나 슬프지 않을 때는 그 진실에서 도망치니까. 생각하고 싶지 않으니까.

내 안에는 슬픔의 바다가 있고, 나는 평생 그 바다를 막을 댐을 쌓아 왔다. 나를 그 바다에서 구원해 줄 무언가가 있으리라고 상상하면서. 하지만 어쩌면 바다 그 자체가 궁극적인 구원일지도 모른다. 직선적인 사고방식에서 벗어나 감정의 세계에 빠져 보는 것이다. 왜 아무도 내가 태어났을 때부터 이 이야기를 해 주지 않았을까? "네 슬픔의 바다를 즐겨. 거긴 두려워할 게 아무것도 없어"라고 누군가가 알려 주었더라면 이제껏 그 많은 댐을 쌓을 필요도 없지 않았을까? 나와 같은 사람들은 자기 안의 바다를 다루는 능력이 남들보다 부족하거나, 남들보다 조금 더 많은 것을 보고 느낄 수 있어서 더욱 겁에 질리는 것 같다. 그래서 옷 같은 댐을 쌓는 것이다. 하지만 댐은 아무리 쌓고 또 쌓아도 무너질 수밖에 없다. 댐은 무너지고 바다가 다시 말을 걸어 온다. "나는 살아 있어. 이건 진짜야." "나는 죽을 거야. 이건 진짜야."

'오늘 너무 슬픔'이라는 제목을 붙였더니 불안과 우울을 주제로 한 완벽한 에세이를 써야 한다는 압박감이 든다. 하지만 내게 불안과 우울을 몰고 오는 것이 바로 완벽이라는 환상이다. 완벽주의는 미세한 체온 변화를 일으키고, 호흡을 흐트러뜨리고, 급기야 공황 발작을 불러온다. 내 능력을 선보여야 하는 사람들 앞에 있을 때면 특히 그렇다. 공황 발작이 시작되는 징후들—숨이 가쁘고 가슴이 갑갑해지고 현실감이 떨어지는 것—은 그저 감각이다. 내가 거기에 얼마나 겁을 내면서 대처하느냐에 따라 그 감각들은 고조될 수도 있고 사라질 수도 있다. 지금까지 나는 보통 겁을 냈다.

물론 내 불안과 우울이 순전히 완벽주의 때문만은 아니다. 그 외에도 체내 화학작용, 민감한 감성, 인생 내력, 양육 과정, DNA 등의 원인이 있다. 그리고 사람들이 너무 깊이 생각하지 말라고 하는, 실존적이고 신비로운 의문들도 있다. '내가 왜 여기 있지?' '이게 다 뭐지?' '내가 죽게 되나?' '지금 당장 죽는 걸까?' '지금 당장 죽는다면 그게 끝일까?' '지금 당장 죽지 않는다면 이게 다일까?'

참 희한한 일이다. 우리가 여기에 살아 있다니. 왜 살아 있는지도 모르는 채로 살고, 그 사실을 모른 척하면서 각자의 일을 하러 다닌다니. 다 같이 서로를 마주보면서 "씨발, 이게 뭔 상황이지?" 이러고 있을 수도 있었을 텐데.

완벽주의의 이름으로, 나는 이 글에서 내 불안과 우울의

역사를 최대한 직선적인 서사로 서술하려 노력했다. 사람의 표면에서 일어나는 일들을 이해하는 데는 그 방식이 대다수 사람에게 친숙할 테니까. 그래도 나는 이 글이 직선적인 서사를 조금이나마 초월했기를 바란다. 그래서 당신이 내 "씨발 이게 뭐야"스러운 상황에 공감하고, 당신의 상황에 대해서도 마음이 조금 편해질 수 있었기를. 내가 당신에게 원하는 건 나를 좋아해 주는 것밖에 없다. 물론 이건 겁에 질린 여자의 표현 방식이고, 내가 진정으로 원하는 건 내가 아직 지구상에 발 딛고 있는 동안—어쩌면 이 지구를 떠난 뒤에도—당신과 깊고 진실한 차원에서 연결되는 것이다.

감사의 말

다음의 분들에게 사랑과 감사를 드립니다.

나를 이끌어 준 사라 바이스
설렘과 떨림을 준 케라 프레이스
에이전트 이상의 역할을 해 준 메러디스 카펠 시모노프
최고의 편집을 해 준 리비 버턴
예기치 못한 근사한 친절을 베풀어 준 『바이스』의 조너선 스
　미스
인터넷의 어두운 구석에서 나를 찾아내 준 '오늘 너무 슬픔'
　의 초기 팔로워 여러분
10대 여러분, 난 여러분이 제일 좋아!!!
내 속을 뻥 뚫어 준 리즈 펠리, 젠 펠리, 브랜든 스토쉬, 개비
　베스, 제임스 몽고메리, 프레틴 갤러리, 헤이즐 실스, 님로
　드 케이머, 사이먼 보직-레빈슨, 사피 할란-파라, 스카이
　페레이라, 데브 하인스
커다란 꿈을 꿔 준 브래드 리스터. 부시가 9/11을 저질렀다.
　#chalupa
홍보 담당자를 홍보해 준 케이틀린 멀루니-리스키
최고의 교열자인 캐럴라인 쿠렉

초기부터 성원을 보내 준 록산 게이, 제이미 어텐버그, 몰리 크래브애플, 베서니 코센티노

나와 메러디스를 이어 준 제프 클로스크 (친절하게 대해 준 것도 고마워요)

마녀가 되어 준 크리스틴 이스칸드리안과 로리안 롱

완전 사랑하는 타일러 크로퍼드

그 모든 걸 나와 함께 헤쳐와 준 헤일리, 사랑해

엄마 아빠 사랑해요 (그리고 미안해요)

총체적인 사랑의 패키지를 만들어 준 니키

일부 이름과 신상 정보는 프라이버시 보호를 위해 변경했습니다.『오늘 너무 슬픔』의 일부 글을 다른 형식으로 게재해 준 『바이스』와『팬진』에 감사드립니다.

'여성-정병러'의
사적인 경험 말하기

『오늘 너무 슬픔』에서 멀리사 브로더는 자신이 쓰는 이야기가 과연 읽을 가치가 있을지 자주 걱정한다. 이렇게까지 사적이고 쓸데없는 이야기를 과연 누가 읽고 싶어 하겠느냐고. 세상에는 이보다 훨씬 더 중요한 문제가 많고—이를테면 전쟁, 기아, 자본주의, 지구온난화 등등—그에 비하면 자신의 욕망이나 고민 따위는 "배부른 속물"의 엄살에 불과한 것 같다고. 한 인터뷰에서는 이 책에서 자신에 대해 너무 많이 밝힌 것이 부담된다며, 한 챕터를 통째로 찢어 버리고 싶은 충동에 시달린다고 토로하기도 했다.

저자로서 그런 걱정이 되는 것도 무리는 아니다. 『오늘 너무 슬픔』의 에세이들은 정말로, 엄청나게 사적이다. 보통은 남에게 밝히지 않는 이야기들. 점잖은 대화 자리에서는 당연히 꺼낼 엄두조차 낼 수 없고, 막역한 친구끼리라도 솔직히 말하지 못하고 늘 핵심에서 비껴 가게 되는 내밀하고 부끄러운 이야기들. 섹스하기 전에 똥을 눈 파트너 이야기, 토하는 걸 섹시하다고 느끼는 성적 판타지, 공황장애가 도질 때마다 빠지는 의문들, 성형 시술이나 왁싱을 받기까지 거친 망설임과 자괴감, 남몰래 오랜 세월 지속해 온 기벽들(코딱지 먹기에서부터 니코틴 껌 씹기까지), 술과 마약에 중독됐다가 끊기까지의 구질구질한 실패담, SNS에서 '좋아요' 한 번에 천국에 간 기분이 드는 순간…….

나는 번역자이기 이전에 독자로서 솔직히 처음에는 호기심이 들었다. 타인에 대해 알 필요가 없는 것을 넘어서서 알아서는 안 될 것 같은 정보들이 쏟아져 나오니, 약간의 관음증도 발동했던 것 같다. 남이 옷을 벗어 던지는 걸 멀찍이서 구경하는 입장이 된 것처럼. 하지만 책을 편 지 얼마 되지 않아 나는 내가 생각했던 것과는 다른 입장에 처했음을 깨달았다. 알몸이 된 건 글쓴이뿐만이 아니라 나이기도 했던 것이다. 브로더의 위트 넘치는 고백들에 연신 웃으면서 책장을 넘기다 보니 점점 공감이 되었고, 이해가 되었다. 그리고 더 나아가 나 자신의 진실을, 애써 외면해 왔거나 또는 이해할 필요가 없거나 이해해서는 안 된다고 여겼던 것들을 똑바로 들여다보게 되었다. 나의 성적 경험, 성적 판타지. 나의 다이어트, 섭식장애, 성형 시술. 나의 불안과 공포, 은밀한 기벽들, 중독과 페티시의 대상들. 그리고 그 모든 혼란스럽고 모호했던 것들이, 지극히 나만의 사적이고 내밀한, 설명 불가능한 영역에 있는 것이라 믿었던 경험들이 결코 나만의 것이 아니었음을 알게 되었다.

정도의 차이는 있겠지만 이 책을 읽는 여자들은 모두 비슷한 공감대를 느낄 것이다. 유난히 아픈 나만의 '자유연애'라 믿었던 경험이 실은 다른 여자들도 같은 패턴으로 겪은 아픔이었다는 것. 혼자 화장실 칸 안에 틀어박혀 억지로 토하면서 몸무게가 1킬로그램만 더 줄어들기를 기도하는 동안, 똑같은 자세로 변기를 붙잡고 똑같은 기도를 하고 있는 여자들이 있다는 것. 내가 방 안에서 거울을 들여다보며 더 어려 보이는 화장법을 연구할 때 어떤 여자들은 성형외과 수술실에서 지방 주입을 하고 또 어떤 여자들은 피부과 관리실에서 얼굴 마사지를 받고 있다는 것.

여성의 사적인 경험은 곧 사회적인 것이다. 여자들은 모두 다르지만 한편으로는 모두 비슷한 곤경을 겪는다. 그들의 경험은 따로 떼어 놓고 보면 특수한 개인사로 인식되지만, 합쳐 놓고 보면 사회가 여성 일반에게 가하는 조직적인, 지속적인, 광범위한 압력과 착취를 증거한다. 2016년 트위터에서 벌어졌던 문화계 내 성폭력 해시태그 운동이 그랬듯이, 그리고 현재 벌어지고 있는 미투 운동이 그렇듯이. 그러나 여자들의 경험은 아직 온전히 취합되지 못했고 증언은 아직 마무리되지 못했다. 여성의 사적인 경험 말하기는 여자들의 삶 그 자체만큼이나 억압되어 왔기 때문이다. 예로부터 여자의 연애와 섹스 경험은 여성으로서의 가치를 떨어트리는, 그러므로 숨겨야만 하는 추문이었다. 여자의 내실과 화장실은 함부로 엿봐서도 내보여서도 안 되는 공간이었다. 배설이나 출산 등 생식과 관련된 것은 무엇이든 여자가 공공연히 입에 담기에는 남사스럽거나 혐오스러운 주제로 통했다. 여자들의 화장법은 지하철 같은 공공장소에서 드러내지 말아야 할 은밀한 비법이자 에티켓으로 전수되었다. 여자가 술·담배를 한다는 이야기는 말할 것도 없었다. 이 금기를 어기고 그렇게 사사로운 이야기들을 감히 입 밖에 꺼낸 여자는 정숙하지 못하다는 비난을 샀다. 그렇게 사사로운 이야기를 글로 쓴 여자들은 언제나 감상적이고 과격하고 어설픈 '문학 소녀'들로, 자기만의 작고 특수한 세계에 파묻혀 더 넓고 보편적인 인간사를 내다보지 못하는 '여류 작가'들로, 아니면 자기 파괴적인 고백을 늘어놓는 '다락방의 미친 여자'들로 취급되기 일쑤였다. 그리고 멀리사 브로더는 이 모든 것을 다 한다. 그 모든 금기를 철저하게 어긴다. 세상에는 그보다 훨씬 더 중요한 문제가 많으며 네 이야기는 책으로 낼 가치가 없다고 끊임없이 비난하는 '머릿속 위원회'의 목소리에 시달리면서도 끝끝내 그렇게 한다. 그럼으로써 우리 모두의 사적인 경험에 직접적으로 호소하고, 우리 모두의 공통적 경험을 상기시킨다.

브로더는 자신을 늘 비난하는 '머릿속 위원회'가 타인들의 목소리, 사회의 목소리, 그리고 자기 자신의 목소리로 구성되어 있으리라고 추측한다. 나는 그 위원회가 모든 여자의 머릿속에 들어 있으리라고 생각한다. 그리고 다 다르지만 어느 정도는 비슷비슷한 질책을 하고 있을 것이다. "네 슬픔은 말할 가치가 없어." "징징거리지 마." "네 고통은 다른 사람들에 비하면 아무것도 아니야." "네가 지금 아픈 건 네 잘못이야." "수치스러운 일이니까 아무한테도 말하지 마." "넌 좆된 거야."

누군가의 사적인 이야기는 나와 그 사람 간의 차이를 선명히 느끼게 해 준다. 그럼으로써 나는 내가 어떤 사람인지를 제대로 알게 된다. 다시 말해 우리는 타인과의 차이를 통해 비로소 우리 자신을 알 수 있다.

멀리사 브로더는 자신의 성적 욕망을 솔직히 이야기한다. 그는 구토 페티시가 있고, 풍만한 여자에게 성적으로 끌리고, 남자의 큰 성기를 갖고 싶어 하며, 자기보다 더 어린 남자들과 섹스하는 걸 좋아한다. 그는 자신의 취향이 어떤 결핍이나 욕구에서 기인하는지, 유년 시절의 어떤 사건과 연관되는지, 그로 인해 어떤 파트너들을 만나 어떤 사건을 겪었고 어떤 감정을 느꼈는지 등을 이야기한다. 그 디테일한 이야기를 들으면서 나는 자연히 생각하게 되었다. '나도 이 사람과 비슷한 결핍이 있지만 이런 페티시는 없는데…… 대신 내겐 또 다른 판타지가 있지…… 생각해 보니 그 판타지 때문에 이러저러한 사람을 만났던 것 같네…… 나는 이러저러한 지점에서 특별히 쾌감을 느끼는 것 같고…….' 그의 이야기를 읽는 것은 나도 잘 몰랐던 내 고유한 성적 취향들을 재발견하는 과정이었다. 그것들은 흔히 말하는 전형적인 여성적 욕망들과는 많이 달랐다.

　　여자들은 저마다 독특한 욕망을 갖춘 개인들이다. 매력을 느끼는 인간 유형, 쾌락을 느끼는 패턴, 원하는 관계의 양상, 자기 자신의 섹슈얼리티에 대한 인식 등이 다 다르다. 그러나 여성 개인들의 성적 욕망을 공공연히 말하는 것은 금기시되어 왔다. 여성의 욕망은 주로 남성에 의해 말해졌다. 여자는 이렇게 해 주는 걸 좋아한다더라는 풍문으로. 남자의 모습은 지워지고 여자의 흥분한 얼굴과 젖가슴만 클로즈업되는 포르노 화면으로. 여자에겐 지스팟이 있고, 여자가 노라고 말하는 것은 사실 예스이고, 여자는 남자들에게 보이기 위해 짧은 치마를 입고, 기타 등등……. 그렇게 여성의 성욕은 헤테로섹슈얼 연애관과 로맨스의 문법에 따라 직조된 스테레오타입의 형태로 주류 미디어나 문화적 관례를 통해 전해진다. 그리고 때로 여자들은 그 스테레오타입에 자신의 욕망을 이입한다. 자기 자신의 욕망을 발견하고 추구하고 표현할 기회가 드물기에, 여자들은 흔히 그 스테레오타입이 자신의 것인 줄 착각하거나, 그 스테레오타입 밖에서 방황하곤 한다.

그런 상황에서 브로더의 거침없는 자기 고백들은 내게 무엇보다도 속 시원한 즐거움으로 다가왔고, 그다음으로는 계몽적인 영향력으로 다가왔다. 그의 에세이들 덕분에 나는 나 자신의 욕망을 더 명확히 알게 되고, 나만의 섹슈얼리티를 생각하고 이를 언어화하는 게 즐거워지고, 내 쾌락을 더 주체적으로 추구하고 싶은 욕구가 들었다.

성적인 차원에서뿐만이 아니었다. 정신 질환의 측면에서도 그랬다. 브로더는 불안장애와 공황장애 환자로서 겪어 온 각종 증상과 감정, 그로써 생긴 인생의 질곡, 그에 대한 자신의 통찰과 대처법 등을 적는다. 또한 술과 약물과 담배 등에 중독되어 온 일대기를 밝히면서 그 중독물들이 자신에게 주었던 위안과 고통을 자세히 술회한다. 파국으로 치달아 가는 삶, 일상을 무너뜨리는 공포, 죽음이 아주 가까이에서 도사리고 있는 감각, 병과 중독 때문에 잃어버린 수많은 것들, 극도의 외로움—그 고통스러운 이야기를 브로더는 건조하고도 유머러스하게 써 내려 간다.

이런 이야기들은 물론 일차적으로는 전문 상담사에게 털어놓는 것이 가장 도움이 된다. 자신의 민감한 비밀들이 남에게 새어 나갈 염려가 없는 상담실 안에서, 자신의 이야기를 재단하지 않고 들어줄 것이라 믿을 수 있는 상담사에게, 합리적으로 설명해야 한다는 압박감 없이 도움을 요청하는 것이 우선이다. 하지만 브로더가 말했듯이 "나를 이해해 주는 사람들과 서로의 경험을 공유"하고, "내 곤경을 통해 나 자신을 웃기고, 인터넷의 은총을 빌려 다른 사람들도 웃게 하는 것" 역시 도움이 된다. 브로더는 인터넷에서 트위터라는 SNS 서비스를 통해 사람들을 웃겨 왔고, 그러다가 에세이집을 써서 더 많은 독자들을 웃겼으며, 이제는 한국어판으로 한국 독자들도 웃기게 된 셈이다.

나 역시 트위터 유저인데, 한국 트위터 안에도 자신이 앓는 정신 질환을 이야기하는 사람들이 있다. 이들은 정신병자라는, 한국에서 욕설에 가깝게 쓰이는 단어를 희화화해서 스스로를 '정병러'라는 자조적 호칭으로 부른다. 호칭에서부터 알 수 있듯이 이들 정병러는 유머가 많다. 그들은 자살 충동, 각종 정신과 약물, 불안과 두려움과 환상, 자기혐오와 무력감과 절망 등을 거침없이 웃음의 소재로 삼는다. 사람이 너무 슬프면 어느 시점에는 한탄이나 분노도 할 수 없게 되는 법이다. 그러기에는 슬픔이 너무 크기 때문에. 그 안에 빠져서 허우적거리다가는 익사할 것만 같기에. 할 수 있는 일이라고는 슬픔으로부터 적당히 거리를 두고 서서 농담하는 것밖에 남지 않는 때가 온다. 그럴 때면 사람들은 그 농담과 웃음의 힘으로 서로를 지탱하고 절망과 싸워 나간다.

트위터의 어떤 사람들은 '정병러'들의 자학적 유머가 우울을 전염시킬까 봐 우려하기도 한다. 하지만 내가 그들에게 받은 영향력은 그 반대였다. 이들의 이야기를 들으면서 나는 우울에 파묻히기보다는 우울을 재발견했다. 그동안 외면하고 싶었던 내 슬픔의 정체를 점점 더 확실히 알아 가게 되었고, 그것과 더불어 잘 살아가는 법을 배웠다. 우리 안의 본원적인 슬픔은 없애 버릴 수 없다. 슬픔을 억누르거나 부정한다고 해서 삶이 더 긍정적으로 변하는 것이 아니다. 슬픔을 있는 그대로 인정하고 그것과 잘 지내는 법을 익히면서부터야 우리는 비로소 진실한 자기 자신이 되어 미래를 내다볼 수 있다. '정병러'들은 그 방법을 함께 알아가려고 노력하는 사람들이다. 그리고 누군가가 위급할 때, 자살의 위험에 가까이 있을 때, 가장 먼저 적절한 대응을 하고 구조의 손길을 뻗는 사람 역시 이들이다.

『오늘 너무 슬픔』에서도 나는 그런 도움을 받았다. 특히 '여성-정병러'만이 줄 수 있는 위안이 있었다. 슬퍼도 괜찮다는 것. 슬픔을 말해도 괜찮고, 슬픔을 글로 써도 괜찮다는 것. 세상은 슬픈 여자들에게 대체로 두 가지 선택지를 준다. 외로워도 슬퍼도 안 울고 참고 참으며 거울 속의 자신과 대화하는 캔디가 되는 선택지와 슬픔 속에서 목소리를 잃고 물거품이 되어 사라진 인어 공주가 되는 선택지. 그 둘 중 하나로 떠밀리지 않기 위해, 우리 슬픈 여자들은 자신의 슬픔을 설명할 단어를 찾아 목소리를 내고 또 낸다. 그 과정에서 우리는 슬플 뿐만 아니라 미친 여자들이 되기도 하지만, 그래도 괜찮다. 그럼으로써만 우리가 우리 자신이 될 수 있다면. 각기 무수히 다른 종류와 색채와 방향의 슬픔을 가진 개인들로서 자기만의 존엄한 싸움을 계속할 수 있다면.

이쯤에서 나는 멀리사 브로더의 의문에 대답할 수 있을 것 같다. 『오늘 너무 슬픔』이 가치가 있느냐고? 글쎄, 물론 브로더가 '오늘 너무 슬픔'이라는 트위터 계정을 만들고 쓰기 시작한 것은 트위터상의 여러 정병러가 그렇듯 그저 자신의 생존을 위한 절박한 방편이었을 것이다. 트윗과 에세이를 쓰는 작업이 그에게는 무엇보다도 병의 증상이자 대응 기제의 일환일 수도 있을 것이다. 그것은 어쩌면 지극히 사적인 감정의 배출구에 지나지 않을지도 모른다. 그러나 그렇다고 해도, 아니 오히려 그렇기 때문에 더더욱, 세상에는 더 많은 『오늘 너무 슬픔』이 필요하다.